那西崇那
Nanishi Takana
[絵] NOCO

蒼《そう》剣《けん》の歪《ゆが》み絶《だ》ち

VANIT SLAYER WITH TYRFING

……私は、あの、、人とは別人ですよ

待ちません。
十六時七分十二秒に目的地に着くことが
確定していますので。
アーカイブ
Archives
伽羅森とペアで行動する浮世離れした少女。
《本》に書かれた運命に行動を縛られている。
その容姿はかつて伽羅森を救ってくれた少女とよく似ているが……

…………すまない。アーカイブ

ま、少なくとも
お前だけは解放して見せるよ。
絶対にな
伽羅森 迅
Karamori Shin
呪われた剣・ティルフィング
に「生きたい」と願った青年。
「生きる」ために人として強す
ぎる力を得た代償に、呪われ
た運命を背負わされることと
なる。

もしかして、その元になった人って
伽羅森くんの知り合いだったの？

あー、私の見た目で
頭良くなさそうだって思ってたでしょー！
藤中 日継
Fujinaka Hitsugi
文字を食らう本・《無題《タイトレス》》の
起こした事件に巻き込まれた
『普通』の女子高生。
この事件をきっかけに伽羅森
たちと行動を共にすることに
なり……。

INDEX

VANIT SLAYER WITH TYRFING

VANIT――It's A paranoid object
that contains the distortion of this world.

プロローグ

薄暗い廃墟《はいきょ》で響いたその音は、建物の悲鳴そのものだった。しかし、それは朽ちる運命にある床や壁が自然に崩れた音ではない。何者かが起こした破壊の音。

何かの工場跡地と思われるその場所はどこもかしこも錆《さび》だらけ。残された機材は崩れ落ち、剝がれ落ちた天井材が床に散乱している。もう何年も人に踏み入れられていないその場所は、先ほどから続いている轟音《ごうおん》と振動に軋《きし》みを上げていた。

くぐもった破裂音が連続して重なる。

銃声だ。

続けて爆発音が響き、その音たちは徐々に建物へ近づいてくる。

突如、爆発と見まごう勢いで工場の壁が破られた。

現れたのは、ワニのような大顎を持った四足獣。しかし、その姿は既存のどの動物とも似つかない。何よりその体は錆《さび》まみれのガラクタでできていた。鉄材、コンクリート片、大型の歯車。すでに役目を終えた人工物たちが寄り集まって体高三メートル近くの生物となっている。

「落下物に注意！」

巨大な四足獣を追って入ってきたのは、フルフェイスのヘルメットを被《かぶ》った武装集団。雪崩れ込むように壁穴から入ってきた彼らの数は五人程度。小型のサブマシンガンや真っ黒に染められた装備からは軍隊というより特殊部隊の印象を受ける。

サブマシンガンの下部に取りつけられていた筒が暗がりに光る。

放たれたのは三七ミリグレネード。目視も難しい速度で放たれたそれはガラクタの怪物に着弾すると同時に爆発する。

「ギガァッ！」

鳴き声にも聞こえる金属が擦れ合うような音が反響する。

怪物の体を成していたガラクタが飛散し、壁面や機材に突き刺さる。

「アーカイブ！　今だ！」

ひと際若い青年の声が響いた。

瞬間、巨獣の前に巨大な黒い網が出現する。よく見ればその黒い網は無数の文字の集合体。

明らかに世の理外にある物体だった。

突然現れた文字の網に反応できず、巨獣は網に激突する。

不可思議な文字の網の強度は相当なもので、巨獣の激突に耐えるどころか激突してきた巨獣の体が切り裂かれるほどだった。

耳障《みみざわ》りな金属音が鳴り響き、錆《さび》まみれの金属片が周囲に散らばる。

ガラクタの塊でできた獣は悲鳴もあげない。代わりに自らの正面、黒い網の向こうで佇《たたず》む一人の少女を睨《にら》みつけた。

　地上五メートルほどの高さの作業員用の足場。そこに立っていたのは金髪の少女だった。肩口にかかる程度のミドルヘアと切れ長の釣り目から、冷たい視線をガラクタの獣に向けている。彼女は赤い麻紐《ひも》を綾《あや》とりのように幾重にも指に通して掲げていた。

「ガガギィガァ！」

　ガラクタでできた獣の吠《ほ》えたような動きとともに耳障《みみざわ》りな金属音が室内に響き渡る。固い網など構うものかと少女に襲い掛かろうとするが……

「畳みかけるぞ！」

　再度青年の若い声が工場に響いた。その声を合図に巨獣の周囲に展開していた武装集団たちが一斉にグレネードランチャーを放ち、巨獣の体を四散させていく。

　巨獣の体を作っていたガラクタが宙を舞い、爆音に破砕音が重なりその体が崩れ落ちる。

「ありました！」

　金髪の少女が透き通った声をあげて、巨獣の体を指さす。彼女が示した先は崩れた巨獣の頭部の中。ガラクタ塊の中に赤く光る古ぼけた歯車があったのだ。大量の爆撃を受けたはずなのに、その歯車は不気味なほどに傷一つついていない。

「伽羅森《からもり》さん！」

「おうっ！」

声とともに一つの影が風のように飛び出す。

それは武装集団の先頭にいた青年だった。歳《とし》は一七歳ほどだろうか。ややくせ毛気味の黒髪と若干口角が上がった顔立ちが特徴的だ。

一人だけヘルメットを被《かぶ》っていないことといい、ボディスーツに身を包んでいる彼は他の隊員と比べ比較的軽装だった。

駆け抜ける彼はその現代的な装備とは不釣り合いな一本の剣を右手に握っていた。

鞘《さや》に収められたままのその剣は、一目には儀礼用の剣ではないかと思うような派手な剣であった。何せ柄から鞘《さや》まで金一色。その鞘《さや》にもこれでもかというほどに宝石がちりばめられているのだから。柄頭《つかがしら》からは武骨な鎖が伸びており、抜刀を恐れるかのように鞘《さや》に巻き付けられていた。

半壊した体で狂ったようにのたうち回る巨獣。青年はそれに臆すことなく足を止めずに鞘《さや》に収まったままの剣を構える。狙うはむき出しの赤く光る歯車。

振るわれた巨獣の尾をすんでのところで躱《かわ》し、鎖の巻きつけられた剣を僅かに抜く。

しかし、その瞬間巨獣が不快な声で叫ぶ。

すると古ぼけた歯車が放つ光が一層強くなり、廃工場の機材や天井の鉄骨までもが突如としてバラバラになった。ネジやボルト、支えとなっていた建材のかみ合わせも全て解かれ、光を浴びた人工物は単なるガラクタへとなり下がる。

新たに生み出されたガラクタは落下の軌道を変え、弾《はじ》かれたように巨獣へと向かっていく。

「チッ。また再生かよっ！」

剣を携えた青年が苦い顔をする。先ほどから追い詰めるたびにこれで埒《らち》が明かない。しかも、突如大部分を分解させられた廃工場そのものが地鳴りを上げて崩壊の悲鳴をあげている。

青年の視線が周囲に走る。

目の前のチャンスと崩れゆく工場。隙なく構えるフルフェイスの仲間達。

「全員退避！　ここは俺が仕留める！　急げ！」

武装兵達が逡巡《しゅんじゅん》したのは一瞬。「了解」の声を残し、彼らは落下物を避けながら外へと駆けていく。

降り注ぐ瓦礫《がれき》の雨の中、仲間を背に青年は巨獣へ向けて地を蹴った。

赤い歯車はまだ見えている。集められていくガラクタで今にも隠れてしまいそうだ。

だが、

（俺のほうが先に届く！）

直線距離にして二メートルもない。新たなガラクタが歯車を覆いつくすより先に、あの背の上にたどり着ける。

引き延ばされる時間。研ぎ澄まされた神経が一瞬を長くしていく。

青年の記憶ではこの廃工場は三階建て。瓦礫《がれき》が頭に当たるだけでも重傷。運が悪ければ即死。

そうでなくとも生き埋めとなって死ぬだろう。

つまり、

(俺には当たらない、ない)

これから起きうるであろうことにも構わず青年は駆ける。降り注ぐ瓦礫《がれき》。鉄骨や天井材が床に激突し、何重にも破壊音が反響する。

青年が鞘《さや》から剣を引く。抜ききらぬように慎重に。

蒼《あお》。

僅かに覗《のぞ》いたその刀身は、灰でも被《かぶ》っているかのように、暗く鈍い色をしていた。

この刀身を全て出しきれば、化け物になるのは彼のほう。

瓦礫《がれき》の間を縫って差し込んだ陽光に、刀身が鈍く煌《きら》めき青年の頬を巨大な鉄骨が掠《かす》める。

蒼刃《そうじん》が赤く光る歯車に届いた瞬間、廃工場は完全に崩落した。

完全に崩れ去った廃工場。周囲に土煙が立ち込め、地響きがいまだ周囲の建物のガラスを震わせている。地面に突き刺さった鉄骨や、遠くまで飛散したガラス片がその倒壊の凄《すさ》まじさを物語っている。

しかし、土煙が晴れた先には、倒壊のど真ん中だったはずの場所に一人佇《たたず》む青年の姿があった。体の各所に傷を負ってはいるものの、命に係わるような怪我《けが》はない。青年は自分の頬を伝う血をぬぐった。

彼の左右では太い鉄骨が交差するように地面に突き刺さっており、傘のようになって彼を他の瓦礫《がれき》から守っていた。

とはいえ……

「たまたま最初に落ちてきた鉄骨が傘代わりになり、たまたまそれ以外の瓦礫《がれき》もあなたを逸《そ》れた……ですか。相変わらずですね。伽羅森《からもり》さん」

いつの間にか伽羅森《からもり》と呼ばれた青年の隣に金髪の少女が来ていた。少女の言うように青年の周囲にだけ不自然に瓦礫《がれき》が少なかった。

青年は胡乱《うろん》な目を少女に向ける。

「そう言うお前も、なんで服だけがボロボロなんだよ。アーカイブ」

アーカイブと呼ばれた金髪の少女もまた服が傷だらけになっていたものの、体には傷一ついていない。

「私は今日死ぬ運命ではありませんので」

少女は乱れた前髪を整えながら淡々とそう答えた。血の汚れすらない眩《まぶ》しい肢体が露《あら》わになっているが、恥じらう素振りは全くない。

青年はため息をついて空を見上げた。

「ハァ……運命ね……」

彼は自分の右腕を見る。袖口からわずかに覗《のぞ》いているのは青黒く変色した自身の肌。炎のようにうねった痣《あざ》があった。

「運命、運命……俺たちはそればっかだな」

「……少なくとも私の運命は呪われてはいませんがね」

「でも、自分の方がマシだなんて思ってないだろ」

「………………」

何も答えなかった少女に青年は自身の上着を掛ける。

「ま、少なくともお前だけは解放して見せるよ。絶対にな」

青年は袖を引っ張って炎のような暗い痣《あざ》を隠した。

金髪の少女は長いまつげを伏せて「ご自由に」とだけ答えた。そのまま彼女は手に持った赤い紐《ひも》で綾《あや》とりを始めてしまう。

「大丈夫ですかっ？」

退避していた隊員が青年の下へ駆け寄ってくる。青年は片手をあげてそれに答えた。

「大丈夫っす。施設の制圧は？」

「済んでいます。組織員らしき人物は数名拘束済みです。どこの組織の傘下《さんか》かはこれから聞き出します」

「『墓上の巣《グレイブ・ネスト》』あたりっすかね。最近西側で騒いでる『ネオK』とかかも……」

「どちらにしても、切り捨て前提の末端組織の可能性が高そうなので、大した情報は得られなさそうです。ノアリーの名すら知らなかったので」

「ああ、そうなんですか。有名企業なのになぁ」

「ハハ、流石《さすが》に表での名前は知っていると思いますが」

「はは、そっすね。……っと失礼」

青年が眉を上げると、ズボンの左ポケットから携帯端末を取り出した。羽根のストラップがついたその端末は「着信中」の文字を表示して何度も振動していた。画面に映った着信者名を横目に見ながら青年は通話ボタンを押す。

「……なんですか。難波《なんば》さん」

『こーらこらこら、上司はそんなに邪険にするものじゃないぞー？』

青年の面倒くさそうな声音を跳ね返すようなハイテンションな口調だった。中年程度の男性の声だが妙に声が高くハリもある。

『ちょうど任務が終わったところでしょー？　さすが私。Nice timing!』

最後だけやたら発音のいい英語だった。

青年はうんざりした表情を浮かべる。

「……頼んでた件、進展があったんですよね？」

『おー流石《さすが》だねぇ。ご希望通り、あの本の件は君の担当になったよ』

その言葉で一気に彼の顔が引き締まった。彼の視線が隣で待機する金髪の少女に移る。

『根回し頑張ったんだよー？　……まあ、ただし破壊任務だ』

青年の表情が曇った。

「でも、難波《なんば》さん……」

『だーめだよ。大きな実害が出ているんだ。ノアリーとしては、あれを保管するという選択肢はない。私も頑張ったが……流石《さすが》にそこは覆《くつがえ》せなかった』

「…………」

『あの子を助ける手がかりを見つけたいというのは分かる。望みを叶《かな》えたいなら破壊しない理由を見つけなさい』

「……わかりました」

その後簡単なやり取りをしたあと、青年は通話を切った。彼は目を細めながら自らの右手に持つ豪奢《ごうしゃ》な装飾が施された剣を見た。

青年はフルフェイスの隊員に会釈《えしゃく》をする。

「すみません。それじゃあ俺達次の任務に行くんで、後片付けお願いします」

隊員は鋭い敬礼でそれに答えた。

「了解。……ノアリー最上級調査員『金死雀《カナリア》』の方々と一緒に任務ができて光栄でした」

「いやあ、そんな。こちとらただの高校生ですよ。そんな畏《かしこ》まらなくっても」

ヘルメットの奥から笑い声が漏れた。

「一級の軍人ですら普通はなれない役職にいる高校生を『ただの』とは言わないでしょう」

「ハハハ……まあ、そうっすね……」

なんとも言えない苦笑いを返し、青年は金髪の少女へ口を開く。

「アーカイブ。行こう。新しい任務が入った。場所も近い。連続だけど大丈夫か？」

「問題なく。そこに理の歪《ゆが》みがあれば赴くだけです。それが我々金死雀《カナリア》の仕事なのですから。行きましょう」

「いや、やっぱ待った。その前にお前は着替えろ。服持ってきてやるから」

吹いた風は土煙を攫《さら》い、どこか遠くに運んでいく。

倒壊してもなお壊れた機械に嵌《はま》り続けている歯車が、静かに軋《きし》みをあげた。

これは運命に縛られた青年と少女の物語。

決められた結末に向かい、それでもなお足掻《あが》いた先で変わるものはあるのだろうか。

第一章　無題《タイトレス》　～イエロー・エンデミック～

月も眠る深い夜。

古い紙の匂いが漂う書斎。高級そうな絨毯《じゅうたん》や古めかしい本に覆われて、実際の建築年数に合わない重厚な空気を漂わせている。

書庫の奥には一人の少女が立っていた。

震える手に持つは一本の包丁。

刃が返す薄い月光が、少女の顔を照らしている。ウェーブのかかったアッシュブラウンの髪が震える肩から流れ落ちる。

息荒く顔を歪《ゆが》ませる少女には、負の感情が複雑に絡《から》まっていた。

恐怖、怒り、戸惑い、それらは全て絶望が見せる一側面。

(返して……！　ナオやお母さんを……！　返して！)

揺れる心は湖面のように。

少女の前には机に置かれた一冊の本。

タイトルもない古めかしい装丁の本は、ただじっと夜の空気に佇《たたず》むのみ。

『この本は君のものだ。好きに使いなさい。……ただし、この本を決して書斎の外に出してはいけないよ』

約束を破った自分が悪いとも思う。しかし、だからといって、その報いとしては酷すぎる仕打ちではないか。

（返してよ！）

本に向かって包丁が振り下ろされた。

ガキッ！　と金属音とはまた違う不思議な固い音が書斎に響いた。

衝撃に弾《はじ》かれた包丁は宙を舞ったあと床に刺さる。

古めかしい本に傷はない。

不気味なほどになんの変化もなく、ただ夜の一部と化している。

「なんで……なんでよ……」

少女はその場に崩れ落ちて、ただひたすらに泣きじゃくることしかできなかった。

◆◆◆

「文字を食べる本？」

滋賀県某所。閑静な住宅街を一風変わった二人組が歩いていた。

「また哲学的な歪理物《ヴァニット》だな」

そう言ったのは、高校生程度の年齢の青年、伽羅森《からもり》迅《しん》だった。

ややくせ毛ながらも爽やかに整えた短めの黒髪と若干口角が上がった顔立ち。見る人の多くが初対面でも好印象を抱くような顔つきだった。

青年は、剣道部が使う長い竹刀袋をその背に担《かつ》いでいた。

「哲学的というよりは、風刺じみた存在ではありますね」

対して言葉を返すのは、背筋を伸ばして隣を歩く金髪の少女。

彼女はアーカイブという名前を持っていた。肩口に触れるミドルヘアとやや釣り目なところがいかにも気難しそうである。長身なおかげか、体のラインが出る黒いカットソーがよく似合っている。

少女は赤色の細い麻紐《ひも》で綾《あや》とりをしながら歩いていた。

浮世離れした少女と、長物を背負った青年は明らかに平凡な街景色から浮いていたが、周囲には全く人の気配はない。すでに彼らの仲間が避難させているからだ。とはいえ、避難させる前からすでに相当数の住民は消えてしまっていたのだが。

「先遣調査員の情報によると、対象は一冊の古い装丁の本。推定半径五〇〇メートル以内に存在するあらゆる文字を食《く》らうそうです」

「……みたいだな」

二人は無人の商店街に差し掛かっていたが、青年の視線の先にはなんの文字も書かれていない商店街のアーチ看板があった。あちこちに上がっているのぼりや、落ちている雑誌に至るまで、どれも全て初めから無かったかのように文字が書かれていない。

「その本を所有していた一家の一人娘が、その本を書斎の外に出したことがことの始まりらしいです。父の遺産として受け継いだそれを友人に見せるつもりだったそうで。だがその結果、本を外に出した瞬間、周囲一帯から文字が消えさり、そして大量のものと人が消えた」

すらすらと淀《よど》みなく伝えられる不穏な言葉に青年は眉を顰《ひそ》めた。

「被害人数はそのとき範囲にいた三〇〇名程度。友人の三人のうち二人は消滅しています。そのほか範囲内にあるかなりの物質が大小問わず消滅しています。……このように」

商店街から一つ横の通りに入った二人は、道脇に大量のガラクタが積み上げられている土地を目にする。破壊されてはいるものの、そのガラクタは目新しいものばかりだ。まさにここがアパートが消滅してしまった場所なのだろう。

「その後に範囲内に入った人間も消えています。先遣調査員の一人も消失していますね」

伽羅森《からもり》は空を仰ぐ。

「そりゃあ、破壊任務になるわな。消えるものと消えないものの違いは？」

「不明。と報告書には書かれていますが、消えたもののリストからおよそ推察はできますね。……消えたものは全て、固有名詞を持っています」

「なるほどな……」

伽羅森《からもり》は苦々しい笑みを浮かべる。

人の名前、アパートの名前、商品名。そのすべてが固有名詞だ。消えた人は範囲内に自分の名前が書かれた何かを置いてしまっていたのだろう。

「文字を食う本。その本が固有名詞を食ったとき、その範囲内の固有名詞が指すものを消滅させるってことか」

「そういうことかと。おそらくあの本が食べているのは、文字ではなく、文字が示す概念そのものなのでしょうね」

「まったく、毎度のことだけど常識外れすぎるな……」

「ええ。だからこそ歪理物《ヴァニット》と呼称されているのでしょう」

歪理物《ヴァニット》。歪《ゆが》んだ理を持つ物体。この世界が完全でないことの証左そのもの。それの収集と破壊を担《にな》うのが、伽羅森《からもり》たちノアリーグループの調査員だ。

「で、俺らが呼ばれたってことは、その歪理物《ヴァニット》は……」

「はい。破壊不可能体《アンブレイカブル》です」

「ま、そうだよな」

青年は自分の竹刀袋に視線を送る。蓮華《れんげ》の模様が施されたそれは静かに歩みに揺れている。

「本自体は動かせるようですが開くことはできないそうで、中に何が書かれているかは不明。その力の性質上タイトルも存在しないので、歪理物《ヴァニット》の名前は《無題《タイトレス》》と命名されました」

言葉をつづけながら、アーカイブはスタスタとかなり足早に道を進んでいく。

「おい、ちょっと待てよ」

「待ちません。一六時七分一二秒に目的地に着くことが確定していますので」

「……そうかい」

決められた運命。

伽羅森《からもり》の目の前を歩く少女に別の少女の姿が重なり、ガラスの泡のように記憶が弾《はじ》ける。

風に揺れる黒髪。僅かな仕草にもつられて揺れるサイドテール。記憶の中で一層煌《きら》めくあの少女は、太陽よりも眩《まぶ》しくて……。

伽羅森《からもり》は頭を振る。

それを甘い記憶とするのはあまりに都合がよすぎる。そう思ったから。

目的の家は商店街から少し離れた通りの途中にあった。

住宅街の中でも目立つ豪邸だ。庭こそ手狭に見えるが、三階建ての家は高級感あふれる白いタイルで囲まれており、品のある装飾も壁に施されている。よほど裕福な家庭であることが見てとれた。

「こんなところにあるのに、やけに豪華な家だな」

「藤中《ふじなか》 朝日《あさひ》。今はもう故人ですが、一代にして藤中《ふじなか》工業を設立し成功を収めた人物の家です。もと経営の羽振りもよく、資産運用などで成功もしたのか莫大《ばくだい》な資金を持っていたようです。もともとの土地はそのままに、新居にお金を注いだ結果でしょう」

二人が家に近づくと、家の中から女性の先遣調査員と制服の女子が出てきた。

女の子のほうは、この家の住人だろう。見る限りは伽羅森《からもり》と同じ高校生のようだ。どちらも顔色が悪く、心労が窺える。

「お疲れ様です。お待ちしておりました」

毅然《きぜん》とした態度だが、調査員の声は震えていた。無理もない。おそらくこの調査員は目の前で仲間が消失する瞬間を目撃したのだろう。名前が記載されているものを持っていたらアウトだなんて、初見殺しもいいところだ。

「お疲れ様です。その子は……」

アーカイブが言葉と共に視線を向けると、制服姿の少女はビクリと体を震わせて視線を返してきた。

緩やかなウェーブをかけた髪を灰色がかった茶色に染めている少女。彼女は鼻筋の通ったはっきりとした顔立ちをしていた。短いスカートや鮮やかな桜色に塗られたネイルも手伝って、いかにもファッションや流行に敏感そうな少女だ。ただ、その装《よそお》いとは対照的な小ぎれいに整った顔立ちのせいで、どこか人形のような雰囲気を覚える。

「どうも……。藤中《ふじなか》　日継《ひつぎ》っていいます。……あなたたちが、あの本を壊すって人ですか？」

少女の瞳は怯《おび》えに震えている。その頬に涙の跡が見えた。

常識を超えた存在を目の当《ま》たりに《あ》したのだ。それも人が消滅するような。怖がって当然だ。

「まあ、そんなところ。俺は伽羅森《からもり》迅《しん》。よろしく」

できるだけ安心させようと飛び切りの笑顔でそう言った。が、むしろ少女からはどこか胡散《うさん》臭《くさ》げな視線を返されてしまった。

無理もないか。何せ超常現象に対応しようとしているのが、自分と同年代の青年なのだ。ただ、緊張を和らげることはできたようで、彼女は幾分か表情のこわばりが解けた。

「あの本、切ろうとしても燃やそうとしても、傷一つつかないんです。本当になんとかできるんですか……？」

伽羅森《からもり》の代わりにアーカイブが口を開いた。

「問題なく処理できます。我々は金死雀《カナリア》と呼ばれるノアリーグループの特殊組織。このような異常な物体を処理する最高峰のスペシャリストです」

「……お願いです。あれを絶対に壊してください！」

そう言う少女の声は悲痛だった。

「あれは……あれは……みんな消しちゃった……。私のせいで……お母さんもナオも……」

「……！」

伽羅森《からもり》は湧き上がってきた苦い感情に吐き気すら覚えた。この子は一瞬にして友達も親も目の前で本に消し去られてしまったのだ。その苦しみは計り知れない。

青年は震える少女の手を取って強く握った。

「約束する。絶対に俺が破壊してみせる」


少女の案内を受けて、調査員を含めた四人で問題の本がある書斎に向かう。

家の中は外観同様豪華なつくりをしていた。玄関前では皿を持った子供を模《かたど》った大理石の彫刻に早速出迎えられ、広い廊下の壁には色彩鮮やかな油絵が飾られているのが見て取れる。

こんな普通の住宅街にあるにもかかわらず豪邸の一部が切り取られたようだった。

《無題《タイトレス》》のせいで、固有名詞のあるものは消えているはずだが、意外と家の中のものは、かなり残っている。それでも、何かあったらしい不自然な空間が各所にちらほら見られるが。

玄関を上がる横目に、伽羅森《からもり》は子供の彫刻が持つ皿の中を見る。そこには車などの鍵類が置かれており、どうやらこの豪奢《ごうしゃ》な彫刻はただの鍵置きとして使われているらしい。伽羅森《からもり》は思わず苦笑いを浮かべてしまった。

調査員と藤中《ふじなか》少女の表情は暗い。調査員の女性はともかく、藤中《ふじなか》少女のほうはこれ以上精神的負荷がかかった場合にパニックになってしまうかもしれない。いざというときにそうなられては困る。なんとか彼女の気を和らげてあげたいとは思うが、

「見てください藤中《ふじなか》さん。東京スカイツリーです」

謎の綾《あや》とりを見せているアーカイブのやり方ではダメだろう。

彼女も伽羅森《からもり》と同じことを思って行動したのだろうが、無表情で綾《あや》とりを見せられた藤中《ふじなか》少女は困惑するだけだった。

（いやまあ、東京スカイツリーはすごいけども）

いまどき綾《あや》とりに興味を示す女子高生もそういないだろう。勝手な印象だがいかにも現代っ子な見た目の彼女が興味を示すとは思えない。

「あのな、アーカイブ。綾《あや》とりが流行《はや》ってたのなんて何十年前だよ」

ここは俺が、と伽羅森《からもり》は意気込むと少女の前へと出る。

「見てな。……ほっ！」

少女の目の前で伽羅森《からもり》は何もないところからバラの花を出して見せた。

タネも仕掛けもある普通のマジック。

「大丈夫。絶対俺たちがなんとかするから！」

さらに笑顔で彼女を安心させようとするが……、

「えっと……ありがとうございます……」

あまりうまくはいかなかった。一応思いは伝わっているようで、苦笑いは浮かべてくれているのだが……。

伽羅森《からもり》の隣でため息が聞こえる。

「そんな、甚だみすぼらしいマジックを見せられたところで反応に困るに決まっています」

「甚だみすぼらしい……。いや、お前もさっき綾《あや》とり滑ってただろ」

「題材が悪かっただけです。ほら、藤中《ふじなか》さん。カーネル・サン〇ースです」

「それはすごいけども！」

複雑怪奇な綾《あや》の組み合わせで、見覚えのあるおじさんの顔を表現するアーカイブ。もちろん無表情で。しかも……

「コンニチハ、カラモリサン」

若干声色を変えてそんなことまで言い始めた。綾《あや》に紡《つむ》がれたおじさんの口をまるで生きているかのように動かしながら。

「気持ち悪っ！　あのなぁ、そうじゃなくて……」

と、言いかけた伽羅森《からもり》の隣で、「ぷっ」と噴き出す声が聞こえた。

見れば藤中《ふじなか》少女が口元を押さえて笑っていた。

「ほら伽羅森《からもり》さん。カーネル・サ〇ダースはウケましたよ」

そう言うアーカイブに藤中《ふじなか》少女は首を振って見せた。

「いえ……ウケたのは、お二人のやり取りにです」

伽羅森《からもり》たちは二人揃《そろ》えて眉を上げるのだった。

改めて廊下を進んでいくと、一角にある一枚の肖像画が伽羅森《からもり》の目に留まる。

右目に翼のマークが入った眼帯をした中年の男。眼帯の下には火傷《やけど》の痕が窺える。眉間に皺《しわ》の寄った顔立ちは恐ろしく、およそ廊下に飾るような肖像画ではないと思われるが……。

「藤中《ふじなか》　朝日《あさひ》。この家を建てた張本人ですね」

（いや、人相悪っ）

　と言ったのはもちろん内心。家中のいかにも過ぎるインテリアたちといい、内面外見ともに個性的すぎる人物だったようだ。

　とりあえず「……そ、そうなんだ」と無難な回答を伽羅森《からもり》は返す。

が、伽羅森《からもり》のその反応になぜか前を歩く少女は苦笑していた。

「いいですよ。そこまで気を遣わなくて。怖い顔ですよね」

回答が無難すぎてかえって思ったことがバレバレだったらしい。伽羅森《からもり》は少し反省した。

一連のやり取りのおかげか、藤中《ふじなか》少女が纏《まと》う雰囲気は幾分か柔らかくなっていた。とりあえず、突然パニックに陥る可能性はなさそうだ。

「ここです」

廊下を進み、案内されたのは何の変哲もない木製の扉。他の家の扉と比べればなかなか大きいが、特筆すべきことはそれくらい。細かい装飾が施されいかにも高級感溢《あふ》れる代物だが、それ以外特段変わったところはない。

　この先が書斎となっており、件《くだん》の本が存在している。

アーカイブが口を開く。

「本が書斎にある間は周囲に何も起きないそうなので、この書斎は一種の結界なのかもしれませんね」

そしてその結界の中に踏み入れようとしている。

握りしめるノブが重い。だが、それは心が生み出した虚の感覚だと断ち切って、彼は扉をあけ放った。

書斎、というにはいささか不思議な場所だった。

まず本が少ない。部屋奥に鎮座する大きな文机《ふづくえ》の隣に本棚がひとつあるくらいで、そこにも本は数冊しか収められていない。それ以外の棚は、高そうな置物と家族の写真など本以外のものが収められている。

文字を食べる本がある部屋なのだから、こうなってしまうのだろう。他の本を持ち込んだところで意味がない。

文机《ふづくえ》の上には一冊の本が置かれていた。

「あの本が、今回の対象、《無題《タイトレス》》です」

隣に並んだ調査員が指さす。

タイトルすら刻まれていない古い装丁の本。緑の表紙には傷や繊維立ちが目立ち、何度も開かれたことが窺える。ただ普通に机の上に置かれている本のように見えるが、確かにあの本は文字を食《く》らう歪理物《ヴァニット》なのだ。

アーカイブが複雑な形の綾《あや》を取り、

「花の護符」

と言うと、伽羅森《からもり》の体が薄く光る。

「一応概念結界を張ったので、あなたがいきなり消滅することはありません。ご健闘を。私は何かあったときのために藤中《ふじなか》さんたちを警護します」

「了解」

返事をしながら伽羅森《からもり》は、自分の背にある竹刀袋に手を伸ばした。

袋より現れたのは、一本の西洋剣。鞘《さや》から柄まで金装飾が施され、宝石もちりばめられている様から儀礼剣のようにも見える。柄頭《つかがしら》から伸びた銀色の鎖が鞘《さや》ごと剣全体に巻かれている。

伽羅森《からもり》の背後で、藤中《ふじなか》少女が息を呑《の》む。

ただ袋から出されただけのその剣は、彼女のような超常に精通していないものでも感じる威圧感を纏《まと》っていたのだ。

戦闘用には見えない過度すぎる装飾に反した禍々《まがまが》しい圧力。

部屋の空気が重くなった気さえする。

伽羅森《からもり》は鎖が巻かれたまま剣を帯刀し一歩部屋に踏み込んだ。

瞬間、机の上の《無題《タイトレス》》が暗い緑の光を纏《まと》い、開かないはずのその本が開いた。

「……っ！」

ほとんど反射に近い速度で伽羅森《からもり》は跳びのいた。

ほぼ同時のタイミングで彼の頬を掠《かす》めたのは、一本の日本刀。

視認すら怪しい速度で放たれたそれは、そのままアーカイブたちのいる部屋の入り口へと向かった。

しかし日本刀は彼女たちに当たる直前で見えない壁に弾《はじ》かれる。

アーカイブが守ったのだろう。

日本刀は暗緑色に光る《無題《タイトレス》》の開いたページから出てきていた。

「やっぱ、おとなしく切らせてくれるわけねぇか！」

冷や汗すら拭わずに伽羅森《からもり》が叫ぶ。

当然《無題《タイトレス》》からは返事はない。

代わりに開いたページの上で文字が踊り、それらの集合体が剣や斧《おの》、包丁などの凶器へと変貌して飛んでくる。

「ちょっと！　マジで大丈夫なんですか⁉」

藤中《ふじなか》の悲痛な声が彼の背中に届く。

だが、伽羅森《からもり》迅《しん》にとってこの程度の飛来物を避けるのは容易なこと。

ただ飛んでくるだけなんて、理不尽ばかり叩《たた》きつけてくる歪理物《ヴァニット》との戦いの中ではまだ道理が通っているとさえいえる。

滑るように狭い部屋内を移動し、凶器を躱《かわ》しながら《無題《タイトレス》》へと近づいていく。

伽羅森《からもり》は眉を顰《ひそ》める。

飛んできている凶器は確かに刃物ではあるが、その種類はバラバラ、中にはモーニングスターや馬上槍《やり》などそうそう見ない武器も交じっている。

刃の嵐が一瞬止まったあと、続いて《無題《タイトレス》》から見上げるほどの石壁が飛び出してきた。

「う、お？」

冷静に後ろに下がりながらも、伽羅森《からもり》が思わず声を上げたのは、本の大きさを超えたものが飛び出してくる理不尽に驚いたから……ではない。彼の目の前に出現した壁には、なぜか天使や神らしき存在の西洋画が描かれていたのだ。部屋を埋め尽くすほどの大きさの壁画は、そんな彼に思考を許すことなく勢いよく迫る。

「それはいけません」

後ろでアーカイブが綾《あや》とりの麻紐《ひも》を丸めて握りつぶす。

すると壁画は紙のように薄くなったあと、クシャクシャに丸められてしまった。

しかし、《無題《タイトレス》》は猛然と壁を吐き出し続け、伽羅森《からもり》を近づかせまいと抵抗する。

アーカイブがそれらを次々と紙屑《かみくず》へと変えていくが、さすがに伽羅森《からもり》は距離を詰められず一度部屋前へと下がる。

矢継ぎ早に出現しては紙屑のように丸められていく壁の数々を見て、伽羅森《からもり》は眉を寄せる。出現する壁はどれも絵が描かれている。それも、仏教壁画や駅などに見られる現代壁画など、古今東西様々な壁画だ。しかもそのいくつかには見覚えがある。

カツリと伽羅森《からもり》の足に固いものが触れる。見れば、さきほど飛ばされていた日本刀がそこにあった。伽羅森《からもり》は首を傾《かし》げる。なぜかこれにも見覚えがある気がするのだ。

特徴的な太い金色の柄。金装飾の黒い鍔《つば》。これは……

「千代金丸。現在那覇市歴史博物館に所蔵されている刀です。しかも、模造物ではなく、傷やくすみまで全く同一です。今出し続けている壁画も、全て現存する実在の壁画です」

飛来する壁画を処理しながら、アーカイブがそう言った。

「……どういうことだ？」

「おそらくこの本が出しているのは、いままで食べた文字が示す物体ということなのでしょう。剣も壁画も食べたものを出している。その刀もどこかの本にあった記述なのでしょう」

「なるほどね……」

さっきから出すものがバラバラなのはそういうわけか。それも同じものを出していないことを見るに、一度吐いた文字は出せないと伽羅森《からもり》は推測した。

「……そういうことですか。一企業の社長にしては資産を持ちすぎているためにどこから調達したのかと思っていましたが、とんだ無限の資金源があったものですね」

可能だったろう。《無題《タイトレス》》に食わせてそれを実体化させる。それができたなら、いくらでも資産を作ることは

先ほどの伽羅森《からもり》の予想は当たった。《無題《タイトレス》》が壁画を出さなくなったのだ。おそらくは弾切れ。

今だと駆ける伽羅森《からもり》。しかし、次に《無題《タイトレス》》が出したのは、彼の予想をはるかに上回るものだった。

異形の化け物たちが、大量に出現したのだ。

首だけが牛となっているミノタウロスや悪魔のような姿をしたガーゴイル。正体不明の六足獣まで出現している。

（現実に存在しないものも出せるのかよ！）

おそらく何かのファンタジー小説にでも登場していたのだろう。

人間の数倍はある化け物が一斉に伽羅森《からもり》へと襲い掛かる。

「あっ！」

後ろで見ていた藤中《ふじなか》は思わず声をあげる。

しかし、アーカイブどころか調査員までも心配の色は見せていない。

青年は降り注ぐ牙や爪を身一つで全て躱《かわ》し、化け物の一体を対面の壁まで蹴り飛ばした。

まき散らされる暴力の嵐。その渦中《かちゅう》ですべてを蹂躙《じゅうりん》したのは、伽羅森《からもり》迅《しん》だった。

鎖の巻かれた剣を抜くこともなく、その鞘《さや》と拳で化け物たちを瞬時に地面に叩《たた》き伏《ふ》せる。なんの特別な力も用いず、ただ純粋な格闘術で。

「やっぱ……」

鬼神ごとき彼の様に圧倒され、少女がそう呟《つぶや》く。

アーカイブが彼女に諭す。

「心配しなくても大丈夫ですよ。彼は死にません。いえ、死ねません」

次々と現れる恐ろしい怪物たちを屠《ほふ》っていく伽羅森《からもり》。彼の動きは人間の枠には収まっているが、人間離れはしていた。

抜かれないままの彼の剣が窓から差し込んだ光に輝く。剣を振るう彼の手には炎のような青黒い痣《あざ》が手の平まで広がっている。

「願いを叶《かな》えるかわりに人を破滅させる魔剣、ティルフィング。その魔剣に彼は『生きたい』と願いました」

矛盾した願い。しかし、矛盾していても願いは願い。

結果として彼は、いかなる状況でも生き残れる人間となった。一七歳の青年が持つには不釣り合いすぎる戦闘スキルを身に付けさせられることで。

怪物の叫び声があがる。

オオカミと人間を足したような獣人が腕を切り落とされた苦痛の声。

伽羅森《からもり》が、鞘《さや》から半ばほど抜いたティルフィングで切り落としたのだ。

ティルフィングの刀身を見た藤中《ふじなか》は不安を覚えた。

彼が僅かに覗《のぞ》かせたその刃は、瘴気《しょうき》でも纏《まと》っているかのように青の混じった鈍い色をしている。

再び蒼刃《そうじん》が煌《きら》めく。

怪物の腕が切り落とされ、そのまま伽羅森《からもり》はティルフィングを鞘《さや》から抜き切らず怪物たちを蹂躙《じゅうりん》していく。

「だから彼は簡単には死にません。かの剣がそれを許しません」

襲い来る怪物の間を縫って伽羅森《からもり》が理外の本へと近づいていく。

手に持つはティルフィング。北欧神話において、『なんでも切れる剣を作れ』と脅されたドワーフの呪いとともに打たれたとされる剣。

その切れ味は文字通り全てを斬り割く。たとえ異常な破壊不可能体《アンブレイカブル》であっても。

柄と鞘《さや》を持ち、刀身を鞘《さや》から半分ほど抜いたままの状態で伽羅森《からもり》は剣を振るう。剣に鎖が巻き付いたままなので、斬る際に鎖が引っかかるはずだが、不思議なことに鎖など存在しないかのように、彼の剣閃《けんせん》に淀《よど》みはない。

青年が《無題《タイトレス》》へと一気に駆け、半ば抜いた剣を振るう。

蒼《あお》の軌跡を輝きと残した一閃《いっせん》。

しかし、刃が達する直前で《無題》《タイトレス》から飛び出した怪物が伽羅森《からもり》を吹っ飛ばした。

「ぐあっ……！」

焦《あせ》りすぎたかと思いながら即座に彼は体勢を立て直す。だが一矢《いっし》報いた。彼の一閃《いっせん》は《無題》《タイトレス》の端を五センチほども切り落としていた。

ヴ、ヴと怪物たちや床の刀の姿がブレ、その姿の奥に大量の文字が透ける。本とダメージが直結している証拠。おそらく本を破壊しきればこの怪物たちも消える。

よく見ると周囲の置物のいくつかも同様に姿をブレさせていた。

やはりアーカイブの予想通り、藤中《ふじなか》の父親は色々なものを本に出させて使っていたらしい。

（本を傷つけたことで化け物どもの動きが鈍った。行ける！）

どんな原理かは知らないが、《無題》《タイトレス》は欠損した部位を大量の文字で埋めて再生しようとしている。やるなら今だ。

再び剣を構え直して駆けだそうとしたそのとき、

「伽羅森《からもり》さん！　待ってください！」

背後からかけられた調査員の声が彼を引き留めた。

驚いて振り返った彼はさらにその目を見開いた。

「あ……あぁ……！」

悲痛な少女の声。

アッシュブラウンの髪の少女、藤中《ふじなか》日継《ひつぎ》の姿が揺れ、体に大量の文字が透けていたのだ。

「なっ！」

冷や水を掛けられたかのような感覚が伽羅森《からもり》を襲った。

絶望的な分析が彼の頭に浮かぶ。

あらゆるものを《無題《タイトレス》》に作らせたその持ち主、藤中《ふじなか》朝日《あさひ》は自分の娘すら《無題《タイトレス》》に作らせていたのだ。

子宝に恵まれなかったのか酔狂かはわからない。だが、事実として、彼女は怪物たちと同じように姿が不安定になっている。

「嘘《うそ》だろ……」

伽羅森《からもり》の手から力が抜ける。

つまり、今ここで《無題《タイトレス》》を破壊すれば……藤中《ふじなか》日継《ひつぎ》は死ぬ。

「うそ……なんで……私も……嫌だ……やめてよ……」

青ざめた顔で文字の透けた手を見下ろす藤中《ふじなか》。彼女の体に文字が透け、ネイルの施された爪の先まで浮かび上がっては消えていく。

その悲惨な現実に伽羅森《からもり》はどうすればいいかわからなくなる。

（どうすれば……どうすればいい……！）

それは決定的な隙となってしまった。

依然として伽羅森《からもり》を襲おうとしていた化け物が鋭い爪を伽羅森《からもり》に振り下ろした。

反応するがもう遅い。人の頭ほどの大きさの爪が伽羅森《からもり》の防御をかいくぐり、彼の頭に――

「もうやめてよっ！」

少女の慟哭《どうこく》。

その言葉を合図としたかのようにピタリとすべての化け物の動きが止まった。

「え……？」

伽羅森《からもり》が戸惑いの声を上げたが、叫んだ藤中《ふじなか》自身も今の光景に呆然《ぼうぜん》としていた。

「え……なに……？」

恐る恐る伽羅森《からもり》が防御姿勢を解くが、化け物たちに変化はない。

戸惑う一同だったが、唯一冷静だったアーカイブが口を開いた。

「ふむ……。藤中《ふじなか》さん。何かあの本に命令を言ってみてください」

「え……、じゃあ、この怪物たちを消して……」

恐る恐る彼女がそう言った途端、糸が切れたように怪物たちは床に倒れこんだ。消えてはいないが、無力化したのは確かだ。おそらく《無題《タイトレス》》は一度出したものを消すことはできないのだろう。

「やはりそうですか。気になっていたんです。藤中《ふじなか》朝日《あさひ》はこの本を使っていろいろなものを出していたことは推察できますが、どうやって《無題《タイトレス》》をコントロールしていたのだろう、と。原理は不明ですが、やはりコントロールする術《すべ》があったんですね」

「でも、藤中《ふじなか》は声に出して言っただけだぞ?」

「所有者の言うことだけ聞く、とかそういったたぐいのものでしょう。《無題《タイトレス》》を使って成功を収めた男です。自分の娘を作る際、娘もコントロールする力を備える設定にするくらいのしたたかさは持ち合わせていると思います」

理想の娘像を書いて《無題《タイトレス》》に食わせ、作り出させる。

その機械的で無情な手段に伽羅森《からもり》は顔を顰《しか》めた。

作り物のような容姿の少女も自身の胸に手を当てて顔を歪《ゆが》めていた。自身の出生の真実と父親の無情さ。その絶望を推し量ることは誰もできないだろう。

「藤中《ふじなか》さん。実験です。文字を食べないように命じてください」

淡々とそう言うアーカイブに、藤中《ふじなか》は「文字を食べないで」と抑揚のない声で言った。

その声に反応し、《無題《タイトレス》》は纏《まと》っていた緑の光を消失させた。

アーカイブは手帳を出すと何かを書き込み、伽羅森《からもり》たちへ見せた。『伽羅森《からもり》 迅《しん》』という文字の書かれたページを。

「ふむ。確かに文字はもう食べないようですね。何も起きません」

「おい。消えたらどうすんだそれ」

なにはともあれ目の前の脅威は去った。伽羅森《からもり》はティルフィングを鞘《さや》に納め息をついた。

しかし、

「いまのうちに……切って……」

消え入りそうな声は絶望に暗く、彼女は痛々しいほどに体を震わせていた。

「な、なに言ってるんだよ。そんなことしたら君が」

「いいんです！　あんな本、この世にあっていいわけない！　お母さんも、友達もみんな消した、あんな本なんて……！」

「一応あなたが命ずれば被害者たちは帰ってきますが」

「そんなこと……」

淡々と吐いた言葉がいかに残酷であるかをアーカイブは理解していない。

きっと《無題《タイトレス》》に命じれば消えた人は帰ってくるだろう。彼女と同じ、人ではない何かとして。それを彼女が望むかなど考えるまでもない。

「いや、もうあれは破壊しない。対象の無力化を確認して、コントロール可能なこともわかった。君と一緒に保護させてもらう」

精一杯優し気な笑みを浮かべて、伽羅森《からもり》は涙を流す少女の肩を叩《たた》く。

伽羅森《からもり》の個人的な事情としても、この本は破壊よりも調査に回したいという思いもある。

だが、

「今回の任務は対象の破壊です。規定違反では」

アーカイブから発せられた言葉。感情のない瞳が伽羅森《からもり》を捉える。

剣呑《けんのん》な目を伽羅森《からもり》は返した。わずかに空気が強張《こわば》る。

「なら、お前は殺したほうがいいって思うのか」

「私は何も思っていません。それに、少なくとも私がそうするとも決まっていません。ただ、規定の話をしただけです」

アーカイブは静かに目を閉じて口をつぐんだ。

伽羅森《からもり》は眉間に皺《しわ》を寄せたまままため息を漏らした。

しかし、藤中《ふじなか》は首を振る。

「……アーカイブさんの言う通りです。このまま切ってください。こんなのあり得ないよ……。私もう……こんな姿で、生きているとも言えるか分からない状態で……存在していたくない……」

ピクリと、苛立《いらだ》った様子のままの伽羅森《からもり》の眉が動いた。

「それに、町の人たちも私のせいで消しちゃって……そんな私がこれからまともな人生なんて、送れるわけないじゃないですか……送っていいわけが……」

「甘えるな」

ビクリと少女は伽羅森《からもり》の顔を見た。そこには、先ほどの優し気な顔と打って変わった、怒りの表情を見せた青年の姿があった。

「消えた人は戻ってこない。たとえ理不尽であっても君が惨事の引き金になった事実も変わらない」

伽羅森《からもり》は少女を正面から見据える。

「あの本は確かに危険だ。消すべきだって考えも正論だ。でもそれを君は現実から逃げたいためだけに言っている」

「でも……！」

「俺は君を殺さない。辛《つら》さを背負っても、君は生きるべきだ」

脳に滲《にじ》む真っ赤な記憶。

血だまりに倒れ伏す切り刻まれた死体。その中心に立つ自分自身。優しくしてくれた人、襲い掛かってきた人、その誰もが絶命している。他ならぬ、伽羅森《からもり》自身に殺された人々。……彼の意志とは関係なく。

「……じゃなきゃ、君の家族も友達も、本当にただ無意味に死んだことになるぞ」

「……！」

少女は息を呑《の》む。

「君はちゃんと生きられるはずだ。俺達と違って君の運命はまだ決められてないんだから」

少女はその場にくずおれ、ただひたすらに泣き続けた。

こうして、《無題《タイトレス》》の一件は終了した。

藤中《ふじなか》日継《ひつぎ》は《無題《タイトレス》》と共に保護。伽羅森《からもり》の所属する金死雀《カナリア》の大本、ノアリーグループが所有する保護区に移送することになった。彼女の運命はこれからの彼女次第だ。

とはいえ、移送までの手続きは時間がかかるので、伽羅森《からもり》とアーカイブは、今夜彼女の家に泊まることになった。

豪勢なリビングで二人はテレビを前にしたソファに腰を下ろしていた。藤中《ふじなか》は自室で必要なものをまとめている。

しっかりと弾力を返してくるシートに身を沈めながら、アーカイブはノートパソコンに報告書を書き込んでおり、伽羅森《からもり》は携帯端末を耳にあてて通話していた。

「……はい。だから残りの手続きをお願いします」

『おーけー。それにしても、本当に破壊しなくていい理由を見つけてくるとはね』

「……たまたまですよ」

『たまたま、ね。君が言うととても悲しい言葉に聞こえるよ。手続きは任せなさい。デスクワークが上司のお仕事だからね』

「……ありがとうございます。難波《なんば》さん。すみません……いつも世話になって」

『なんだい急にしおらしく。いいさ。じゃ、ちゃんと藤中《ふじなか》くんのフォローしてあげてねー』

通話が切れる。伽羅森《からもり》は深く息を吐いて背もたれに体を預けた。

「お疲れ様です」

隣で作業をしていたアーカイブが伸びをしながら口を開く。

「今回のあなたの不幸はティルフィングをどれだけ満足させられましたか？」

「…………」

伽羅森《からもり》は右腕の袖を下に着ているボディスーツごとめくる。昼には手の平まで届いていた炎のような模様の痣《あざ》は、肘と手首の間あたりで子供の拳ほどの大きさになっていた。

「それなりに満足したらしい。《無題《タイトレス》》を斬るか斬らないかの葛藤がお気に召したのかね」

「自ら強いた運命でしょうに、なかなかいい性格をしていますね」

「全くだ」

脇に置いていた豪奢《ごうしゃ》な剣に青年は苦々しげな視線を向けた。

「……そういえば、あの子の友達にもいたけど、事件当時消えなかった人も何人かいたんだよな？　あれはどういうことだったんだ？」

「ああ、その件ですか。私も不思議に思っていましたが、この家にあったいくつかの本を見たときにわかりましたよ」

「え、マジで？」

「ええ。《無題》《タイトレス》は特定の文字だけ食べないようです。消滅を免《まぬが》れた人はその文字が名前に入っていたんですね」

「その文字って？」

「『藤』、『中』、『朝』、『日』の四文字です」

「……おいおい」

《無題》《タイトレス》を使い一代で巨額の資産を築いた男、藤中《ふじなか》朝日《あさひ》。

かの男は歪理物《ヴァニット》からしても食えない男だったらしい。

閑話一　藤中《ふじなか》 日継《ひつぎ》の見る世界

　ども。私、藤中《ふじなか》 日継《ひつぎ》。なんの変哲もない普通の女子高生、のつもりだったんだけど、実は人間ですらなかったっぽい。

　知った時はすごくショックだったけど、いろいろありすぎて今はあんまり何も感じてない。ていうか……逆に、ちょっと落ち着いて考えられるようになることが怖い。

　私が見ているものも、感じているものも、普通の人と違うかもしれなくて、そもそも生きているのかもわからないなんて……。

　頭を振って頭に浮かんできたものを追い出した。今は何も考えたくない。

　今は自分の家のリビングにいる。誰が来ても「豪華だ」って驚かれるこの家だったけど、今は結構寂しい見栄《みば》えになっている。一昨日私が《無題《タイトレス》》を開いたせいで、家の中のものをかなり消しちゃったから。

　家全体を見ても名前がある家電製品は全滅。私の携帯端末も。納豆とかお菓子とか、パッケージに詰められた食料も消えてたけど、意外とテレビとか冷蔵庫は残ってた。確かに変に正式名称とか書いてなさそうだもんね。

　この家で生活を再開するのは相当大変そう。……まあ、もうそんなことはないらしいんだけど。《無題《タイトレス》》を安全な場所に保管するために、あれを制御できる私も保護区に行くってことになったらしい……。ほんと急すぎてついていけてない。

心が空っぽになったみたいに、そんなことを急に言われたのに拒否感がほとんど湧いてこない。ショックだからなのか、私が人間じゃないからなのか……。

私は今、調査員の人から支給された携帯端末で淡々と友達に連絡をしている。急に引っ越すことになったって。

まあ、こんな突然なんてあり得ないことだからみんな驚くし、明らかに不自然だけど、なんとか取り繕った嘘《うそ》で返信を続けてる。このことは一切口外禁止って伽羅森《からもり》さんたちに言われてるから。

私を保護区に送る手続きを進めたり、私自身引っ越しの準備を進めなきゃだから、今日伽羅《から》森《もり》さんたちは私の家に泊まることになった。今私の家周辺は人を避難させている状態だから、《無題《タイトレス》》の暴走を考えてもそれが一番だと思う。

今リビングには私ともう一人、綺麗《きれい》な金髪を持つアーカイブさんがいる。

アーカイブさんは、私が座っているソファの反対側の端に座ってさっきからずっと綾《あや》とりをしてる。表情は相変わらず無表情。

いや正直……気まずい……。

つけっぱなしにしているテレビの音がやけに大きく聞こえる。バラエティー番組なのが逆にキツイって。かといって今更番組を替えるのも、なんか気にしてるみたいだし。

伽羅森《からもり》さんは今、夜ご飯の買い出しに行ってる。食べ物も野菜とか以外ほとんど消えちゃったから。だから正真正銘この家には私とアーカイブさんの二人きり。

横目でチラリとアーカイブさんを見ると、相変わらずアーカイブさんは黙々と綾《あや》とりを続けてる。私、綾《あや》とりなんて初めて見たかも。

アーカイブさんの細い指が重なって、離れていろんな形が赤い麻紐《ひも》で編まれては消えて……。見慣れないせいか、どこかその遊びは神聖な儀式のような気がしてくる。アーカイブさんが人形みたいに綺麗《きれい》なせいもあると思う。

ってかまつ毛長くってホントにうらやま。髪と同じ金色になるのマジ綺麗《きれい》。顔立ちは日本人っぽいけど、目は赤いし、この金髪とか地毛っぽい感じでめっちゃファンタジー。ってか髪が一番うらやま。やっぱ女子は髪じゃない？　金色でめっちゃ細くてサラサラじゃん。私、ちょっと癖毛入ってるから……

「……何か」

「え、い、いえ……」

やば、気づかれてた。

真っ赤な瞳がじっと私に向けられる。

アーカイブさんは、ちょっと怖い……。明るくて気さくな伽羅森《からもり》さんと対照的に無表情だし、

《無題《タイトレス》》を前にしたときも私が消えることも躊躇《ためら》わずに破壊をしようとしてたし……。いまのところとても冷たい人な印象……。

「あ、綾《あや》とり、好きなんですか？」

「特には。私の歪理術に必要なので手遊《てすさ》びがてらやっているだけです」

「わいりじゅつ……？」

アーカイブさんの赤い瞳がチラリとこっちに向けられる。

「魔法、と言い換えてもいいですよ。歪理術という呼び方はこちらの界隈《かいわい》で総称として呼ばれている言葉ですが、結局みんなこうした理の歪《ゆが》みを用いた技術をそれぞれの呼び方で呼んでいますので」

「あの、そもそも理の歪《ゆが》みってのがよくわからないんですけど……」

《無題《タイトレス》》も常識はずれな現象を起こしたりしてるし、なんとなく超常的なものだってのはわかるんだけど……。

「そうですね。簡単に説明しましょうか」

アーカイブさんが綾《あや》とりの手を止める。

「理の歪《ゆが》みといっても、とてもシンプルなものです。この世界は完璧ではない。どうしても不完全な部分、歪《ゆが》みが存在する。それだけのことです。歪理物《ヴァニット》とは、その歪《ゆが》んだ理を持つもののことです。……藤中《ふじなか》さんはゲームはやりますか？」

「え、少しは……」

「そうですか。ゲームで例えるならバグのようなものですよ。バグを内包するアイテムが歪理物《ヴァニット》。そのバグを意図的に引き起こして利用するのが歪理術。この世の超常的なものはすべてこの世界の歪《ゆが》みに起因します。魔法も、霊も、超能力も。……あなたの持つ《無題《タイトレス》》も」

《無題《タイトレス》》と言われてドキリとしてしまう。

理の歪《ゆが》み。あの《無題《タイトレス》》もそれを持ってるんだ。それに、アーカイブさんの言い方だと《無題《タイトレス》》だけじゃなくて、他にもあんなのがたくさんあるみたい。

世界は完全じゃないってアーカイブさんは言ったけど、あんなものがこの世界にたくさんあるって分かると怖さが足元から這《は》い上《あ》がってくるような、そんな錯覚を覚える。本当に自分が今座っている場所が今すぐ崩れない保証はないような、そんな感じ。

「そして、その歪理物《ヴァニット》などに対処するのが、私たちノアリーの特殊調査員の仕事です」

淡々と話す様子は本当になんでもないことを話すようで、私の知らない世界がそこにあるんだって強く感じる。

「はぁ……すごいですね。アーカイブさんも、伽羅森《からもり》さんも、私と同じくらいの年なのに、そんな危ない仕事してるなんて……」

「事情があるのですよ。彼も私も。……さあ、一本取ってください」

そう言ってアーカイブさんは赤い麻紐《ひも》で編まれた綾《あや》とりを私に差し出してきた。細い両指すべてに麻紐《ひも》がかかっていて網の形を作ってる。

「えっと……？」

「占いです。糸を一本取ってください」

戸惑いながらも、とりあえず右の薬指にかかっていた麻紐《ひも》を外してみた。軽い紐《ひも》が擦れる澄んだ音が鳴って麻紐《ひも》がアーカイブさんの指を流れ落ちた。

アーカイブさんがそのまま麻紐《ひも》を指の間で何回か行き来させると綾《あや》の形が少し変わってた。

私には、網の目の数が変わったくらいにしか見えなかったけど……、

「コイン、ですね」

「コイン？」

「ええ。主に富や欲を意味しますね。他には、運命や表裏一体という意味も持っています」

「表裏一体……」

「ええ。コインが表と裏で一枚となっている様からでしょう。一つの事柄でもそれがいい意味でもあり、悪い意味でもあることを示しています。あなたにはこれからいいことでもあり、悪いことでもあることが訪れる、というような占い結果でしょうか」

歪理術？　とかいう魔法が使えるというアーカイブさんに言われると、そんな運命が確定しているように感じる。

「もしかして、それ魔法的な占いなんですか？」

「いえ、普通の占いです。占いに詳しいわけでもないので、占い結果も適当です」

「あれ、そうなんですか。てっきり何かすごいものだと思ってました。占いとか信じるタイプなんですか？」

「いえ、全く」

えぇー……。

会話としても続けづらい返しだったから困ってると、意外にもアーカイブさんが言葉を続けてきた。

「私や伽羅森《からもり》さんのように運命が決められた存在がいる以上、児戯以外の何物でもないと思っています。しかしそれでも……いえだからこそ、無責任に未来を示す占いというものは、私にとって希望のように感じます」

「………」

錯覚かもしれないけど、淡々とそう言うアーカイブさんの声色がほんの少しだけ弾んでいたように思った。難しい表現をしてたけど、きっとアーカイブさんは占いが好きなんだと思う。

「私も結構占い好きなんですよ。昔、お父さんがタロットカードを教えてくれて、今でもちょっとなら……」

と、そこまで話したところで、ある考えが喉の奥に詰まって声が出せなくなった。

アーカイブさんが首を傾《かし》げてこっちを見てくる。

「……私、変だ。お父さんがあんな変なもの持ってて、悪いこともしてた人だったんだって知ったのに……まだ、お父さんのことが……大好きなんです……」

怖い顔だけどすごく優しくて、私がやることをなんでも微笑《ほほえ》んで見てくれていた。今でも思い出に触れれば温かい気持ちが湧いてくる。

「おかしいですよね。こんなの。……やっぱり私は人間じゃないから……こんなおかしなことを思うんですかね……」

もともと沈んでいた心がさらに深く暗い所へ沈んでいく。

そういえば私は昔からいやに思い切りがいいとか言われてたっけ。あと見た目と性格にギャップがあるとか、そういうのも全部私が人間じゃないからなのかな。

今は何も考えたくない、感じたくないとそう思っていたのに、ダメだと思うほどに心の目がそっちを向いてしまう。

でも、

「そうでしょうか？　むしろその方が人間らしいと私は思います」

「え？」

「頭でわかっていても心では割り切れないこともある。そういうものじゃないですか、人は」

アーカイブさんの指が別の形の綾《あや》を作る。

「あなたはいわゆる、ギャルですよね」

「えぇっ。……いやあの、よく陽キャとかパリピとは言われますけど……」

私としてはこう……かわいくキメたいってだけなんだけどな……。

「しかし見た目から受ける印象に反して、あなたの所作や言動は綺麗《きれい》で丁寧です」

「は、はぁ……ありがとうございます」

これはたまに言われること。パリピっぽいけどパリピっぽくないとか意味わかんないことを何回か言われたことがある。

アーカイブさんは続ける。

「そこから思ったのは、あなたは育ちがいいのだろうということです。まあ、大きな会社を持つほどの人の娘なので、裕福であるのはすぐ検討がつくことですが、そのうえで、大変両親に愛され、多くのものを与えられたのだろうと思ったのです。違いますか？」

「えっと、そう、だと思います」

お父さんもお母さんも優しかった。でも乱暴な言葉遣いはしっかり窘《たしな》められたし、『足を閉じて座りなさい』とか、『大口開けて笑わない』みたいな、仕草の注意も結構された。

「それだけ大切に育てられた人が、すぐに父親を嫌いになれないだなんて、人間としてみても普通だと思います。……それに」

アーカイブさんが私の瞳を覗《のぞ》き込んできた。

「感じることが他人と同じであるかなど、悩む必要のないことです。人間同士でさえ、それが同じであることを証明する手段はないのですから」

それだけ言って、アーカイブさんは再び綾《あや》とりに集中しちゃった。いろいろ難しいことを言ってたけど、……たぶん、この人なりに励ましてくれたんだと思う。

不思議なことに、私の中にあったアーカイブさんへの苦手意識は綺麗《きれい》さっぱり消えていた。

アーカイブさんの言う通り、考えても仕方のないことだ。今は何も考えないでおこう。

そして私は確信する。アーカイブさん、わかりづらいだけで怖い人じゃない。

イケる！　コミュ力の鬼、藤中《ふじなか》日継《ひつぎ》行きます！

「あのっ！　アーカイブさん！　髪を触らせてくれませんか！」

私の突然の提案に、さすがのアーカイブさんも眉を上げた。

「何故《なぜ》でしょう？」

「アーカイブさんのその綺麗《きれい》な髪を触ってみたいからです！」

「はぁ、構いませんが」

「いいんですか！　ありがとうございます！」

早速ソファの後ろに回って、アーカイブさんの髪を指で掬《すく》う。

「わーやっぱ超サラサラー！　あ、枝毛」

アーカイブさんは、特に嫌がる素振りも見せず、綾《あや》とりを続けている。そんな彼女の髪はサラサラですっごく綺麗《きれい》なんだけど……

「やっぱりアーカイブさん、髪の手入れ全然してないですよね。全体的にちょっとボサついてるし。櫛《くし》とかも全然入れてないでしょ？」

「全く。興味がありませんので」

「もったいなさすぎです！」

　このお人形みたいな顔で髪に無頓着なのはもったいなさすぎ！

髪の手入れするだけでかわいさ一〇％はアップするんだから！

私の中のオシャレ魂に火がついた。

「アーカイブさん、髪アレンジしちゃっていいですか？」

「どうぞ」

「やたっ。じゃあ、髪が痛んでるのはすぐにはどうこうできないから、一旦結んじゃいますね。それだけで全然違いますよ」

　リビング端の棚の引き出しからヘアブラシやヘアゴムを取り出し、まずはアーカイブさんの髪を整えていく。

　肩にちょっとかかるくらいの長さだけど、まとめられなくはない長さかな。

　無難にポニテ？　いや、せっかくだしサイドテールとかかわいくない？

　と、テレビからＣＭが流れる。

「あなたの『生きる』を支えたい　――ノアリー――」

最新の電化製品のＣＭの終わりの言葉。Ｎが雷のマークになっているロゴマークは、一日に何回も見るものだ。消えちゃった私の携帯端末もこのノアリー製。

「ねぇアーカイブさん。アーカイブさんたちのノアリーってこのノアリーですか？」

「ええ。そうですよ」

「えぇ？　そうなんですか……」

ちょっと信じられない。だってノアリーっていったら電化製品とか、なんかよくわからないエネルギー事業とかなんでもやってる超有名なグループ会社だし。そんな私でも知ってるような会社が、こんな裏組織みたいなことをしてるなんて……。いや、そんなおっきな会社だからなのかな？

よく考えたら、今日の事件がニュースにならないようにしたり、町の人を避難させたりとかってものすごいお金とかいろいろなところに口利《くちき》きできないと無理だよね？

「ドラマとかでいう、大企業の裏の顔ってヤツですかね？　正義の味方みたいな」

「まあ、そんなところですね。……正義の味方ではありませんが」

「え、そうなんですか」

思わず髪を梳《す》く手が止まる。

なんとなく私を守ってくれたからそう思っていたけれど、確かにどういう目的で守ってくれたのかをよく知らない。

怖がる私に気づいたのか、アーカイブさんが少しだけ頭をこっちに向ける。

「メリットもなしにこんなことをする組織はありませんよ。普通は、ですが。……ノアリーに関しても同じです。まあ、ノアリーの場合は『世のバランスを保つ』ことを目的としているのでボランティアに近いものもありますが……」

「……？」

「まあ、悪の敵くらいに思っておいてください」

悪の敵？　それって正義の味方とは違うのかな？

そんな会話をしながら、右側の高い位置でまとめ上げた髪をヘアゴムで留《と》める。

「はい完成！」

正面に回ってみると完璧にかわいいサイドテールのアーカイブさんが出来上がっていた。

「かわいい！」

「右側が重いです」

違和感があるのか、ちょっと右に首を傾けている仕草も超かわいい。

「写真撮っていいですか？」

「構いません」

とりあえず携帯端末で一枚撮ってみるけど、アーカイブさんは背筋を伸ばしたままニコリともしない。流石《さすが》に笑ってピースして、とまでは頼めないし……。

そうだ！

私はリビングの端にあった一抱えほどの大きさの人形をアーカイブさんに渡す。

「これは……」

渡したのは騎士の恰好《かっこう》をしたまん丸なペンギンの人形、ペン騎士クンだ。私が超好きな『憊れ《おもんばか》！　ペン騎士クン！』シリーズの主人公だ。

「知ってますか⁉　ペン騎士クン！」

「……ええ。知ってます」

ねえこれ引いてない？　大丈夫？　……まあ行っちゃお！

「私これ大好きなんです！　最近毎週新作更新されるたびにバズってますよね！　私もバズりはじめたちょっと前からハマってて」

アーカイブさんは、ペン騎士クンの人形を目の高さに持ち上げて見つめている。

「それをこう、ぎゅーって抱いててください」

アーカイブさんが笑ってくれなくても、かわいい系の髪形とペン騎士クンのかわいさのギャップで絶対かわいい写真になる。そんな目論見《もくろみ》で携帯端末を構えるが、なぜかアーカイブさんは動かない。持ちあげたペン騎士クンをじーっと見ている。

「アーカイブさん？」

「おーい。帰ったぞー」

と、玄関の方から伽羅森《からもり》さんの声がした。買い出しから帰ったみたい。

リビングの扉が開き、伽羅森《からもり》さんが入ってくる。両手にコンビニのビニール袋を持った伽羅《から》森《もり》さんは、私たちに目を留《と》めると、

「……！」

息をのんで固まってしまった。伽羅森《からもり》さんの手からビニール袋が滑り落ちる。

私たちを、いや、アーカイブさんを見る伽羅森《からもり》さんは、何とも言えない複雑な表情をしていた。まるでお化けでも見たような驚愕《きょうがく》や恐怖と、泣き出しそうな感情が混ざったような……。

たった一瞬で、部屋の時間が止まったような錯覚を感じて、流れ続けるテレビの音がすごく虚《むな》しいものにさえ聞こえた。

「……失礼しました。お見苦しいものを」

止まった時間を動かしたのは、アーカイブさんだった。ほんの少しだけ眉を下げて、ペン騎士クンを置いて無造作にサイドテールを解いた。

「……別に、謝る理由なんてないだろ」

「そうですね」

たったそれだけのやり取りをしたあと、伽羅森《からもり》さんは私を見てハッとする。

「ご、ごめん、藤中《ふじなか》！　変な空気にしちゃったな」

改めて笑顔を見せた伽羅森《からもり》さんは、ビニール袋を拾うと、パンとかパスタとかを出してリビ

ングの机に並べる。

あれ、私のぶんはいらないって言ったんだけどな。

「はい藤中《ふじなか》。食欲ないだろうけど無理にでも食っとけ。食うだけでも元気出るから」

伽羅森《からもり》さんは結構人に気遣いができる人っぽい。

さっきは私にわからない何かがあったみたいだけど、すぐに切り替えて笑ってくれている。今でもこうして私のために食べ物を買ってくれたり、初めて会った時もマジックを見せてくれたり。……あんまリアクションできなかったけど。

こうしてみると本当にクラスにいるような気さくな男子って感じ。

私とほとんど違わない歳《とし》でこんな殺伐とした仕事に就いているのに。この人もこの人で謎が多そうだけど。

とか思ってる間に私の前にいろんな種類の食べ物が並べられてた。イチゴジャムサンドとか、赤飯おにぎりとか、ストロベリー風味のレアチーズケーキとか……。いや、こんなに食べられない……ってちょ待って。

並べられた食べ物を見ると、予想通りどれも卵不使用の製品だった。

「これ、卵アレルギーの……」

「ああ、やっぱりそうだったのか。よかったー」

伽羅森《からもり》さんがニカッと笑う。

「いや、残った食材の残骸とかに、卵不使用のお菓子とかあったからさ、アレルギーなのかなーって思ったり、カバンにイチゴのアクセサリーとかつけてたり残った食材にイチゴがあったみたいだから好きなのかなって思ってな」

「ええ、怖っ」

思わず敬語も忘れて声に出してた。いやだって、私を気遣ってってのはわかるんだけど、でもたったあれだけの情報からそこまで当てられるって怖いじゃん！

さっきの言葉訂正。この人の気遣い力は「結構」じゃない。「めちゃくちゃ」だ。

でも申し訳ないんだけど……

「いやあの、卵アレルギーなの……私じゃなくてお母さんなんです」

「あ、そうなの？」

伽羅森《からもり》が素っ頓狂な声を上げた。

「う、うん。気遣ってくれてありがとうございます」

アーカイブさんが首を振る。

「伽羅森《からもり》さん。藤中《ふじなか》さんに不気味がられていますよ」

「え？」

アーカイブさんの言葉に伽羅森《からもり》さんはちょっと困惑したような表情になった。

「いや、そんなことないですって！　すごいなーって思ったっていうか」

「ハッキリ言った方がいいですよ藤中《ふじなか》さん。私も彼の気遣いを不気味に感じることがあるので。以前任務で服が破れた際、彼が買ってきた服が完全にサイズぴったりだったときは、流石《さすが》の私も寒気がしました」

「別に身体プロフィールはデータベースに登録されてるだろ」

「そのうち、白米を振る舞ってくれる際にコシヒカリ派かゆめぴりか派かを訊《き》いてきますよ」

「そこまではしねぇよ」

アーカイブさんと伽羅森《からもり》さんは正反対って感じ。とりわけ仲が悪いようには見えないけど、合わないところも多そうな雰囲気。

「はい、これアーカイブの。適当に選んでおいたぜ」

「私の分は必要ないと言ったはずですが」

「食わないって決められてるわけじゃねえだろ」

と言って伽羅森《からもり》さんが取り出したのは、色とりどりのカップラーメンだった。

いやいや、出会って間もない私でもカップ麺がアーカイブさんのイメージとかけ離れたものだとわかるけど……。もはや当て付けなのでは……。

「……まあ、それなら食べてあげないこともないでしょう」

なんと、満更でもなさそうな表情でアーカイブさんはカップ麺を手元に引き寄せていく。て言うかちょっと頬が緩んでる！　占いの話した時もほとんど表情変わらなかったのに！

「あの、アーカイブさん？　カップ麺好きなんですか？」

「そんなことはありません。本来食べなくとも良いので食べるとしたら手早く食べられるものとして選んでいるにすぎません。……キッチンを借《い》ります」

アーカイブさんは足早にキッチンに向かっていった。

「意外だろ？」

コンビニ弁当を開けながら、伽羅森《からもり》さんがそう言います。

「ちょっとびっくりしました」

「そういうところは、変わらないんだよ、あいつ……」

そう言う伽羅森《からもり》さんの声はどこか寂しそうに聞こえた。

伽羅森《からもり》さんはすぐに笑顔になって私に顔を向ける。

「あと、俺にはため口でいいぜ？　同い年だし」

「あー、そう……なの？」

「そうそう。同じ高二。先輩とかでもないのに敬語使われるのなんかくすぐったくってさ」

「あーわかりま……わかる。正直私もちょっと違和感みたいなのあった」

「だろ。アーカイブも気にしないからため口でいいぜ？」

「いやー流石《さすが》にアーカイブさんはちょっと……」

「ハハハ。まあ、好きなようにしな」

というわけで、伽羅森さん、改め伽羅森くんへの言葉遣いがちょっと砕けた。まあ、私としてはこっちのほうが楽。

とりあえず、私はイチゴジャムパンを食べることにした。

袋を開けるとふわりとイチゴの香りが漂ってくる。

「伽羅森《からもり》くんって高二なのに、なんでこんな危なそうな仕事をしてんの？」

素朴な質問のつもりだったんだけど、伽羅森《からもり》くんは明らかに困ったような表情を見せた。

「あーそれは……まあ、いろいろあって……」

「あ、ゴメン！　嫌な質問だったみたいで……。全然答えなくて大丈夫」

「いやいや、そんな嫌な質問ってわけでも……」

とは伽羅森《からもり》くんは言ったけど、なんとなく訊《き》かれたくなさそうな雰囲気は感じた。

私は扉横に立てかけてある一本の剣を見る。《無題《タイトレス》》を斬った不思議な剣。彼が持っている

拳銃や最新鋭っぽいボディスーツとは明らかに浮いている武器。

ただそこにあるだけなのに、どうしてか見ていると不安になってくる。ちょっとだけ見たあ

のくすんだ青っぽい刀身が思い出されて、ブルッと体が震えた。

その剣は、巻き付いている鎖以外は金ぴかで青や赤の宝石までちりばめられている。多分本

物。見た目は煌《きら》びやかで綺麗《きれい》だけど、正直派手すぎてデザイン的にはダサ――

「まあ、わかるよな。俺がこの仕事やってるのは、その剣が関係してる」

私の視線に気づいたみたいで伽羅森《からもり》くんはそう言った。

「大丈夫なはずだけど、一応近づかないようにはしてくれ。危ないから。見た目は超カッコイイんだけどな」

「えっ？」

「え？」

お互い顔を見合わせる。

「……カッコイイだろ？」

「ナイ。それだけはナイ。絶対に」

そうして夜は更《ふ》けていった。

日が昇った翌日。私たちは近くの公園に来ていた。

「あの、移動ってどうすんの？　この本、暴走するかもよ？　人がいる場所は……」

「大丈夫。そのへんも考えてあるって、ほら」

そう言って伽羅森《からもり》くんは空を指差す。そこには一台のヘリコプターが飛んでいて、なんと私たちのいる空き地にむけて高度を下げてきていた。

まさかと思っているうちに、ものすごい風圧とともに一台の黒いヘリコプターが空き地に着陸した。

「プライベートヘリを要請しといたんだ。空なら誰もいないだろ?」

あっけらかんと言う伽羅森《からもり》くん。

……私、本当に知らない世界に足を踏み込んだっぽい。

第二章　半端者《ハーフィット》　～グリーン・シナデミック～

「うっし、これ結構うまくね？」

「は？　ダッサ、豚描いたんか？」

「ウゼー」

日もすっかり落ちた町の夜。

ゴミの散乱した高架下のトンネルで五人の不良青年たちが壁にスプレーを吹き付けている。描かれたサイケデリックなデザインの絵は決して下手ではないが、確実にトンネルの景観を損ねていた。

煙草《たばこ》を口にくわえながら、ニット帽の青年が次の絵を描こうとする。

と、自分が描こうとしたトンネルの壁に先客を見つける。

それは、黒色の油性ペンか何かで描かれた人間の絵だった。

といっても描かれているのは上半身だけ。腕は指先まで描かれているものの下半身はない。

顔の中央に右目だけ描かれた不気味な絵だった。体は輪郭だけなのに、目だけ異様に描き込まれている点がその不気味さを際立《きわだ》たせている。指先の微妙な反りや窪《くぼ》みまで描かれており、輪郭だけでも上手であることがわかる。

しかし、

「おいおいー。誰だよ俺たちのキャンバスに先に描いちゃったのー。このクソ絵が邪魔で俺の芸術描けないじゃーん」

「芸術とか笑うわ。スプレーなら塗りつぶせるっしょ」

「確かにー」

友人に笑いかけながら彼は遠慮なく人型の絵を塗りつぶしていく。まずは下地の白を塗ってその上に自分の絵を描いていく算段だ。

ある程度白スプレーで塗りつぶしていったあと、彼は視界の端に不思議なものを見つける。

「あれ?」

白スプレーで塗りつぶした箇所の横にまたあの上半身の絵があったのだ。

「またかよ。ってさっきあったかこれ」

再び塗りつぶそうとスプレー缶を近づけようとしたとき、

壁からコンクリートの腕が飛び出し、青年の腕を貫いた。

「うあああっ!」

飛び散る血潮。トンネル内に反響する叫び声。

驚いてニット帽の青年のほうを見る仲間たちも呆然《ぼうぜん》としている。

血まみれの腕に続いて壁から何かが出てくる。

それは、壁に描かれていた一枚の絵そのもの。コンクリートでできた人間の上半身。

ゴトリと人間の上半身が床に落ちる。

腕を貫かれた青年もその重さに引っ張られて地面に倒れ伏す。

「なん、な——」

パニックに陥ったままの青年。だが、彼の理解が及ぶ前に、無慈悲に事態は変化していく。

貫かれた腕を中心に、彼の体が変化し始めたのだ。

血は止まり、腕は皺《しわ》や毛のない平坦な見た目となる。あたかも絵に描いた存在のように。

変化は悲鳴をあげる暇もなく全身に達し、服が消え、顔も変わる。気づけばそこには、上半身だけの片目の化け物が二匹いた。

「ヒィ……」

ようやく状況を理解した他の青年たちがたじろぐ。

彼らの視線を受けている『何か』たちは、右目だけの頭を確かに彼らに向けた。ゴトリと、『何か』は彼らに向かって這《は》ってくる。

「うわあぁぁぁ！」

その動きを見た瞬間、青年たちは一目散に逃げだした。

◆◆◆

《無題《タイトレス》》の一件を終えた帰り道。伽羅森《からもり》たち三人はヘリの中で揺られていた。

プライベートヘリといっても、金死雀《カナリア》の任務に使われる軍用ヘリなので、内部は鉄筋がむき出しな無駄のない作り。座席も向かいあった布椅子が並んでいるだけだ。

三人は片側の席に伽羅森《からもり》を中心に三人隣り合って座っていた。

各々《おのおの》別のことをしており、アーカイブは背筋を伸ばして綾《あや》とりを、藤中《ふじなか》は携帯端末で友達と連絡を、そして伽羅森《からもり》は……学校の宿題をしていた。

藤中《ふじなか》が携帯端末から目を離し、隣に座る伽羅森《からもり》に目を向ける。

ヘリの席に机などないので、彼はわざわざ薄いノートを綴《と》じたクリップボードを片手に、教科書を膝の上で開いて宿題をやっている。

見るに教科は国語。それも古文だ。藤中《ふじなか》の学校だと先週くらいに終わった単元だ。

藤中《ふじなか》はほう、と息をつく。

「伽羅森《からもり》くんってホントに高校生なんだねぇ」

「え？　ああ、まあな。頑張ってやってるよ」

苦笑交じりに伽羅森《からもり》はそう返した。

事情があっての二重生活だろうが、なんとも苦労が滲《にじ》んでいる。

「チョー大変そう……あ、そこ間違ってるよ。その『出《い》でられて』の『られ』は受け身じゃなくて尊敬の『られ』だよ」

「え、マジ？　……ってか藤中《ふじなか》ってもしかして頭いい？」

「あー、私の見た目で頭良くなさそうだって思ってたでしょー！」

ご立腹です、と眉を上げる藤中《ふじなか》。

彼女の見た目や言動のせいか、この手の誤解は何度も受けているのだった。

実際のところ、前の学校では学年一〇位以内にはずっといたのだ。

「いやいやいや、そんなことないって！　マジで思ってません！」

「ほんとかなぁ……」

ジトッとした目を向ける藤中《ふじなか》に、伽羅森《からもり》は人当たりのいい笑みを返してお茶を濁す。

「いやまあ実際のとこ、ここの教科書訳って明日までにやらないとだからさ。わかんないとこあったら、ちょっと教えてよ」

「明日？」

伽羅森《からもり》の言葉に藤中《ふじなか》は首を傾《かし》げる。

と、アーカイブが綾《あや》とりをしながら口を開く。

「明日は日曜日ですよ」

「あっ⁉」

思わずシャーペンを落とす伽羅森《からもり》。

金曜日である昨日は学校を休んで《無題《タイトレス》》の任務にあたったのだが、そのまま一日経《た》って
の今日だったので、二日目の休みということで今日が日曜だと勘違いしてしまっていたのだ。

ぐりんっと伽羅森《からもり》がアーカイブへ顔を向ける。

「お前、わかってたなら言えよ！」

「言うと決められていませんでしたので。明日休日なのに、空き時間を勉強に使う勤勉な方だ
と思ってはいましたが」

「あのなぁ……」

「それより見てください。新作です」

と言って彼女は、ありえないくらい複雑に組まれた綾《あや》を掲げる。

「織田信長《おだのぶなが》、神戸市立《こうべしりつ》博物館蔵バージョンです」

「それは、すごいんだけども！　もういいって……。てかなに？　最近お前の中でおじさんが
キてるの？」

彼女の綾《あや》は凄《すさ》まじい再現度を誇っている。というか、明らかに普段見かけるものより綾《あや》の量
が増えており、普通に歪理術を使っているのではと伽羅森《からもり》は疑念を抱いた。

とりあえず直ちに宿題を片付ける必要がなくなったので、ため息をつきながら教科書等を片

付けようとする。

　そんな彼の様子を見ていたアーカイブがふと顔を上げる。真っ赤な瞳が見る先は、ここではないどこか遠く。

「……この仕事をしている以上、やれるときにやっておくのはいいことですよ。特に今日のような日に限っては」

「は？」

　含みある物言いに、怪訝《けげん》な表情を浮かべる伽羅森《からもり》。

　その彼へアーカイブは流し目を向ける。

「三分一二秒後に、緊急で任務が二件入ります」

「マジかよ……」

《無題《タイトレス》》の一件からすでに一日経《た》ったとはいえ、連続はキツイ。

　分かってたならせめてもっと早く言ってくれ、と彼女に言うのは無駄だ。彼女は自身に決められた運命以外のことをしてはくれない。できなくはないはずなのだが……。

「内容は？」

「一件目は現在愛知県で起きている事件について。もう一つは静岡の収容所でのものです。これからあたるのは、一件目のほうです」

　ヘリの進路が変わったのを体で感じる。これから愛知県に向かうのだろう。

「現在愛知県の一部地域で起きている連続失踪事件が歪理物《ヴァニット》によるものの可能性が高いそうです。その調査と対象の破壊が望まれています」

「それ、破壊不可能体《アンブレイカブル》なのか？」

「不明。ただ、非常に狂暴なようで、破壊を試みた中級調査員四名が変異していますヽヽ」

不穏な言葉に、伽羅森《からもり》は眉を上げる。

「変異？」

「ええ。報告によれば、その歪理物《ヴァニット》から一定値以上の損傷を受けた場合、その歪理物《ヴァニット》と同じ姿にされてしまうそうです」

伽羅森《からもり》は苦い表情を浮かべた。

「自己増殖タイプかよ……。そりゃ急いで対応しないとな。藤中《ふじなか》は調査員に任せて……」

「いえ、藤中《ふじなか》さんも同行してもらいます」

「は？　なんでだよ？」

伽羅森《からもり》の席の隣で藤中《ふじなか》も目を丸めている。

「二件目の任務は藤中《ふじなか》さんと《無題《タイトレス》》を必要としているからです」

「…………」

伽羅森《からもり》は不快そうに鼻に皺《しわ》を寄せた。

愛知県、某所。

周囲に住宅街やアパートが立ち並ぶごく普通の町でその事件は起きたらしい。

事件が起きた町に近いという繁華街をアーカイブと伽羅森《からもり》、藤中《ふじなか》は歩いていた。

夕暮れ時ということもあり、繁華街は賑《にぎ》わっている。

「二週間前、一人の青年が失踪しました。彼の友人たちの『化け物に襲われた』という証言とともに。はじめは誰もまともに取り合いませんでしたが、その後その友人たちも立て続けに失踪。世間でもニュースになってしまいました。事件の異常性と相次ぐ『化け物を見た』という目撃者の証言より、潜伏していたノアリー調査員が歪理物《ヴァニット》の事件と判断、情報統制済みです」

「その『化け物』の目撃談ってのは？」

「顔に大きな右目しかない上半身だけの人型、だそうです。しかも元々は壁の絵で、そこから出てきたという証言もあります」

「そりゃどう考えても歪理物《ヴァニット》だ」

世間に明るみになって大パニックにならなくてよかったと伽羅森《からもり》は僅かばかり安堵《あんど》する。

「被害者は失踪って言ってるけど……」

「ええ。事件ごとに目撃談と同時に目撃される人数も増えています。ほぼ確実に、その増えた歪理物《ヴァニット》は元被害者たちでしょう」

「………………」

伽羅森《からもり》は息をついて首を振った。

「あの、伽羅森《からもり》くん、やっぱり無理！　無理だって！　こんなところでこの本が暴走したら！」

そう隣で言ったのは、二人に遅れてついてきている藤中《ふじなか》だった。彼女は怯《おび》えきっている。

「問題ないはずです。私の力の八割も割いて《無題《タイトレス》》を封じています。たとえ《無題《タイトレス》》が一〇冊に増えても破ることは不可能です」

そしてそのせいで今回も伽羅森《からもり》がほぼ一人で頑張らなければいけないことが決まっている。

伽羅森《からもり》は昨日のことを思い出す。

いかにちゃんと封印をしているか説明しても《無題《タイトレス》》を書斎から出そうとしなかった藤中《ふじなか》に対して、アーカイブは書斎を丸ごと一枚の紙のように潰して《無題《タイトレス》》をその書斎の紙で包んでみせたのだ。『はい。これで書斎に入ったままですね』とか言って。

絶対書斎の結界の効果は潰した時点で消え去っただろうが、伽羅森《からもり》は何も言わなかった。

視覚的なインパクトもあって一応それで藤中《ふじなか》は説得できた。

「でも、なんでわざわざ私を連れてきたんですかっ？」

「ヘリコプターの中でも説明しましたが、あなたと《無題《タイトレス》》を置いていくわけにはいかず、かといって伽羅森《からもり》さんと私が離れるわけにもいかないからです。特に今回のような、戦闘が確実視されるいい任務ではい」

「…………」

アーカイブの言葉に伽羅森《からもり》は顔を顰《しか》めるだけだった。

「どっちにしても、こんな人込みにいるのは怖いです……。その上半身だけのやつは、こんなところにいるんですか？」

「不明。ただ、現状襲われている人間に共通点があるので、そこからあたろうと思います」

「共通点？」

「現状確認できているこの町の被害者九名のうち、六名が秋日高校二年の男子生徒です。それもいわゆる一般的に不良と呼ばれる生活傾向にある生徒たちです」

具体的な数値と情報をぶつけられたことがショックだったのか、藤中《ふじなか》は顔を青ざめさせて口を噤《つぐ》んでしまった。

伽羅森《からもり》は彼女に同情しながらも会話を続けた。

「何か襲う相手に法則性があるってことか？」

「でしょうね。もし無差別に襲うなら、もっと爆発的にこの町の人間が変異させられているでしょうし。その六名の秋日高校の生徒ですが、それぞれ仲がいいメンバーだったそうです」

「どういう法則の歪理物《ヴァニット》なんだか。……法則性があればだけど」

法則性を持っていると見せかけて歪理物《ヴァニット》が勝手にそうしていただけというケースはいくらで

もある。《無題《タイトレス》》だって「実は文字以外も食べられます」となってもなんら不思議ではないのだ。彼らは歪《ゆが》んだ理を持つ存在なのだから。

「この町の人間に加えて、その歪理物《ヴァニット》に手を出そうとしたノアリー職員も、三名ほど反撃をもらい変異させられています。法則性を見るなら、その秋日高校の二年の男子生徒だけを見て、残りは自己防衛反応等《など》の例外と見るのが妥当でしょうね」

「まあそうだな」

「対象の名前は《半端者《ハーフィット》》です。少し皮肉が利《き》いた名前ですね」

と、話しながらツトトトと、アーカイブが二人から離れ、道の端へ寄っていく。

「？」

首を傾《かし》げる二人。と、伽羅森《からもり》は彼女の寄った側の道の先にラーメン屋があることに気づいた。

夕飯時であることも手伝って、豚骨のいい匂いが漂っている。

「え、本気か？　今ラーメン屋行く運命なの？」

「そんなわけないでしょう」

駆け寄った伽羅森《からもり》へ眉一つ動かさずにそう答えるアーカイブ。

言葉の通り、彼女はそのままラーメン屋の前を通り過ぎた。……首だけはラーメン屋の方を向きながら。

「そんなに行きたいなら帰りに行こうぜ」

「……残念ながら、今日の夕飯はラーメンではない運命です」

「あ、そうなの？　何食べることになってんの？」

「焼肉です」

「より豪華になってますけど」

そんなことを話しながら繁華街を抜け、住宅街へと足を踏み入れる。

藤中《ふじなか》が少しだけ安堵《あんど》の表情を浮かべた。

「あのー。今どこに向かってるんですか？」

「今は最初の現場にいた五人のうち最後の一人の家に向かっています。《半端者《ハーフイット》》の法則性がそのままなら彼を襲う可能性は高いでしょう」

「でもそうじゃなかったら……」

「別の誰かが殺されるでしょう」

藤中《ふじなか》の声にあっさりアーカイブが答えた。彼女は続ける。

「たとえ法則通りだったとしても次が彼だとは限りませんしね。でも、法則通りならきっと《半端者《ハーフイット》》は伽羅森《からもり》さんの前に現れるでしょう」

「え、それってどういう……？」

「彼に課せられた運命がそれを望むでしょうから」

金髪の少女は、伽羅森《からもり》が肩にかける蓮華《れんげ》模様の竹刀入れに目を向ける。

「伽羅森《からもり》さん。一応もう、その小学生がおみやげで買うキーホルダーみたいな剣を出しておいてください」

「もしかしてティルフィングのこと言ってる？」

もしかしなくても、ここに剣は一振りしかない。

「一応呪いの剣なんだけど、すごい言いぐさだな……」

「すでに呪われてますので」

「それは笑えん。てか、なんでもうティルフィングが必要なんだよ。《半端者《ハーフィット》》が近いのか？」

「……《半端者《ハーフィット》》以外の人たちと出会うかもしれませんので」

「は？　なんの話だ？」

心当たりのないアーカイブの言葉に伽羅森《からもり》が眉を寄せる。

「ノアリーが正式に手に入れている情報ではありませんが、『墓上の巣《グレイブ・ネスト》』が動いているという情報があります」

「は⁉　なんであいつらが⁉」

伽羅森《からもり》は目を剝《む》いて殺気立った声をあげた。

「今回は情報統制前に目立ちすぎたので、ありうる話です」

「でも、あいつらの目的は――」

その言葉が終わると同時に通りの向こうから男の悲鳴が響き渡った。

「うわぁあ！」

夕焼けの赤を血の色へ連想させる声。

その声に藤中《ふじなか》がビクリと飛び上がった瞬間には、伽羅森《からもり》は竹刀袋からティルフィングを出して駆けだしていた。その速さたるや影すらおいていきそうなほど。

瞬く間《またたくま》に伽羅森《からもり》と藤中《ふじなか》たちの距離が離れた。

伽羅森《からもり》は声の方向を正確に聞き分けていた。三つ目の通りを抜けた曲がり角。ブロック塀に囲まれた薄暗い通りで惨状は繰り広げられていた。

倒れて震えている青年と腕から血を流しながら青年を庇《かば》う初老の男性。二人の前にはコンクリートでできた上半身だけの怪物《半端者《ハーフィット》》の大群がいた。

塀やアスファルトから半身を覗《のぞ》かせる不気味な存在が道を埋めるようにひしめき合っている。ギョロリと丁寧な造形の右目の数々が震える青年を捉えている。

「大丈夫か！」

初老の男性、おそらくは事前に青年を警護していたノアリー調査員に声をかけながら伽羅森《からもり》は二人の前に立つ。

「来てくれましたか。予想通り、彼を襲いに来たようです……。気を付けてください。奴《やつ》は壁に自由に出入りします。なにより……速いです」

伽羅森《からもり》は《半端者《ハーフィット》》の大群を見る。

「報告だと、せいぜい一〇体くらいだと思ってたんだけどな……」

明らかに二〇体以上いる。

「すみません。こちらの職員も何人かやられてしまいまして……」

「くっ……」

仲間の死を悼《いた》む暇はない。

調査員の言葉通り地面の絵となった《半端者《ハーフイット》》の一体が、次の瞬間には青年の寄り掛かっていた塀にまで移動してきたのだ。

針のように飛び出る細い腕。

しかし伽羅森《からもり》もそれに追いつき、青年を庇《かば》いつつその腕をティルフィングの鞘《さや》で弾く。

「このっ……！」

そのまま流れるように回し蹴りを放ち、《半端者《ハーフイット》》の腕を砕く。だが、瞬時に絵に戻った《半端者《ハーフイット》》の腕は砕かれる前の状態に戻っている。

続けて凄《すさ》まじい速度で移動してきたのは別の《半端者《ハーフイット》》。今度は地面から青年を襲おうとしてくるが、

「させるか！」

青年の首根っこを引っ張り、地面から突き出したアスファルトの腕を回避させる。

伽羅森《からもり》はティルフィングの鞘《さや》の先端を持って振るう。巻き付いた鎖によって剣は抜ききられ

ず、僅かに露出するは鈍い蒼刃《そうじん》。

蒼《あお》の軌跡を残しながら《半端者《ハーフイツト》》の右腕を切断した。

悲鳴も何も聞こえない。しかし、地面に腕を引っ込めた《半端者《ハーフイツト》》は明らかに動揺した様子を見せた。

今度は腕が戻っていない。描かれた右目は確かに切断された右腕を見ている。

その動揺が伝播《でんぱ》したのか、後ろに控えていた《半端者《ハーフイツト》》たちも落ち着かない動きを見せる。

伽羅森《からもり》は歯噛《はが》みする。

彼らは元人間だ。だが、こうなってしまってはもう……。

考えている時間はなかった。今度は三匹が同時にアスファルトや塀に潜って襲ってくる。彼らの狙いはもう完全に伽羅森《からもり》に移っている。

剣に手をかけようとする伽羅森《からもり》。しかし、その手には明らかに躊躇《ためら》いが絡《から》みついている。

塀やアスファルトから同時に飛び出してくる《半端者《ハーフイツト》》。しかし、

「棺桶《かんおけ》」

透き通った声が路地に響くと、《半端者《ハーフイツト》》の目の前に、文字でできた黒い棺桶《かんおけ》が出現した。

《半端者《ハーフイツト》》は勢いのままに開いた棺桶《かんおけ》の中に飛び込んでしまい、そこから脱出する間もなく棺《かん》桶《おけ》の蓋が閉じた。

伽羅森《からもり》が振り返ると、そこには追いついてきたアーカイブと藤中《ふじなか》の姿があった。

綾《あや》とりを構えるアーカイブが「出棺」と言うと、三つの棺桶《かんおけ》は激しく揺れたままアスファルトへと吸い込まれて消えた。

伽羅森《からもり》は眉を顰《ひそ》める。綾《あや》とりを掲げた少女の姿が不自然にブレていたのだ。

「アーカイブ……？」

この現象には見覚えがある。アーカイブが自身に決められた運命に違う行動をしたときに見られるものだ。

案の定、アーカイブの体がひときわ大きくブレたかと思うと、ただ背筋を伸ばして立ち尽くす姿へと変わった。その表情は、重病でも患《わずら》ったかのように苦しそうだ。

「も、問題……ありません。……伽羅森《からもり》さん。彼らはもう人ではありません。躊躇《ため》えば死ぬのはあなた以外の人です。違いますか？」

「わかってる……！」

苦汁を呑《の》み込み、《半端者《ハーフイツト》》たちへと視線を向ける。

伽羅森《からもり》が鞘《さや》からティルフィングの蒼《あお》い刀身を覗《のぞ》かせる。その蒼《あお》の異様な雰囲気に明確に殺意を上乗せして。

「すまない……」

ただ《半端者《ハーフイツト》》たちの反応は伽羅森《からもり》の予想していたものと違った。

彼らが恐怖の感情を持っているかは定《さだ》かではないが、絵の異形たちは次の瞬間、矢のように道奥へ逃走したのだ。

「ちょ……待て！」

追おうとするもさすがに速すぎて追うことができない。それに、後ろで倒れこんでいる青年と調査員を置いていくわけにもいかない。

「猟犬」

迷う伽羅森《からもり》の横を複数の黒い影が走り抜ける。

それはアーカイブが出した文字の塊が成す黒い犬たちだった。

さらにその犬たちに続いてアーカイブが駆ける。

「私が追います。伽羅森《からもり》さんは彼らを」

「あ、おい！」

道奥へと走っていくアーカイブに伽羅森《からもり》はどうしようもなく不安を覚えた。また、彼女の体がブレていたのだ。

今の言葉、行動。彼女は今本当に運命に従っているのか？　そうでないならいったいなぜ？

だが、考えて分かるものでもない。アーカイブが角を曲がって見えなくなったあと、伽羅森《からもり》は後ろで倒れている調査員と青年のそばに膝をついた。

「大丈夫ですか？」

「ええ。私は大丈夫です」

初老の調査員は腕の止血をしながらそう答えたが、伽羅森《からもり》に引きずり回された青年は放心状態になっていた。どうやら怪我《けが》はないようだが。

「な、なんなんだ、あんたら……。あんたらも、武雄《たけお》と関係あるのか？」

「は？　タケオって――」


「なぁーんだぁ？　でっけぇ歪《ゆが》みがあると思ったら、ノアリー様ご一行かよ」


野太い声は嵐のよう。

顔を上げると、伽羅森《からもり》たちが来た通り側に大柄な男が立っていた。

スキンヘッドのその男は、そろそろ春も終わるというのに夜闇のように黒いトレンチコートに身を包んでいる。皺《しわ》の多い顔と特徴的な大きな鷲鼻《わしばな》。笑っているせいでさらに皺《しわ》の多くなったその顔に、小さな目がギラリと輝いていた。

その大柄な体型は目を引くが、何より目を引くのは男が担《かつ》いでいる大きな錨《いかり》であった。

錆《さび》も浮かぶ武骨なそれは、あまりにこの空間から浮いている。

伽羅森《からもり》は瞬時に藤中《ふじなか》や調査員たちの前に出ると、抜刀の構えを取った。

このタイミング、この威圧感、そしてその風体。只者《ただもの》ではないことは明らかだ。何より彼が声を上げるまで伽羅森《からもり》はその気配にも気づけなかった。

特徴的過ぎる彼の恰好《かっこう》と顔を見て伽羅森《からもり》は告げる。

「お前、墓上の巣《グレイブ・ネスト》の……《火厄庫《ディストレージ》》だな」

「おうおう、流石《さすが》に知ってるか」

青年の頬を冷や汗が流れる。

伽羅森《からもり》たちのいる裏側の世界で名前が売れるということはほとんどない。それでもなお名前が知られているというのは、それだけの猛者《もさ》であるという証左なのだ。

伽羅森《からもり》はティルフィングの柄に手を置き、大男の全ての所作に注意を向ける。

「なぜ墓上の巣《グレイブ・ネスト》があの化け物を狙う。人手不足で化け物までスカウトしに来たか？」

それを聞いた火厄庫《ディストレージ》は小さな目を丸くさせたあと、額を押さえて爆笑した。

「ハァーッハッハッハッハ！　馬鹿言ってやがるぜ？　本気じゃねぇよな？　その分だと……そうかお前ら……ハッハッハ、頭使えよな！　天下のノアリー様がよ」

何がそんなにおかしいのかはわからないが、その挑発じみた笑いに心を乱すことなく、伽羅《から》森《もり》は冷静にティルフィングを構える。

「おいおい、やめてくれよ。不死者も殺せる剣向けてくるんじゃねぇよ。クックック……」

ひとしきり笑った火厄庫《ディストレージ》は顎を撫《な》でる。彼の這《は》うような視線が伽羅森《からもり》に纏《まと》わりついてくる。

「……にしても、思った以上に若いんだな。あんた、ノアリーの《歪《ゆが》み絶ち》さんだろ？　そのダセェ剣で一発でわかったぜ」

「は？　何言ってんだお前？　超カッコいいだろ」

「……え？」

「は？」

突然挟まる沈黙。お互いが本気で相手が何を言ってるかわからない顔をしている。

「そうか……。……すまん」

「なぜ謝る」

火厄庫《ディストレージ》と呼ばれた男は少し気まずそうな顔をしていたが、一つ咳払《せきばら》いをして改めて人を食ったような表情を作る。

「まあいいや。俺ぁ、あんたに会いたかったんだよ」

「……？」

男の笑みが一層深まる。

「四年前のお前の事件の被害者にはよぉ、俺の息子もいたんだよ」

その言葉を聞いた瞬間、伽羅森《からもり》は一気に顔を青ざめさせた。

「おい勘違いすんなよ。別に恨んじゃいねぇ。こっち側の仕事しててまともな死に方できると思ってるほうが馬鹿だろ。そもそも、ちょっかい出したのは俺らだしなぁ。ただまあ……」

一瞬にして二人の間にあった間合いが詰められた。

「仇《かたき》は取るもんだよな！」

「ッ……！」

息を呑《の》む暇すらなかった。

ほぼ反射的に伽羅森《からもり》は鞘《さや》を振り上げる。

瞬《またた》きすら許さぬ間に、火厄庫《ディストレージ》の錨《いかり》とティルフィングの鞘《さや》が激突し、ギィンッと体を痺《しび》れさせるほどの音が路地に響き渡る。

「クッソ！」

叩《たた》きつけられた錨《いかり》は重い。武器としてはふざけているが、わざわざこんなものを使っているということは、

(歪理物《ヴァニット》か！)

さらに振るわれた錨《いかり》が頬をかすめる。

「ずいぶん変わった武器だな！」

「あぁ！　使いづらくて仕方がねぇよ！」

返答に重なって錨《いかり》が伽羅森《からもり》に襲い掛かる。

二度、三度と錨《いかり》と剣戟が舞うが、二人の激しい攻防には明らかな優劣があった。

「お前こそ、ずいぶんふざけた剣技だなぁ！」

振るわれた錨《いかり》が伽羅森《からもり》の肩を強く殴打《おうだ》する。

痛みに耐える間すら惜しんで伽羅森《からもり》は鞘《さや》に収まったままのティルフィングを振るうが、軽く

火厄庫《ディストレージ》の腕に弾《はじ》かれる。体勢を立て直しながら伽羅森《からもり》は腰の銃を抜いて打ち放つが、火厄庫《ディストレージ》の頭を正確に狙った銃弾はなぜか一発も彼に当たらない。

「今更銃が効く奴《やつ》なんているかよ！　いやあ、やっぱり肉弾戦は楽しいねぇ！　こっちの世界に来ただけある！　でもなあ、残念なのは……」

起死回生を狙って低い姿勢から攻める伽羅森《からもり》、殺意の光を湛《たた》えた瞳はコート奥の右足を狙っている。彼がティルフィングを半ば抜きながら剣を振るおうとしたそのとき、

「初見殺しが多すぎることだなぁ」

伽羅森《からもり》の体が切り裂かれた。

大型の獣が爪を振るったかのような三本の斬撃痕が肩から腹へ真っすぐ刻まれた。

吹き出す血液。伽羅森《からもり》は何が起こったのか理解すらできなかった。

火厄庫《ディストレージ》が担《かつ》いだ錨《いかり》を拳で叩《たた》く。

「こいつは使いづれぇけど、これが強えんだ」

倒れ伏す伽羅森《からもり》。その頭に容赦なく錨《いかり》が振り下ろされようとしたそのとき、

「逆棘槍《バードスピア》」

女性の声と同時に、一本の長槍《やり》が鋭い風切り音を唸《うな》らせ火厄庫《ディストレージ》を襲う。

「おっと？」

火厄庫《ディストレージ》は即座に錨《いかり》の軌道を変え、槍《やり》を弾く。

「邪魔が入ったか」

彼が視線を投げた先には先ほどまで誰もいなかった場所に、体をブレさせて苦しそうな表情を浮かべるアーカイブの姿があった。その手には赤い綾《あや》が組まれている。

「なんだぁ？　瞬間移動か？　今時珍しい」

「い、いいえ……戻っただけです……。私は……先ほど彼らを追うと決められていませんでしたので」

言葉が終わるころには、彼女は自分の目の前で赤い麻紐《ひも》を組み終えていた。

「厄落とし」

綾《あや》とりから金色《こんじき》の紐《ひも》が幾本も飛び出し、火厄庫《ディストレージ》へと殺到する。

火厄庫《ディストレージ》は大きく後退すると、何もないはずの彼のロングコートの胸元から拳大の黒いガラス瓶が飛び出してきた。

迫りくる超常の紐《ひも》に黒い瓶が激突する。

瞬間、真っ赤な炎が広がり、金色《こんじき》の紐《ひも》が焼き消えた。

「火厄庫《ディストレージ》と呼ばれるだけはありますね。そのコートの中は炎の瓶だらけということですか」

「んー？　どうかねぇ？　瓶だけとはかぎらねぇだろ？」

火厄庫《ディストレージ》が担《かつ》いでいる錨《いかり》に視線を送る。

「運がよかったな歪《ゆが》み絶ち。じゃあせいぜい化け物退治がんばれや！」

言葉の終わりに火厄庫《ディストレージ》がコートから取り出した瓶を砕く。

瓶から現れた青い炎が彼の体を包み込み、その体は灰すら残らず消え去った。

「伽羅森《からもり》くん！」

倒れこむ伽羅森《からもり》に藤中《ふじなか》が駆け寄ってきた。

真っ赤な血が彼の服を染めあげていく。

「大丈夫だ、藤中《ふじなか》……。これくらいの怪我《けが》は怪我《けが》のうちにも入んねぇよ」

彼が服の下に着込んでいるボディスーツが薄く光ると、出血が収まっていく。

常識を超えた相手と対面させられるだけあって、金死雀《カナリア》が着込むこのスーツは特別製。

歪理物《ヴァニット》によって生み出された特殊な物体が編み込まれ、その薄さからは想像できない機能と強度を持っている。

藤中《ふじなか》はアーカイブに顔を向ける。

「さっきの人、なんなんですか？」

「墓上の巣《グレイブ・ネスト》。歪理物《ヴァニット》を収集し、その特異性を利用して利益を上げようと目論む組織《もくろ》の一員です。

彼らは歪理物《ヴァニット》の匂いを嗅ぎつけると、それを何とかして手に入れようとしてくるのですよ。邪魔する人間を殺してでも」

「ころ……」

あまりに自然に出た物騒な言葉に藤中《ふじなか》は声を詰まらせた。

「アーカイブ……。藤中《ふじなか》が怖がるような説明はやめてくれ」

ゆっくりと伽羅森《からもり》は立ち上がる。まだ顔色は悪い。スーツの応急処置は終わり、動ける程度には回復していた。

「伽羅森《からもり》さん。《半端者《ハーフイット》》ですが、ほとんど処理することはできましたが二、三体ほどは逃がしてしまいました」

淡々とそう言うアーカイブに伽羅森《からもり》は怪訝《けげん》な目を向ける。

「それは……ありがとう。十分だ。でもそうじゃなくて、さっきのはなんだ？　明らかに変だったぞ」

「賭けに……」

と、そこまで言おうとした彼女の体がブレて、口を閉じた姿になる。

「賭け？」

問い直すが、苦しそうな顔をした彼女はそれ以降何も言わない。

伽羅森《からもり》は眉を下げる。

「何も言わないって決められてるのか」

彼はそれ以上追及せず、改めて調査員に守られていた青年に近寄る。

「悪い。いろんなことが同時に起きてグチャグチャになっちまったな。大丈夫か？」

「だ、大丈夫なわけあるかよ。ま、マジで意味わかんねぇよアンタら……」

青年は怯《おび》えきって震えてしまっている。

「俺たちはあの化け物を退治する側の人間だと思ってくれ。そのあとに来たおっさんは無視していい。で、あんたさっき変なこと言ったな。タケオがどうとか」

「あ、ああ。言ったよ。あの化け物絶対武雄《たけお》のなんかなんだ。そうに決まってる！」

「落ち着けよ。まず、武雄《たけお》って誰なんだよ？」

「小牧《こまき》武雄《たけお》。秋日高校二年生の生徒にいますね。美術部所属、今回の事件の被害者たちから、ありていに言えばいじめを受けていた人物ですね」

「な、なんであんたそんなこと知ってんだよ」

淡々と告げたアーカイブに、青年は怯《おび》えた目を向けるが伽羅森《からもり》は無視した。

「で、その武雄《たけお》が今回の事件になんで関わってるって思うんだよ」

「なんでって、そんなの……あの絵は武雄《たけお》がよく描いてる絵なんだよ！」

「……!!」

瞬間、伽羅森《からもり》とアーカイブ、初老の調査員にまでも衝撃が走った。

電撃のように走った思考。

青年の一言で完全な勘違いに彼らは気づいたのだ。

あの特徴的な《半端者《ハーフィット》》の絵。

絵ということは、作者とそれを描いた道具があるはずではないか。

《半端者《ハーフィット》》の異常性と凶暴さに気を取られて失念していた。もとより突然絵が発生するなんて何の不思議でもない界隈《かいわい》。だが、それでも常識的な思考を一度してみるべきだったのだ。

「アーカイブ、その武雄《たけお》とかいうやつの住所は⁉」

「把握済みです。ついてきてください」

言いながらすでにアーカイブは駆けだしていた。伽羅森《からもり》もそれに続く。

火厄庫《ディストレージ》が言っていたのはこのことだったのだ。そしてあの口ぶりからして火厄庫《ディストレージ》はその武《たけ》雄《お》の元に向かったのだ。

彼か、もしくは彼が《半端者《ハーフィット》》を描いた道具を回収するために。

伸びた夕日は、地平線に沈む前に雲に隠れようとしていた。

◆◆◆

「僕のせいじゃない……僕のせいじゃない……」

カーテンの閉め切られた薄暗い部屋で一人の青年、小牧《こまき》武雄《たけお》がベッドの上で膝を抱えていた。彼の体は震えている。それは己に罪悪の自覚がある証拠でもある。

カーテンの隙間から差す夕日の欠片《かけら》が、部屋にオレンジの線を引いている。その線がゆらりと揺れた時、

「なるほどなぁ、自覚はないタイプか。それとも描いた道具が特殊なパターンか？」

一人の大男が部屋に立っていた。

「う、うわぁ！」

青年は飛び上がってベッドから転げ落ちる。

皺《しわ》の刻まれた顔に大きな鷲鼻《わしばな》。釣り上がった口角は獲物を狙う肉食獣そのもの。

「だ、誰ですかっ？」

「ちょーっといいおじさんさ。悩み相談とかのったりしてな？　ハッハッハ！　あるだろ悩み？　嫌なやつを殺してくれる便利な化け物を作ったとかさ？」

「ち、違う！　本当にあのペンにこんな力があるなんて思わなかったんだ！　あいつらをやっつけてくれたらいいくらいの気持ちで描いて、それでも途中で描くのがバカらしくなってやめたんだ！　そんな半端《はんぱ》な絵なのに、あれは……あの絵は……」

青年は頭を抱えて蹲《うずくま》ってしまった。

が、男はそれを許さず青年の首元を摑《つか》んで壁に叩《たた》きつけた。

「ぐがっ……」

「メソメソすんなよガキ。ぱっぱと情報集めたいんだわこっちは――」

瞬間、鋭い風切り音が火厄庫《ディストレージ》を襲った。

とっさに青年から手を離して下がる火厄庫《ディストレージ》。先ほどまで彼がいた場所に、木製の腕が突き出していた。

激しく咳《せ》き込む青年の後ろに、一つ目の絵《半端者《ハーフィット》》の姿があった。他にも床と壁から別の《半端者《ハーフィット》》が姿を現す。

「はぁん？　そういう機能もあるのね」

余裕を崩さない火厄庫《ディストレージ》。

対する《半端者《ハーフィット》》たちは滑るように急速に接近し、火厄庫《ディストレージ》に襲い掛かる。

カーペットや壁から飛び出し、手刀で火厄庫《ディストレージ》を貫こうとして、

「いやいやいや、出てきたとこの材質になるのに壁とかカーペットになっちゃダメでしょ」

その手刀は彼の真っ黒なコートに全て受け止められ、そのカウンターにコートから無数の瓶が飛び出す。

「あと、体全部出したのも運の尽きだったな」

ニヤリと火厄庫《ディストレージ》が笑うと同時に瓶が砕け、炎が逆巻く。

一瞬にして炎に巻かれた《半端者《ハーフィット》》たちは、真っ赤になって燃え上がった。

絵に戻る暇もない。炎に包まれた《半端者《ハーフィット》》たちは、地面に落ちる前に全て燃え尽きた。

真っ黒な灰が花吹雪のように部屋に舞い散った。

「んじゃ、話の続きと——」

ガシャアン！　という窓が割られる音で、またも彼の言葉は遮られた。

飛び込んできたのは、伽羅森《からもり》迅《しん》。

金色に輝く剣の鞘《さや》を彼は容赦なく横薙《な》ぎに振るう。

「んだよ次から次へとよぉ！」

固い激突とともに、振り下ろされた鞘《さや》を難なく腕で受け止める火厄庫《ディストレージ》。

受け止めた腕からは錨《いかり》と思われる金属が浮き出ている。

「早い者勝ちってことで今回は譲ってくれねぇか？　歪《ゆが》み絶ち様よ？」

「金のために町の人間を全員宝石に変えちまうような外道どもに渡すかよ！」

「あったなぁ！　そんなことも！」

切り裂くような鋭い蹴りが伽羅森《からもり》の腹に叩《たた》きこまれた。

顔を歪《ゆが》ませる伽羅森《からもり》。

続けざまに火厄庫《ディストレージ》は伽羅森《からもり》の頭を摑《つか》んで、とんでもない力で彼を窓の外に投げつけた。

伽羅森《からもり》はガラス片と共に中庭に投げ出される。受け身を取る彼を追って火厄庫《ディストレージ》もまた庭に飛び出してくる。

その瞬間、火厄庫《ディストレージ》の頭上から文字でできた巨大な影が襲い掛かる。

遅れて駆け付けたアーカイブの歪理術。

赤い麻紐《ひも》で取られた綾《あや》は象の蹄《ひづめ》を意味するもの。

「邪魔すんなよお嬢ちゃん！」

火厄庫《ディストレージ》は難なく文字の足を躱《かわ》すと、自身の袖もとに腕を突っ込んだ。真っ黒なコートは沼のように彼の腕を呑《の》み込み、彼がそこから腕を引き抜いたときには、その手に青色のガラス瓶が握られていた。

彼がそのままアーカイブにガラス瓶を投げつけると、瓶が割れて赤い炎が出現する。彼女と、彼女の隣にいた藤中《ふじなか》を呑《の》み込まんと。

「っ！　藤中《ふじなか》さん！」

焦《あせ》りの顔を見せるアーカイブ。

瞬時に編んだ籠形の綾《あや》を怯《おび》える藤中《ふじなか》に向けた瞬間、真っ赤な炎に二人は包み込まれた。

「随分と他に力を回していたようだが、それで俺の前に立っちゃいけないねぇ」

「藤中《ふじなか》っ！　アーカイブ！」

「殺しちゃいねぇよ。茶髪のお嬢ちゃんのほう、随分といい歪《ゆが》みを持ってるじゃねぇか。そいつも欲しくなっちまってね」

「このっ！」

毛を逆立てた伽羅森《からもり》が獣のように火厄庫《ディストレージ》に襲い掛かる。

対する火厄庫《ディストレージ》は笑みを絶やさずコートから錨《いかり》を出してそれを捌《さば》く。

鞘《さや》に収まったままのティルフィングを振るい、時には柄頭《つかがしら》から伸びる鎖も使い縦横無尽に襲い掛かるも、全ては錨《いかり》と炎に防がれる。対して……、

「ッ……！」

不可視の斬撃に伽羅森《からもり》の肩が切り裂かれた。

続けて火厄庫《ディストレージ》がオレンジの瓶をコートから取り出して割ると、何羽《わ》もの炎の鳥が現れる。襲い来る炎の鳥を伽羅森《からもり》は鎖とティルフィングで叩《たた》き落《お》とすも、数羽《わ》落としきれず彼の腹部に直撃する。

動きが鈍った伽羅森《からもり》に錨《いかり》の猛攻が畳みかけられ、すんでのところで躱《かわ》した伽羅森《からもり》の首筋が僅かに切り裂かれる。

血の雫《しずく》が舞い、振《ふ》り撒《ま》かれる殺意を赤く彩《いろど》る。

鋭い痛みに反射的に手を引くと、不可視の斬撃に手の甲が切られている。痛みに気を取られていた隙をつかれ、伽羅森《からもり》の右半身に嵐のような炎の奔流が直撃した。

「ぐ……あっ！」

爆炎で上着はおろか特注のボディスーツすら焼け飛び、彼の右肩から下の肌が露出する。

伽羅森《からもり》は大きく間合いを取って体勢を立て直した。

痛みに震える右腕を見る。内側から爆《は》ぜたように各所に出血と火傷《やけど》がみられるが、まだ動かせないほどじゃない。

右腕の肘と手首の間にある青黒い小さな痣《あざ》に嫌でも目がいってしまう。

「ハァ……ハァ……」

彼の耳元に死の足音が響いている。

実力差は明らか。全くもって歯が立たない。

火厄庫《ディストレージ》が何か言いながらゆっくりと近づいてくる。伽羅森《からもり》の目にはその姿はとても大きく、そして重く見える。真っ黒なコートも相まってまるで死神そのもの。

自分の息遣いが大きく聞こえる。体のあちこちの痛みが脳を焼く。

ここで死ぬのか。そんな思考が焦げる脳に浮かび上がる。

切り抜ける手は一つだけ。しかし、その手を使えば……。

そのとき、彼の耳元に幼い子供の声が囁《ささや》かれた。

《駄目よ……シン。あなたは願ったんだから。『生きたい』って。だからあなたは生きないと。生きなければいけないのよ》

伽羅森《からもり》の瞳が揺れ、呼吸がさらに荒くなる。噛《か》んでいた唇が切れ、血が顎を伝う。

(黙れ。抜くな！　他の方法があるはずだ！　この剣だけは……！)

「まあ、安心しろや。あのお嬢ちゃんたちには、ちゃんといい使い道を見つけてやるからよ」

伽羅森《からもり》の瞳から光が消えた。

間合いを詰めて錨《いかり》を振り被《かぶ》る火厄庫《ディストレージ》。全く隙のないその動きは間違いなく達人の速度。

ならばそれは神速か。

大きな錨《いかり》が振り下ろされるその瞬間。

伽羅森《からもり》は火花を散らしてティルフィングを抜き放った。


瞬間、火厄庫《ディストレージ》の右腕が飛んだ。


錨《いかり》を持ったままの腕はコートごと切断され、血潮をまき散らして宙を舞う。

火厄庫《ディストレージ》に認識できたのは、風のような残像だけ。

気づけば目の前の伽羅森《からもり》の姿は消えており、腕の落ちた彼の背後に鬼神のごとき気配があるのみ。

呻《うめ》きながら振り返る火厄庫《ディストレージ》。彼の目には真っ赤な夕日を背負った一つの影が立ちはだかっていた。

その者の姿が暗く見えるのは逆光のせいだけではない。

彼のむき出しの右腕や顔に至るまで、彼の肌が露出している部分には、炎にも似た不気味な青黒い痣《あざ》がいっぱいに広がっているのだ。

その手に握られた剣は、夕日に焼かれているにもかかわらず不気味なほどに光を返していない。

ただ鈍く、蒼《あお》い。

しかし、血の付着すら許さない様が鋭さを印象付けてくる矛盾。その認識の齟齬《そご》が禍々《まがまが》しさを無理やり脳に焼きこんでくる。

「蒼剣《そうけん》……！」

火厄庫《ディストレージ》が一層笑みを深めた。

対して彼を射抜く視線は、光なくどこまでも冷たい色。

剣を持つ青年の表情は殺意どころかすべての感情が欠落しているよう。

とてもさっきまで対峙《たいじ》していた人物とは思えない。

「ハハハ……。ようやく歪《ゆが》み絶ち様の本気が見れるか……！」

火厄庫《ディストレージ》はコートから取り出したオレンジの瓶を砕く。

飛び出した炎は収束し、七羽《わ》の炎の鳥となって伽羅森《からもり》を襲う。しかし、複雑に動き青年に襲い掛かろうとしたそれらは、きっちり七発の銃声と共にあっけなくすべて散った。

その正確無比すぎる射撃に火厄庫《ディストレージ》は驚くも、切り落とされた自分の腕から錨《いかり》を拾い、すでに次の攻撃の準備を終えていた。

放たれるは彼の意志をトリガーとする不可視の斬撃。なんの予兆もない理不尽な斬撃の数々は、無慈悲に伽羅森《からもり》のいた空間へ殺到し……、
その全てが躱《かわ》された。

「おいおいっ！」

驚くべきは避けたこと以上にその速さだ。

抜剣する前も目を見張る身のこなしの速さであったが、今の彼は瞬間移動を錯覚するほどに速い。一人の人間の動きであるはずなのに、動作の目視が難しいほどだ。まるで精密機械のように全ての挙動に隙がなく、無駄がない。

いつの間にか二人の間にあった距離は消え去っていた。

「……ッ！」

長い鎖を尾に引いて、煌《きら》めくは抜き身の蒼剣《そうけん》。

火厄庫《ディストレージ》の全身から冷や汗が噴きだす。

「これならどうよ！」

火厄庫《ディストレージ》は自身の目の前に大量の不可視の斬撃を放つ。

それは見えない斬撃の盾。突っ込んでくればそのまま青年は切り刻まれる。

だが彼の目論見《もくろみ》は甘かった。

青年は火厄庫《ディストレージ》に向かってくる足を緩めない。

不可思議な姿勢で身を捻《ひね》り、地面を蹴って不可視の斬撃を次々と掻《か》い潜《くぐ》る。

そのありえない様にさしもの火厄庫《ディストレージ》も笑みが引きつる。

「てめぇ本当に人間かよっ⁉」

答えはない。

無機質な青年の瞳と視線が激突する。

火厄庫《ディストレージ》はそこで気づいた。この青年は自分の意識を読んでいるのだと。

視線、仕草、表情。その全てから火厄庫《ディストレージ》の意識を読み、不可視の斬撃の軌道を予測しているのだ。

火厄庫《ディストレージ》の顔が引きつる。

彼のやっていることは、どこまでも人間ができることだ。

正確な銃撃、鋭い体捌《さば》き、人間的な予測。そのどれもこの世の摂理に準じたもの。だが、だからといって、それはあくまで理論上できるだけのもののはずなのだ。それをこの青年は実際にやってのけている。

人間の枠内にはいるが、人間離れしている。

それが伽羅森《からもり》迅《しん》という青年の本当の実力。

意識の虚をつき、伽羅森《からもり》は火厄庫《ディストレージ》との間合いを一気に潰す。

火厄庫《ディストレージ》がしまったと思う頃にはもう遅い。

防御に錨《いかり》を構えるが、そんなものは意に介すことなく、鋭い斬撃は錨《いかり》ごと火厄庫《ディストレージ》を真一文字に切り裂いた。

◆◆◆

「あっ」

急に視界が開ける。

私たちを覆っていた炎が消えたんだ。

私もアーカイブさんも怪我《けが》はない。

あの炎に呑《の》み込まれる寸前、アーカイブさんが魔法で守ってくれたから。

晴れた視界に飛び込んできた光景を見て私の心臓が強く脈打つ。

そこには、異様に鈍い色の剣を振りかぶる誰かと、切り裂かれて力なく膝をつく黒いコートの人がいた。

いや、誰かじゃない。あれは伽羅森《からもり》くんだ。

自分の血の気が引いていくのを感じる。

全く目に光のない冷徹な表情。

私が知ってる快活な伽羅森《からもり》くんと同一人物とは到底思えなかった。しかも、不気味にうねった青黒い痣《あざ》が顔や腕に広がっている。

手に持っている剣は、いままでずっと絶対抜かなかったあの剣だ。

何も知らない私でさえ、あの鈍い青色の刀身からは禍々《まがまが》しい雰囲気を感じる。

二人とも血まみれで、残酷な光景に私の血さえそこに流れていってしまったように感じる。

私の隣でアーカイブさんが口を開いた。

「そうですか。抜いてしまいましたか」

蒼刃《そうじん》の一閃《いっせん》が黒コートの人の首に光る。

思わず私は目を逸《そ》らした。でも、何かが切断される生々しい音はこの耳で聞いてしまった。

私は自分が斬られたわけでもないのに思わず呻《うめ》いてしまった。

あの人がどうなったのか、私に見る勇気はない。

恐ろしいことに、そのあとも何度も肉を切りつける音が耳に入ってくる。

怖い。ただその感情だけが足から這《は》い上《あ》がってきた。

「か、伽羅森《からもり》くんは、どうしちゃったんですか」

「ティルフィングを抜いたのです。鞘《さや》から抜かれると、あの剣はより伽羅森《からもり》さんを強く手助けします。彼の意識すら奪い去って」

それって今伽羅森《からもり》くんは剣に操られてるってこと？

アーカイブさんが赤い麻紐《ひも》を紡《つむ》ぐ。

星みたいな形に編まれたそれが何を意味する綾《あや》か分からなかったけど、私の周囲に不可思議な文字が壁のように広がっていく。

すぐに私は磨《す》りガラスみたいな半透明な結界の中に収められた。

「そこから動いてはいけませんよ」

「これは……？」

「北欧神話のティルフィングの伝承は今でも一般社会に残っています。何でも切れる切れ味を持ち、持ち主の願いを叶《かな》え、破滅へと導く。そして……ひとたび鞘《さや》から抜かれれば誰かを殺すまで鞘《さや》に収まることはない」

思わず息をのんだ。

伽羅森《からもり》くんの尋常じゃない強さは、剣に自分の運命を引き換えたおかげって聞いてた。でも剣を抜いたら自分の意思とは関係なく人を斬るなんて……。

剣を抜けば剣に操られて、剣を抜いてなくても運命は剣のもの。

そんなの……あの剣の奴隷も同じじゃん……。

「……伝承は若干間違って伝わっています。剣を抜いた代償は、人を一人殺すことではなく、ティルフィングが許すまで人を殺すことです」

「ゆ、許すまで……？」

アーカイブさんの言葉に耳を疑う。

人数も期間も関係ない。ただ剣に引きずられるままに人を殺し続けるってこと？　いつ終わるか自分でもわからないままに。

そして今ここにいる人間は、わたしとアーカイブさんしかいない……。

手が震える。じゃあ私もアーカイブさんも……。

「安心してください。そこにいれば藤中《ふじなか》さんは、大丈――」


アーカイブさんの首が飛んだ。


磨《す》りガラスみたいな結界越しではっきりとは見えなかったけど、確かに見た。切り落とされるアーカイブさんの首と、いつの間にか目の前で剣を振るっていた冷たい瞳の伽羅森《からもり》くんを。

バシャリと大量の血液が私を囲う結界にこびりつく。

あまりのことに声すらあげることもできなかった。

今の今まで話していた人が一瞬にして……死んだ。

こみあげてきた吐き気すら自覚するのが遅れた。

首の切断されたアーカイブさんの肉体に向けて、何度も執拗《しつよう》に伽羅森《からもり》くんが刃を振るう。

数十秒もしないうちにアーカイブさんの体はいくつもの肉片へと変えられ、私を覆う結界もその周りも真っ赤な血の海に溺れることになった。

私はただ震えてその残虐な光景を見ていることしかできなかった。衝撃的な光景に体が固まってしまい、目を逸《そ》らすことすらできなかった。

血に汚れた結界越しに見ていなかったらきっと気がふれてたと思う。

伽羅森《からもり》くんの動きが止まる。

もうアーカイブさんの肉体だったものは、斬るに堪える場所がない。

その冷たい瞳が私を捉える。

「ひ……」

喉から辛《かろ》うじて出た声はそれだけ。体は石灰をつけられたように固まってしまっていた。

でもそのとき、私の目の前で不思議なことが起こった。

アーカイブさんがいた血だまりの上に、淡く光る何かが出てきた。

血濡《ぬ》れた結界越しでよく見えないけど、それは赤く半透明な一冊の本のように見えた。

その大きさ、分厚さは……

「《無題《タイトレス》》……？」

謎の本が一際《ひときわ》強く光る。次の瞬間、その場所には五体満足のアーカイブさんが立っていた。

切り刻まれた服は身に纏《まと》ってないけれど、そこには確かに金髪の女の人が汚れ一つなくそこにいる。

不思議な光景に私は啞然《あぜん》としてしまう。

「心配しなくて大丈夫です。私は今日死ぬ日ではありませんので。運命的に私は死にません」

そんなアーカイブさんを再び伽羅森《からもり》くんは粉微塵《みじん》に切り刻んでいく。

そこからは地獄のような光景が繰り広げられた。

残虐に何度もアーカイブさんを斬りつける伽羅森《からもり》くん。

人の形が失われるたびに何事もなかったように復活するアーカイブさん。

肉が切れ、骨が絶たれる音が何度も繰り返され、一つの庭が尋常じゃない血の海になっていく。

ただ伽羅森《からもり》くんが剣を振るうたびに、彼を覆う炎のような痣《あざ》が右腕のほうへ引いていった。

私は恐怖に震えながらその光景を見ていた。

無慈悲に剣を振るい続ける伽羅森《からもり》くん。

その彼の目からはずっと涙が流れていた。

◆◆◆

全てが終わったころには、夕日は完全に沈んでいた。

乾いた返り血で赤黒く染まった伽羅森《からもり》は荒い息のままその場に立ち尽くしており、アーカイブは一糸まとわぬ姿でそれを見守っていた。

伽羅森《からもり》を覆っていた痣《あざ》は、今はもう右腕の内側に小さく浮かび上がっているだけとなっている。彼の瞳には光が戻っており、彼が今までしたことが罪悪の棘《とげ》となって彼の心に突き刺さっていた。

　自分が行ったあまりにも残虐な行為。

　どこまでも彼はこの剣に支配されている。

　忌々《いまいま》しげに抜き身の刀身を睨《にら》みつけながら彼は乱暴にティルフィングを鞘《さや》に納めた。

「……すまない。アーカイブ」

「問題ありません。そのための我々ペアなのですから」

「…………」

　淡々と言うアーカイブの言葉に、伽羅森《からもり》は強く目を閉じた。

　藤中《ふじなか》の結界が解かれる。

　彼女は怯《おび》え切った目で伽羅森《からもり》を見ており、その視線は何よりも深く伽羅森《からもり》の心を抉《えぐ》った。

「……終わりましたか。お疲れ様です」

　いつの間にか初老の調査員が庭先に来ていた。

　彼はアーカイブの姿を見ると、自身の上着を脱いで彼女に渡す。

　ありがとうございます、と言ってアーカイブはその服に袖を通した。

　伽羅森《からもり》が重い口を開く。

「すみません。武雄《たけお》君の保護と周囲の住民の避難もやってくれてたんですよね」

「ええ。あなたがティルフィングを抜いたと情報が入ったので大急ぎで。ティルフィングを抜いたとなると、お二方とも他に手を回す余裕はなくなるでしょうから」

「本当に、ご迷惑おかけしました」

頭を下げる伽羅森《からもり》に初老の調査員は首を振る。

「いえいえ、あなたたちが背負うものに比べれば、これくらいの苦労は……」

初老の調査員はポケットから一本のペンを取り出した。

黒地のそれは、どこかで見たようなデザインで、商品名などの文字は一切ない代物だった。

「こちらが、今回の事件《半端者《ハーフィット》》を生み出した歪理物《ヴァニット》になります。あなたの予想通り、このペン自体が歪《ゆが》みを持っているようです。それで、小牧《こまき》少年にお話を伺ったところ、気になることが……」

「気になる……？」

「ええ。この歪理物《ヴァニット》ですが、見ず知らずの人から譲り受けたものであるそうなのです。『願いを叶《かな》えるペン』だとそう言われて」

「なに……？」

歪理物《ヴァニット》を人に渡す人物。その存在自体も不思議だが、そいつがなんの変哲もない青年にその歪理物《ヴァニット》を渡したことも奇妙だ。愉快犯かそれとも……

「何者なんです？」

「わかりません。ただ、その男の特徴は聞き出せました。なんでも、顔の右半分に酷《ひど》い怪我《けが》を負っていて翼の模様が入った眼帯をした男だとか」

「えっ」

その場にいた調査員以外の全員が表情を変えた。

さっきまでほとんど放心状態だった藤中《ふじなか》さえ目を丸めている。

右顔面の怪我《けが》に翼の眼帯。その特徴に酷似する人物を彼らは知っている。

伽羅森《からもり》は昨日藤中《ふじなか》の家で見た肖像画を思い出した。

藤中《ふじなか》朝日《あさひ》。今ここにいる藤中《ふじなか》日継《ひつぎ》を生み出した張本人。

「死んでるはずじゃなかったのかよ」

「葬儀は行われているはずです。藤中《ふじなか》さんも出席しています。偽物《にせもの》の可能性もありますが、《無題《タイトレス》》をどこからか入手して利用していた男です。本人の可能性も十分あるでしょう」

「そんな……お父さん……」

藤中《ふじなか》は再度放心状態になってしまった。

ここのところ体験していることといい、彼女の精神も限界が近い。

「引き続き調査をお願いします。それとそのペン、ちょっと貸してもらっていいですか？」

「ええ。構いません。しかし、何を？」

と言う調査員からペンを受け取った伽羅森《からもり》は次の瞬間、ティルフィングを半ば鞘《さや》から抜いて、

そのペンを真っ二つに切り裂いた。

「身の危険を感じたため対象を破壊した。そう報告しておきます」

アーカイブが切り裂かれたペンの残骸を拾い上げる。

「危険性は認められていませんでした。なぜ斬ったのですか？　保護可能な歪理物《ヴァニット》は保護すべきという規則では？」

「な、なにを……！」

「保護したあとに火厄庫《ディストレージ》みたいなやつに利用されるだけだろ。俺たちや藤中《ふじなか》みたいに……」

「だから切ったと？　我々が利用しなくても墓上の巣《グレイブ・ネスト》のような組織が利用するうえ、それらに対抗するうえで歪理物《ヴァニット》の有効利用は不可欠です」

「そのペンの有効な使い道なんて考えたくもねぇよ。……たとえ有効な使い方をされてる歪理物《ヴァニット》でも、俺は一つ残らず壊してやりてぇよ。それが人を不幸にするものなら」

二人の不穏なやり取りに調査員も戸惑った様子を見せる。だが、アーカイブはそれ以上言葉を返すことなく、そっと調査員に斬られたペンを差し出した。

「その絵空事を、このペンで書いてから斬ればよかったですね」

そう言う彼女は、ほんの少しだけ微笑《ほほえ》みを浮かべていた。

閑話二　自覚

《半端者《ハーフイット》》の事件から数時間後、伽羅森《からもり》含めた三人は街の焼肉屋に来ていた。

「それでは、かんぱーい」

と、淡々とアーカイブが烏龍茶《ウーロンチャ》のジョッキを掲げるが、

「乾杯」

「か、乾杯……」

伽羅森《からもり》も藤中《ふじなか》も全然ノってこなかった。

伽羅森《からもり》は意気消沈なことを隠しきれておらず、藤中《ふじなか》のほうは笑顔を浮かべてはいるものの、目が虚《うつ》ろであることといい精神的にかなり衰弱しているのは明らかだった。

焼肉に行こうと言い出したのはアーカイブだった。先刻そういう運命だと言っていたのは本当らしい。藤中《ふじなか》の精神的負担の軽減にもつながると思い、伽羅森《からもり》もそれに賛成した。

アーカイブは呆《あき》れた目を伽羅森《からもり》へ向ける。

「伽羅森《からもり》さん。いつまで引きずっているんですか。私を切り刻むなんていつものことでしょう。いい加減慣れてください」

「そういうわけにいくかよ。慣れないし、慣れたくもない」

「……私は、あの人とは別人ですよ」

静かにそう言うアーカイブの顔を伽羅森《からもり》は正面から見ることはできなかった。

「分かってる……。そうであっても、俺は人なんか斬りたくないんだ」

金髪の少女はため息をついた。

「まあ、あなたがそうして殺人自体を嫌がらなければ、ティルフィングは今のように五、六人の犠牲であなたを解放してはくれないでしょうし、抱える必要のある感情なのかもしれませんね。人として生きたいならば……」

「…………」

「まあ、そうは言っても切り替えてください伽羅森《からもり》さん。でないと、藤中《ふじなか》さんはあなたに怯《おび》えたままですよ」

「え、いやぁ、私は……全然大丈夫だから！」

と答える藤中《ふじなか》の笑みはぎこちない。大丈夫なわけはないのだ。

アーカイブの言う通り、藤中《ふじなか》の心労を思うならここは無理にでも明るく振る舞うところだ。

伽羅森《からもり》は笑みを作って見せる。

「ご、ごめんな、藤中《ふじなか》。雰囲気暗くしちゃって。さ、せっかくの焼肉なんだし、どんどん食おうぜ。全部俺の奢《おご》りだから！」

「そ、そうだね。やったー！」

と、明るく答えてくれてはいる彼女だが、箸を持つその手は震えてしまっている。

伽羅森《からもり》とアーカイブは視線を交わす。

今はとにかく彼女がこちら側の世界のことを考えたり、心の目が自分の内面へ向かないようにするのが大切だ。

そういう話はしないようにと無言で了解をとり合った。

と、席に店員が来た。アーカイブが先ほど呼び出しベルで呼んでいたのだ。

「ジャージャー麺一つ」

「……焼肉屋に来て麺かよ」

「今日私はジャージャー麺を食べると決められています」

「さすがに嘘《うそ》」

伽羅森《からもり》はトングで肉を網に投入しつつ口を開いた。

「藤中《ふじなか》、《無題《タイトレス》》のことなら心配しなくていいぞ。ここは貸し切りにしたし、他の調査員に頼んでここの周りに結界も張ってもらってるからさ、万が一アーカイブの結界が破られて《無題《タイトレス》》が暴走することがあっても、街中の人が消えるようなことは起きないから」

「あ、そうなんだ。なら安心だね」

少女は笑みを浮かべ屈託もなくそう返してくれてはいる。しかし、二人の間には言いようのない分厚い壁が一枚隔たっていた。

きっと彼女の脳裏には先ほどの伽羅森《からもり》の残虐な姿が浮かんでいるのだろう。

「それでは肉が焼けるまで、伽羅森《からもり》さんの微妙なマジックでもやってもらいましょうか」

「お、おー、それもそうだな。てか微妙なマジックとか言うな」

この空気でやるのは正直地獄だなと思いつつ、伽羅森《からもり》はコップの水が消えるマジックを披露してみた。

藤中《ふじなか》のリアクションは（空元気込みで）微妙だった。

そんな風にぎこちなさはあるものの、三人は軽い雑談を交わしつつ焼肉に舌鼓《したつづみ》を打つ。

が、伽羅森《からもり》の腹五分目かというほど食事が進んだところで、藤中《ふじなか》が箸を置いた。

深呼吸を挟み、意を決した表情で彼女は言葉を紡《つむ》ぐ。

「……伽羅森《からもり》くんは……今までどれくらい……人を殺してきたの？」

「……！」

衝撃とともに伽羅森《からもり》の胸に深く刺さる言葉だった。

その言葉が伽羅森《からもり》を傷つけるとはわかっていたのだろう。伽羅森《からもり》の表情を見た藤中《ふじなか》は、後悔の色を見せて目を逸《そ》らしたのだから。しかし、それでも藤中《ふじなか》は再び伽羅森《からもり》の目を見返した。

「……私より……多い？」

伽羅森《からもり》は痛みに耐えるように目を細めた。なぜ彼女がこんなことを聞いてきたのか、彼はほのかに察した。

「……多いよ」

淡白にも聞こえるその答えに藤中《ふじなか》は唇を噛《か》んだ。彼女は伽羅森《からもり》の隣に立てかけてあるティルフィングに目を向ける。

「……伽羅森《からもり》くんがアーカイブさんを斬ってるとき、怖いって思った。その剣のせいで伽羅森《からもり》くんの意思とは関係なくそうしてるってアーカイブさんから聞いたけど、それでも……。あの時だけじゃなくて、今までも伽羅森《からもり》くんは人をたくさん斬ってきた人なんだって思ったら、もっと怖くなって……」

「…………」

「でも、思ったんだ。それは……私も同じだって」

彼女は震える手の平を見つめている。綺麗《きれい》に手入れされた爪を持つその手は、藤中《ふじなか》の目には血塗られて見えているのだろう。

たった一つの行動で、彼女は意図せず町の人間を消してしまった。

彼女は自分の罪に向き合おうとしている。いや、意図せず向き合ってしまっている。先刻の伽羅森《からもり》の残虐な姿から顧みる形で自分を見ることで。それを皮切りに、異常な事態に見舞われ過ぎて麻痺《まひ》していた彼女の感覚が戻りつつある。

止めるべきか、と伽羅森《からもり》は迷う。しかし、ここまで来て考えることを止めるのは無理だ。ならばこそ、真摯に対応すべきだ。

藤中《ふじなか》は震える手を握った。

「怖いよ。怖い……。伽羅森《からもり》くん、この間私に言ったよね。私がこのまま死ねば、死んだ人たちの死も無意味になるって。……でも怖いよ。こんなの……背負って生きていくなんて……。まだ自覚が薄い今でも……こんなに重い……！」

網の上で肉が火を上げて黒く焦げ始めている。しかし、それに手を付ける人間はいない。

「伽羅森《からもり》くんは……どうやって乗り越えたの……？」

青年は目を伏せる。

「乗り越えては……ないんだと思う。俺は……今だって人を斬る夢を見るよ。……でも俺はこの道を自分で選んだから」

「選んだ？」

「ああ。俺は、選ぶことができた。山にでも籠って、一人でティルフィングの呪いを受けて死ぬこともできた。でも、俺はノアリーの特殊調査員になる道を選んだ。自分の意志で、人を殺すこともあるこの仕事を。……そうする理由はあったけど、それでも選んだのは俺なんだ」

伽羅森《からもり》は藤中《ふじなか》の瞳を見る。覚悟の火が燃えるその瞳で。

「だから、少なくとも俺は誰にも言い訳できない。しちゃいけない。だから……怖いのも、辛《つら》いのも全部そのまま受け止めることにしたんだ。誰のせいでもない。選ばされたとしても、自分で選んだ道だから」

その言葉に淀《よど》みはない。きっと彼の中で幾度となく繰り返された言葉なのだろう。

藤中《ふじなか》は、熱にあてられたような大きく深い息を吐いた。

「強いなぁ伽羅森《からもり》くん……。ちょっと強すぎかも……」

タハハ、と困ったような笑みを浮かべている。

「そんなことねえよ。俺は、自分のしたことを受け止めるのに何か月もかかったから、藤中《ふじなか》のほうがずっと強いよ。ってか悪い、藤中《ふじなか》の悩みの答えにはなってないよな」

「ううん。伽羅森《からもり》くんの話聞いて、ちょっと落ち着いたっていうか……私もがんばろうって思えたよ」

藤中《ふじなか》がギュッと目を瞑《つぶ》った後、アーカイブに顔を向けた。

「アーカイブさん……《無題《タイトレス》》の件《けん》の被害者は……私の殺した人の人数は何人ですか？」

その声は震えている。だが眉を強く結んだ彼女の目には覚悟の光が見えている。

アーカイブの視線が伽羅森《からもり》に流れる。伽羅森《からもり》はそっと頷《うなず》いた。

「二八九人です」

「っ……！」

眉を下げたのは一瞬。彼女はキッと眉に力を入れてその現実を受け止めた。ただ、その目から一滴の涙が零《こぼ》れ落《お》ちる。

「藤中《ふじなか》……」

「大丈夫……。これが私の戦いだから……」

「戦い？」

涙を拭って、彼女は無理やり笑顔を作って見せる。

「うん……私はさ、伽羅森《からもり》くんみたいに戦えないけど……生きること自体が戦いだ、みたいな？　ちょっと無理やりかな？」

なんて、どこか茶化すように苦笑する彼女が、伽羅森《からもり》には眩《まぶ》しく見えた。

ほんのり緩んだ空気が流れる。

が、次の瞬間ずっと放置されていた肉たちが発火して火柱を上げた。

「うわぁ！」

驚きの声を上げる伽羅森《からもり》と藤中《ふじなか》。その二人を尻目に、ずっと話を聞いていたアーカイブが冷静に焦げた肉を取り除いていく。

「少し話し込み過ぎましたね」

「アハハ、ごめんなさい……」

「いえ、必要なことです。あなたにとっては」

そう言って藤中《ふじなか》を赤い瞳で見るアーカイブ。その瞳には言葉以上に彼女の感情が溶けているように伽羅森《からもり》は感じた。

「まあ、とりあえず、もっかい食い始めるか」

「アハハ、私は流石《さすが》にもういっかなー」

「そっか、じゃあ――」

漂う和らいだ空気。だがその空気は一瞬で凍りつく。


バキンという音と共に《無題《タイトレス》》が開いた。


目を剝《む》く伽羅森《からもり》。できることなど何も無い。

瞬《また》く間《ま》に周囲の文字が浮かび上がり、《無題《タイトレス》》へ殺到する。メニューの文字、壁のポスター、醬油《しょうゆ》差しの製品表示。ありとあらゆる文字が洪水のように《無題《タイトレス》》へと流れ込んでいき、その文字と対応する物体が消滅していく。

割りばしが消え、注文ボタンが消え、店内のあちこちから破砕音や落下音が聞こえてくる。

「《無題《タイトレス》》！　止まって！」

藤中《ふじなか》がすぐにそう言えたのは、この事態をずっと恐れていたゆえか。

彼女の言葉に反応し、《無題《タイトレス》》は発していた光を消して、その動きを止めた。

意外と消えたものは少なかったが、残されたのは不自然な空間。椅子やテーブル、その上に乗っていた皿や肉などは残ってはいるが、文字だけが消えたポスターやメニュー表が何食わぬ顔で佇《たたず》んでいる。

伽羅森《からもり》は即座に携帯端末を耳に当てる。

「《無題《タイトレス》》が暴走！　外の結界は⁉」

『大丈夫です！　結界のおかげで被害は内部のみです！』

その報告を聞いた伽羅森《からもり》はハッと顔を上げると、弾《はじ》かれたように厨房《ちゅうぼう》へと向かった。

消滅しなかったもののみが残った厨房《ちゅうぼう》は、調理台と調理器具が雑多に散乱し、明らかに物が少なくなっている。そして当然そこには誰もいない。

伽羅森《からもり》の足元に、名前が消えて顔写真だけになっている店員の名札が落ちていた。

藤中《ふじなか》とアーカイブのもとへ戻った伽羅森《からもり》は鬼の形相を湛《たた》えていた。

その表情を見た藤中《ふじなか》の顔は青ざめる。

「ち、ちがっ、私は何も……！」

目に涙を浮かべてそう言った藤中《ふじなか》であったが、伽羅森《からもり》の感情の向く先は彼女ではなかった。

無表情に座っているアーカイブの胸倉を青年は摑《つか》み上げた。

「なんで《無題《タイトレス》》の結界を解いたんだ！」

「え……」

恐怖と驚愕《きょうがく》が入り混じった表情でアーカイブを見る藤中《ふじなか》。

だが、アーカイブはその顔になんの感情も浮かべない。

「問うまでもないことでしょう。私は今日ここでそうすると決まっていたからです」

「だったらなんでそれを言わなかった！　知っていたら店員の命は守れた！　たまたま俺が結界を張ってもらってなかったら、もっと大きな被害が出てたんだぞ！」

「愚問ですよ。その行動は私の決められた運命になかっただけです」

「ふざけるな！　逆に言えば言わないことが決まってたわけじゃないんだろ！　先を知っているのになんでいつも重要なことを言わないいんだ！」

「私は決められた運命に従うだけの存在で、それが全てだからですよ」

「本気で言ってるのか！」

「本気です」

「そんなことが……」

伽羅森《からもり》の声が止まる。彼は見たのだ。

「……本気ですよ」

冷酷に、無感情な声でそう言う彼女の表情はあまりに悲痛なものであった。

今にも泣きだしそうな彼女の表情を見て、伽羅森《からもり》は感情の矛を収めた。

アーカイブの襟から手を離す。藤中《ふじなか》の手前やるせない気持ちを物にあたることもできず、彼は消化しきれない感情をじっと腹に抑えこんだ。

「私が信用できなくなったらいつでも終わらせてください。……これを斬って」

アーカイブが赤い紐《ひも》で四角い綾《あや》を取る。すると、赤い文字が大量に出現し、瞬《また》く間《ま》にそれらが固まって赤い本となる。

「有害とみなされた場合は処分。それが私が制御不可能な歪理者《ヴァニタス》でありながら金死雀《カナリア》として生かされている理由です。そのための私たちペアでしょう」

赤い本を差し出すアーカイブに伽羅森《からもり》はただ憐憫《れんびん》の目を向けるだけだった。

「しまえよ、それ。そんな気はねぇよ。っていうか俺が切らないことわかってるんだろ」

「さあ、どうでしょう。運命すら歪《ゆが》むのがこの世界じゃないですか」

そう言いながら、アーカイブは赤い麻紐《ひも》を編んで再び《無題《タイトレス》》へと結界を張り始めた。

騒動から一時間後、三人はとあるビルの屋上に来ていた。三人のいるビルは他のビルより少し高く、眼下には街が生む光の海が広がっている。

このビルにあるヘリポートから、再びヘリで移動するのだ。

「ねぇ、伽羅森《からもり》くん……」

ヘリを待っていると恐る恐る藤中《ふじなか》が話しかけてきた。警戒するように彼女が視線を向けている先にはアーカイブがいる。

何を思っているのかアーカイブは今、少し離れた避雷針の上に立って街を眺めていた。

「アーカイブさんって何者なん？　さっきのことといい、いろいろ『決まってる』って言うこといい……」

伽羅森《からもり》は彼女にまたこちら側の事情を話すことを躊躇《ためら》ったが、結局そのまま話し始めた。

「あいつは歪理物《ヴァニット》に何もかも変えられた元人間なんだよ。あいつがさっき出したあの本、《蒐集記《アーカイブ》》にあいつの今後することが全部書かれてて、あいつはその通りにしか行動できない。文字通り、あいつのやることは決められてるんだ」

「全部って……それってアーカイブさんの意思とは関係なく？」

「そうなんだろうな」

藤中《ふじなか》はアーカイブが先ほど取り出していた赤い本を思い浮かべる。

「伽羅森《からもり》くん、あの本……」

「《無題《タイトレス》》に似てる、だろ。偶然じゃない。俺たちからすれば、《無題《タイトレス》》があの本、《蒐集記《アーカイブ》》に似てるって思ってたんだ。その報告を受けて俺は《無題《タイトレス》》の任務を上司に要請してたんだ。謎だらけのアーカイブのことが少しでもわかるかもしれないってな」

「そうだったんだ……」

「《無題《タイトレス》》と《蒐集記《アーカイブ》》が似てるのは理由があるはずだ」

《半端者《ハーフイット》》が一本のペンから生み出されていたように、あの本たちも何かから生まれているのかもしれない。

「もしそうなら、絶たなきゃいけない。これ以上被害者を増やす前に」

決意の光は瞳に映る星より煌《きら》めき、閉じた瞼《まぶた》の裏で一層強く輝いた。

伽羅森《からもり》の視線が避雷針の上に立つアーカイブへ移る。

「アーカイブは……諦めてるんだと思う」

「諦めてる？」

「全部が全部完全に決められてるわけじゃない。たとえ決められた運命でも、挑戦する自由まで奪われてるわけじゃない。決められた中で自由に生きられる。俺はそう信じてる」

それは誰よりも、彼が自分自身に言っている言葉のように藤中《ふじなか》には聞こえた。そしてその言葉は藤中《ふじなか》にも言えることだ。

人を消してしまっても、人でなくとも、その中で自由に生きることはできる。そのものが望めば。

「あいつは俺より運命に縛られてるだろうけど、それでも同じことが言えると思う。あいつが諦めさえしなければ」

「確かに、ラーメンとか好きなのは運命とか関係なさそうだもんね」

藤中《ふじなか》の言葉を聞いた伽羅森《からもり》は眉を下げた。

「まあ、そうだな。あれはどちらかというと、あいつの元になった人間の影響だから、一概にあいつの自由意志なのかはわかんないとこだけど……」

　そう話す青年の姿はどこか遠くを見ているようで、その様子に藤中《ふじなか》は何かを察したように彼の目を覗《のぞ》き込んだ。

「もしかして、その元になった人って伽羅森《からもり》くんの知り合いだったの？」

「……ああ」

　藤中《ふじなか》もまた辛《つら》そうな表情を浮かべた。

　その元の人間が、今のアーカイブと見た目や性格が同じというわけではないだろう。だとすれば彼は知り合いを一人失っているに等しい。

「大切な人……だったんだよね？」

「そうだな……。ひと月もないくらいの付き合いだったけど」

　伽羅森《からもり》は夜空を見上げる。そこには、町明かりを押しのける星々が点々と浮かんでいる。

「星みたいな太陽って感じの人だったな。俺にとっては。……暗闇の中にいて、どこにも光なんて見えなかった俺に、小さな光を見せてくれた。その光があったから、俺は壊れずにいられたんだ。で、実際話してみると太陽みたいに明るい人なんだけどな」

　遠く懐《なつ》かしむその声に溶けているのは数多《あまた》の思い出。それはその人が失われたことで彼に刻まれた傷の数と同じだ。

「助けたいんだね。その人のこと」

「ああ。絶対に助ける。それが俺の誓いだ」

伽羅森《からもり》はアーカイブの方を見る。

「……たとえそれがアーカイブを消すことになっても、俺はその人を助けるほうを選ぶ」

アーカイブと関係を築いた今、それもまた辛《つら》い選択なのだろう。アーカイブを見る青年は、憂色の滲《にじ》んだ面持ちをしていた。

彼の横顔を見た藤中《ふじなか》は、自分にまで彼の心の痛みが伝わったように感じ、思わず胸元に手を当てた。

伽羅森《からもり》の決意と辛《つら》さ。藤中《ふじなか》の家での会話やこれまでの言動から、アーカイブもまたそれを分かっているだろう。それでもなお、彼女は運命に決められた行動しかできない。

藤中《ふじなか》は、無意識に何かに祈りたくなった。

この辛《つら》い旅路を行く者たちに、せめて僅かでも救いを与えてほしいと。

バラバラと空からヘリの音が響いてくる。吹く風の向きが下方向に変わっていき、三人の髪と遊んで去っていく。

「じゃあ、腹ごしらえもしたし、次に行こうか。悪いけど、ちょっと藤中《ふじなか》の力も貸してもらうことになる」

「えっ？」

「悪い。それくらい逼迫《ひっぱく》してててな。なんせ次の歪理物《ヴァニット》は……世界終焉級《アポカリプス》、世界を終わらせる力を持ったものなんだ」

閑話三　伽羅森《からもり》　迅《しん》

◆◆◆

報告。
●●年七月二日。『墓上の巣《グレイブ・ネスト》』下位組織『残光会』に歪理物《ヴァニット》研究施設セクションF‐9が襲撃される。
認識防壁により、外部から即座に襲撃を認識できず、調査員が襲撃を確認、応援を派遣するまでに三日を要した。

その時現場にいた職員は居合わせた金死雀《カナリア》を含めて応戦したようだが、多大な戦力差に苦戦を強いられたものと推測される。

派遣された隊員は、同研究施設にて敵勢力および研究所職員含め施設内の全員が惨殺《ざんさつ》されている姿を発見。遺体はどれも鋭く切り裂かれており、五体満足なものはほとんど存在しなかった。収容中の歪理物《ヴァニット》の暴走が疑われた。

調査により切り傷は収容されていた歪理物《ヴァニット》、ティルフィングによるものと判明。しかし同歪理物《ヴァニット》は研究施設からすでに持ち去られていた。

事件後残光会に関わる施設での惨殺《ざんさつ》事件が多発する。そして事件より一か月後、金死雀《カナリア》の日《ひ》ノ《の》崎《さき》　優斗《ゆうと》によって一人の少年が保護される。少年はティルフィングを所持しており、施設職員が惨殺《ざんさつ》された残光会施設より発見された。

少年は全身に銃傷や裂傷を酷《ひど》く負っており、手の平には一〇カ所以上の肉刺《まめ》が潰れた痕があり化膿《かのう》していた。自身の肉体状態を無視しティルフィングを振るい続けたものと思われる。衛生状態、栄養状態も最悪であり、保護時点で重篤なほどに衰弱していた。

少年は襲撃されたノアリー研究施設に勤める職員、伽羅森《からもり》　誠《まこと》の息子であった。事件時に偶然父親の職場を見学に来ていた模様。

聴取結果によると襲撃時偶然ティルフィングを手にしたと証言。異常なほどの生存・殺害能力はティルフィングによるものと思われる。また、その後の残光会への襲撃や我々の発見がひと月近くかかったことは、ティルフィングに運命を仕組まれたことによるものと思われる。

何を願ったかは現在不明。少年の回復を待ち引き続き聴取を実施予定。

なお、甚大《じんだい》な被害を受けた残光会は、その後墓上の巣《グレイブ・ネスト》により解体されたものと思われ――

「おーっそしい剣だねぇ」

とある病院のロビーで初老の男性が呟《つぶや》いた。彼は笑顔で携帯電話を耳元にあてている。

その男は細身、というには細すぎる体に真っ白なスーツを纏《まと》っていた。中に着込んでいるのが柄物のYシャツであることも手伝って、恰好《かっこう》だけ見ればその筋の人間のように見える。だが、髪の色は真っ青で、顔の彫も深い西洋人らしき出で立《いた》ちのせいか、どちらかというと道化師やマジシャンのような印象を受ける男だ。いずれにしても目立つことこの上ない。

実際、彼とすれ違う人はみな一度目を向けた後で逸らし、彼が通り過ぎた後でまた振り返っていた。

病院は大病院と言って差し支えない広さだ。入り口が大きな吹き抜けとなっており、行き交う人々の足音や話し声が何度も天井裏に反響している。

曇り空から差す鈍い光が室内を照らしている。平日昼間ということもあり、病院内に人は多かった。とはいえ、病院全体が広いのでやや閑散としているように見えるか。

受付前の椅子に座って談笑している老婆たちの声がよく聞こえる。あけすけな会話に男は肩を竦《すく》め、電話主の声に耳を傾けることにした。

『たった一三歳の子であんな虐殺を可能にするなんて、信じられません。しかも、襲った施設にはそれなりの戦闘員もいたはずなのに』

電話越しに聞こえる女性の声は忌避感を隠していなかった。

「正面から行ったのかい?」

「いいえ。そこもまた怖いところです。奇襲、潜伏、一網打尽にするための罠……あらゆる手練手管《てれんてくだ》が使われたようです』

「ほーお。ただ戦闘狂になるわけじゃないってことねー」

『そのようです……』

冷静に、冷酷に、知略も使ってくる強者が一番怖い。それは男も身をもって理解していた。

「一体あーの剣に何を願ったんだか」

『一応、昨日のカウンセリングでそこは聞き出せたそうです』

「おーいおいおい？　精神状態が安定するまでそっとしておくという話だったと思うけど？」

『怒らないでください。酷でしたが最重要事項でしたので、そこだけは早めに知る必要があったんです。ほら、願い次第ではまだ被害が広がるかもしれないじゃないですか』

男は笑顔を崩さないままに鼻を鳴らした。

「そーれで、何を願ったって？」

『生きたい、と……そうあの剣を抜くときに願ったそうです』

「…………」

後の調査により、墓上の巣《グレイブ・ネスト》の下位組織、残光会はティルフィングも狙っていたことがわかっている。ただの少年があの剣を持っていると分かれば残光会は彼を狙い続ける。そして『生きたい』という願いのもと、狙われ続ける限りティルフィングは彼を生かそうと残光会の人間を殺し続ける。殺すだけの知識と技術を身に付けさせて……。そんな負の連鎖があの大虐殺を引き起こしたということか。

「でーもそれは……」

『ええ。生きたいという願いは、あの剣の『破滅させて死なせる』という性質と矛盾していま

す。今後彼がどうなるかは非常に予測しづらいものになっています』

「……生きたまま破滅させる方法なんて、いーくらでもあると思うけどね」

この世界にいると、そういうことを嫌というほど見聞きする。願わくばあんな何も知らない

少年にそんな目に遭ってほしくはない。

「まーあ、なんにせよ今はそっとしておいてね。詮索はあの子が落ち着いてから」

『もちろんです。難波《なんば》さんも慎重にお願いします』

「わーかってるよ」

通話を切る。すでに彼は目的とする病室の前に来ていた。

彼はある支度をすると勢いよく扉を開け放った。

「いーやぁ、どーもどーも。ノアリーの人でーす。迅《しん》くん起きてるかーい？」

吹けば飛びそうな軽い調子の言葉。しかし、病室内に立ち込める空気は、吸うことを躊躇《ためら》う

ほどに重かった。

個室の病室には一人の少年がいた。複数の点滴を付けられ、手や頭には包帯が巻かれている。見るからに痛々しい姿だが、何より難波《なんば》の心を抉《えぐ》ったのは彼の表情だった。虚《うつ》ろ。

なんの光すら映さず、意識はあるはずなのに真っ黒な瞳でただ天井を見つめている。どれほど涙を流したのか、彼の目の周囲は腫れていた。

少年のその姿に一瞬難波《なんば》は辛《つら》そうな顔をするも、すぐに彼は明るい表情に切り替える。

「おーい、ほらほら、君が救出されたときに会ったろ？　覚えてる？　突然入ってきたシリアルキラーとかじゃあないよ？」

言いながら彼の横にあった丸椅子に腰を下ろす。そこまでしてようやく少年、伽羅森《からもり》迅《しん》は難波《なんば》に顔を向けた。

「……久しぶり……です」

消え入りそうなほど小さな声。難波《なんば》に目を向けてはいるものの焦点は合っていなかった。

余りにひどく摩耗した精神状態なのは明らかだった。大量の虐殺を一番間近で見ていたのは他でもないこの少年だ。保護から二週間、意識を取り戻してからは一週間経《た》つが、カウンセリングを経てもまだ彼の心の傷は深いままだ。

「改めまして、私は難波《なんば》ジャスパー。偽名じゃないよー。イギリス人とのハーフでね。ほら、名刺もある」

そう言って彼が指を弾くと、彼の手の上には一枚の名刺が握られていた。確かにそこには、先ほど言った名前が書かれていたが、名前の並びはジャスパー　難波《なんば》となっていた。

「そーのままの並びだと語呂が悪くてさぁ、逆にしてるんだよね。はいどうぞ」

恭《うやうや》しく渡された名刺を伽羅森《からもり》はほとんど動かずに受け取った。

「今日は君の様子見がてら友達になろっかなーって来てみたんだよね」

「…………」

「経過は順調だーってね。とーりあえず命の心配をするところは脱したそうじゃないか」

「はい……」

伽羅森《からもり》は大きな反応も見せないが逆にほとんど初対面の難波《なんば》に警戒する素振りも見せない。完全に自暴自棄になっている。

しかし、難波《なんば》は笑みを崩さない。

「とーころでさ、その右手の花、綺麗《きれい》だね」

「……花？」

そんなものに心当たりはないと伽羅森《からもり》が右手を見ると、先ほど名刺だったものが確かに真っ赤な一輪の花に変わっていた。

「これ……」

瞬間、バラの花が少年の顔に飛び上がった。

「うわっ」

反射的に伽羅森《からもり》は体をのけぞらせるが、彼の顔には何もぶつからず、飛び上がったはずのバラも一瞬のうちに消えてしまっていた。

目を丸くする伽羅森《からもり》。

「おーや。どうしたのかな？」

伽羅森《からもり》が難波《なんば》を見上げるが、驚いたことにいつの間にか病室中が色とりどりの花に囲まれているではないか。

流石《さすが》に困惑する伽羅森《からもり》。マジックではあるのだろうが、全く原理のわからない不思議な現象であった。

それを見て難波《なんば》は笑みを深めた。

「よーやく年頃の表情になったね。今のはマジックではあるけど、仕掛けはないがタネがある代物でね」

難波《なんば》が指を鳴らす。すると、伽羅森《からもり》が見ている目の前で部屋中の花々の色が薄くなり、虚空《こくう》へと消えた。バラとなって消えたはずの名刺も伽羅森《からもり》の手に握られたままだ。

「ミラージュ。私のいわゆる超能力みたいなものだね。君にちょーっとした錯覚を与えられる。視覚だけじゃなく感覚も」

バチンと再度指を鳴らす音が部屋に響くと、伽羅森《からもり》の持つ名刺が巨大な花束へと変わる。不思議なことに重さも触れている感覚もある。

「まー、マジックの部分は一部本当なんだけどね」

と、彼が掲げた手を裏返すと、その手の甲には名刺が挟まれていた。最初に虚空《こくう》から出したように見えた名刺は、あのように手の甲に隠されたものを出したのだろう。

「あーの剣のことでもうわかってると思うけど、この世には科学で説明しきれてない不思議なことがあーるってことさ」

「…………」

あの剣、と聞いた少年は顔を伏せた。

難波《なんば》は首を振る。

「あーんまり詳しいことは君が落ちついたら話すけど、これだけは言っておく。あれは事故だ。君に責任はない」

北欧神話にも登場する魔剣ティルフィング。現代まで残り続ける古《いにしえ》の剣。その剣が持つ力は研究施設である程度は調査済みだった。

願いと引き換えに所有者を破滅させる。そして一度剣を抜けばティルフィングが許すまで殺《さつ》戮《りく》の鬼となる。その間はいわばトランス状態。本人の意思で止められた例はない。

「……何百人も、この手で殺したのにですか」

「君にはどーすることもできなかった。そうだろ？」

「でも、殺したことは事実です……」

伽羅森《からもり》はそのまま膝を抱えて顔をうずめてしまった。

「罪と過《あやま》ちは違う。君のは罪ではあっても過《あやま》ちじゃない。どーしようもできなかったことで悩みすぎるな。私が言いたいのはそういうこと。大事なのはこれからどうするか、違うかい？」

「……どうするって……僕はこれからろくな目に遭わない。そうでしょう？」

ピクリと難波《なんば》の眉が動いた。所有者が破滅するという情報はまだ誰も彼には話していないはずだ。笑みを崩さず彼は続ける。

「どーうしてそう思うんだい？」

「聞こえるんです。声みたいなのが。多分あの剣の。僕を破滅させたいとか……そんな声が」

「なーるほどね……。そういえばそんな調査結果もあったたな」

ティルフィングの持ち主は破滅する。北欧神話の伝承にもそうあるが、実験でもその伝承通りであると結論付けられた。

ティルフィングの持ち主は確かに願いを叶《かな》えてもらえる。しかし、その後の所有者の人生は明らかに不運で辛《つら》いものとなり、やがて近いうちに凄惨な死を迎える。回避しようとしても不自然で理不尽な事象が起きて避けられない。

ある所有者を完全防備のなんの危険なものはない部屋に保護したこともあった。しかし、ひと月も経《た》たないうちにその施設で不自然な歪理物《ヴァニット》の暴走事故があり、所有者は部屋ごと潰されて死亡した。そこに至るまでも、偶然食事に鋭い金属片が混入していたことによって口内を怪我《け》《が》したり、偶然研究者と所有者のうまが合わず殴り合いの喧嘩《けんか》に発展したりと、所有者が見舞われる不幸を防ぐことはできなかった。

不幸な運命を定められている。そう説明するしかない結果だった。

難波《なんば》は伽羅森《からもり》の右腕を見る。包帯から覗《のぞ》く肌には炎のような暗い痣《あざ》が浮き出ている。あれは指標だ。所有者が普通に生活していくと広がっていき、辛《つら》い目に遭うと引いていく。痣《あざ》が大きくなればなるほど、後に迎える不幸は不自然で理不尽なものになる。

だが、ノアリーも対処法を考えられなかったわけではない。

「破滅するって決まったわけじゃない。君次第じゃその運命を軽減することはできる。君の言うとおり、あーの剣は君に辛《つら》い運命を望むし、そうなるように仕向けてくる。でーも回避法はあるんだ」

本当はもっと彼の精神が安定してから話す予定であったが仕方がない。難波《なんば》は前のめりになって彼に近づいた。

「ノアリーの特殊調査員になるんだ。危険な仕事で辛《つら》い目に遭うが、自分でそういう仕事をすることで少なくとも理不尽に不幸な目に遭わされることはなくなる。受ける辛《つら》い運命をコントロールするんだ。そーれで普通の生活と辛《つら》い仕事でうまくバランスをとれば、日常生活のほうは普通に送れるかもしれない。ちゃーんと訓練やサポートもするし悪くない――」

「──やりません」

はねつけるようなきっぱりとした声だった。

「……そこまでして生きたいとはもう思いません。僕は……自分の身が破滅してもそれを受け入れます。……虫がいいじゃないですか。あんなことして自分は平和に生きようなんて」

「……まーあ、すぐに決めろとは言わないよ。ゆっくり考えてくれ。こっちだって人が不幸に

なるのを見てて気分がいいわけじゃあないんだからね」

少年はうつむいたままだった。

外でさえずる鳥の声が白々しく、吹く風がやけにさみしく聞こえてきた。

それから伽羅森《からもり》には引き続きカウンセリングと治療が行われた。その間難波《なんば》も何度か遊びに来たが、彼の精神状態はあまり良くならなかった。事情も事情なので、もともと住んでいた地域からずっと遠い場所で秘密裏に療養していたため、友人がお見舞いに来ることもなかった。

そんな彼に転機が訪れたのは彼が病院に来てひと月が経過したころだった。

夏の暑さが本格的になり、空調の利《き》いた院内といえど日の光は避けたくなるような季節。院内のコンビニにて彼は適当な飲み物を買おうとしていた。

傷はほとんど塞がり、入院時に彼を苛《さいな》んでいた全身の筋肉や骨の痛みもだいぶ和らいでいた。

半袖のシャツから覗《のぞ》く腕はかなり筋肉質なものとなっており、身長も三センチ近く伸びていた。ティルフィングが彼を無理やり戦闘させ続けた影響だろう。体があの戦いに耐えられるように適応しようとしている。……あるいは、適応させられているか。

ただ彼の心は虚《うつ》ろのまま。難波《なんば》より渡された新しい携帯端末で友人たちに連絡する気にもなれず、ただ過ぎる時間に身を任せる日々を送っていた。こうしてコンビニに飲み物を買いに来ても、もともと好きだった菓子などの嗜好《しこう》品を全く買う気が起きてこない。

そんなとき、

「おわあぁ！」

と奇妙な掛け声とともに彼の目の前に大量のカップ麺が転がった。

流石《さすが》の伽羅森《からもり》も目を丸くして顔を上げると、洒落《しゃれ》た花柄の入院着に身を包んだ女性が転倒していた。手に持った点滴台は倒れていないが危ないことには変わりない。思わず伽羅森《からもり》は駆け寄った。

「だ、大丈夫ですか？」

「あてて……大丈夫大丈夫！　ここの床滑るねこれ」

快活な声を返す彼女は、高い位置で括《くく》ったサイドテールが印象的な女性だった。艶のある黒髪や朗らかな雰囲気の顔立ちも含め、病院に漂う陰気を一切寄せ付けなさそうだ。

服越しにもわかる引き締まった体つきで、肌はかなり日に焼けている。いかにもスポーツ好

きといった風体の女性だった。

立ち上がった女性を見て伽羅森《からもり》は驚く。

背が高い。まだ伽羅森《からもり》は中学生ということもあるが、それでも彼女は女性にしてはかなり高く見える。

転んだ自分を恥じるように笑う女性。その姿が伽羅森《からもり》にはどこか眩《まぶ》しく見えた。

伽羅森《からもり》は、その女性にカップ麺を渡す。

「あ、どもども｜」

と、伽羅森《からもり》の顔を改めて見た女性はパっと目を輝かせる。

「お、同年代の子いんじゃん！　いやぁ、学生身分の入院ってさ、大変だよねぇ」

ずいぶんと近い距離感で滔々《とうとう》と話し出す女性。しかし、伽羅森《からもり》は首を傾《かし》げた。

「同年代？」

誰と誰が？　と浮かぶ疑問。目の前の女性は、顔も体つきもどう見ても成人済みのように見える。彼女の知り合いで、伽羅森《からもり》と同年代の子がいるという話だろうか。

しかし、伽羅森《からもり》の言葉を聞いた女性は、ニヤリと笑う。言われ慣れてるとばかりの自信が溢《あふ》れた笑みだった。

「アタシ、高二だよ」

「え、えぇ!?」

これが二人の出会い。この日は二、三会話をする程度だったが、翌日院内の休憩室でカップ麺を食べている彼女と再度会い、お互い話す仲となった。

彼女はその見た目はともかく本当に近所の高校に通う高校生だった。

「いやぁ、友達は来るけど病院内でこうして同年代の子と話せるってなんか貴重じゃない？」

「そうかも……」

「いや、君なんか暗くね？」

女性、もとい少女は佐倉《さくら》 桜花《おうか》と言った。

太陽のように明るく、コミュニケーションに前向きな彼女はすぐに伽羅森《からもり》とも距離を詰め、その輝きで彼をも照らした。伽羅森《からもり》より年上だったが、そんなことは全く気にならないほどに彼女は気さくで社交的だった。

元々伽羅森《からもり》も明るい性格だった上になんだかんだ同年代とのコミュニケーションに飢えていたのですぐに彼女と仲良くなった。意外と気の合う部分も多く、自然と会話も弾んだ。

出会って一週間が経つころには、お互い気の置けない会話をするまでになり、二週間経《た》つころには、伽羅森《からもり》の顔にも笑顔が見られるようになっていた。

「アタシさー、この年で心臓の病気だよ？　辛《つら》くない？」

「心臓って大丈夫なんですか？」

「コラ、敬語やめろって。軽い仲でいこうよ」

「大丈夫……なのか？」

「残念でしたー！　もう手術は終わってますー！　お涙ちょうだいな展開はありませーん！」

伽羅森《からもり》はあからさまに疲れた顔を見せる。

「期待してねぇよ」

「今は経過入院って感じ。退院も近いよ」

「へぇ」

「残念？」

「別に」

「ほほう？」

いつも通りの昼。院内の休憩室で二人は談笑していた。

佐倉《さくら》は病院食だけじゃ足りなかったのか、カップラーメンを食べている。

「ねぇこれ見て」

佐倉《さくら》は箸を片手に伽羅森《からもり》に携帯端末の画面を見せる。その画面には投稿型ＳＮＳの画面が映っている。投稿内容は丸いペンギンが書かれたコミカルな漫画だ。

「何これ？」

「『慮《おもんばか》れ！　ペン騎士クン』かわいくない？」

「まあ……」

別に……とは言わなかったが、どちらかと言うと、タイトルの方が気になった。

「おもんぱかれ？」

「ぱかれ。最近キてるのよこれが」

伽羅森《からもり》はその投稿者のフォロワー数を見る。

「全然フォロワーいなくね？」

「私の中でキてるって話だから。まだ投稿始めて一〇作品目くらいだし。でもさ、絶対これそのうちバズるよ！」

「えー？　こういう系の漫画よく見るだろ」

「いやいやそれがさ、不義と不倫が横行する騎士たちの腐敗をペン騎士クンが憂いたり、出会った勇者一行が横領を暴いたりとか、絵柄のわりに結構社会派な内容なんだよ」

「それは斬新だな……」

面白いかどうかはさておき、いつか注目を集めそうな雰囲気はある。

「大流行して、そのうちグッズが出ちゃったりして！」

「そこまでは行くかぁ？」

なんて話をしていると、佐倉《さくら》はカップ麺を食べ終えた。

「ごちそうさーん」

「佐倉《さくら》さんさ、いっつもカップ麺食べてない？」

「好きだもん。カップ麵。湯少な目にして味濃いめにしたら最高。茹《ゆ》で時間は表示より一分長めで味を染みさせる。スープまで飲むのがマナーよ」

「別の病気になるぞ」

「若いからいいもーん」

これ見よがしに変顔をする佐倉《さくら》。その男子のようなノリに思わず伽羅森《からもり》は笑ってしまう。

その顔を見て佐倉《さくら》は満足そうな笑みを浮かべる。

「伽羅森《からもり》君さ、結構笑うようになったね」

「……そう、だね。まあ、そうだと思う」

時々見せる佐倉《さくら》の年上らしい表情に少し戸惑いながら言葉を返した。自分でも心が枯れてしまっていた自覚はある。

「まあ、正直気づいてるかもしれないけど、アタシさ、あんたに話しかけたの心配だったからなんだよね」

「ああ、まあそんな気はしてた」

やけに社交的すぎるし、頻繁に話しかけに来るとは思っていた。彼女が変わった人なのかとも思っていたのだが。

「だって初めて会ったときさ、もうあんた亡霊みたいで！『大丈夫ですか？』って、いやあんたが大丈夫かよって思ったね」

当然、佐倉《さくら》には自分の事情は話していない。話せる内容でもないし、伽羅森《からもり》自身それを話せるほどには心は回復していなかった。だが、彼女は自分の事情はあけすけに話す一方で伽羅森《からもり》のことは一切何も聞いてこなかった。

「ははは……」

佐倉《さくら》は長い脚を組み替える。

「おせっかいかもしんないけど、ちょっと気にかけよって思ったんだよねあのとき。実際そのあと偶然会うことが結構あったから話しかけるようにしてさ」

「うん。正直に言うと助かった。おかげさまでちょっと元気になった」

「ちょっとかい」

「まあまあちょっと」

「それちょっとより少なくない？　おねーさんもうすぐ退院だよ？　大丈夫？」

「大丈夫だって、なんとかやってく」

「そ。まあ、退院後も気が向いたら来るわ」

なんて会話を交わしながらさらに時間が経《た》ち、彼女は退院していった。

伽羅森《からもり》の精神状態が安定していったこともあり、事件の詳細な聴取なども行われていった。辛《つら》い記憶には変わりないが幾分か冷静に話せるようにはなっていた。ただ、難波《なんば》の言った悲惨な運命の回避案を受け入れることはなかった。何百人も殺した罰を受けるべきだと、その考え方は依然そのままだ。

伽羅森《からもり》の腕の痣《あざ》は徐々に広がり続けた。手と肘の間から始まっている炎模様のそれは、今や手の平や肩のあたりにまで達していた。

だが、伽羅森《からもり》は気にしなかった。もはや自分に降りかかる不幸など完全に受け入れる気でいたのだ。

今日にいたるまでも多くの不幸が彼を襲っていた。椅子の脚が折れて転倒。就寝中に点滴のチューブが外れた血液の流出。その全てに伽羅森《からもり》は不満すら抱かなかった。

佐倉《さくら》との縁もここまでかと思っていたが、宣言通り彼女は退院後も伽羅森《からもり》の様子を見に来た。手土産に近所で有名らしい菓子まで持ってきて。

「陸上全然だめだ。筋肉落ちまくってる」

伽羅森《からもり》の病室にて切り株形のチョコレートケーキを頬張りながら佐倉《さくら》はため息をつく。首の動きにあわせてサイドテールが垂れ下がる。

「ホープに返り咲くのは厳しい？」

「厳しい。まだまだ激しい運動は禁止だから筋力だけは戻したいんだけどな……。でも頑張るわー」

「応援してるよ」

伽羅森《からもり》も笑いながらケーキを口に運んだ。点滴もなくなり、体の包帯もあらかた取れ、肉体的にはかなり健康体へ近づいていた。

「あ、うまいこれ。正直あんまりチョコ好きじゃないんだけど、これはイケる」

「あ、チョコだめだったんだ？　ごめんごめん」

「いや、嫌いってほどでもないし、これは甘ったるい感じがなくて好きだな。どこのやつ？」

「アプリコットの」

「アプリコット？」

なんでもないことのように言うが、伽羅森《からもり》に聞き覚えのない名前だった。というより、そもそも自分はこの町はこの病院の中くらいしか知らないことに気づく。

「知らない？　久木《くき》駅前のコンビニ前のとこのやつ。赤い看板の」

「悪い。そういえば俺、この町のこと全然知らなかったわ。事情があってこの病院に……あー転院してきたから」

「あぁ、なるほど。えーもったいな。じゃあ中村屋知らないんだ。アタシの学校の近くにある超うまいラーメン屋」

「全然知らね。うまいの？」

佐倉《さくら》は鼻を鳴らした。

「うまいね！　魚粉ベースの珍しい感じのラーメンでさ、めっちゃ魚の旨味《うまみ》が濃縮されてるんだよね。結構有名で雑誌とか見て県外から来る人もいるくらい」

「それ聞くとすっげぇ行きたくなるな……」

それを聞いた佐倉《さくら》は目を輝かせて立ち上がった。

「行くか！」

「マジで？」

伽羅森《からもり》は呆《あき》れた声を上げる。

一応伽羅森《からもり》は身体的にはかなり回復しており、日常生活を送る分には支障はないほどだ。ここにいるのは精神的な治療と、彼の今後の処遇をノアリーが決めかねているところが大きい。難波《なんば》からは念のためこの病院から出るなとは言われている。この病院は普通の病院なようでノアリーの息がかかっており、歪理術等で特殊な守りが施されているそうだ。伽羅森《からもり》の事情を考えると野放しにしておきたくないのだろう。

それはわかるが……

「……行くか」

伽羅森《からもり》としても、もうひと月以上この病院に缶詰でいるのは苦痛になっていたころだった。おそらくはまた理不尽な不幸が自分を襲うだろうが、そこで何か艱難辛苦《かんなんしんく》に見舞われようとも何も文句を言う気はない。

伽羅森《からもり》は立ち上がると抜け出すための作戦を考え始めた。

病院を抜け出すのは簡単にうまくいった。

作戦といっても難しいものではない。着替えた後にトイレに行くような素振りで病室を出て、何食わぬ顔で正面ロビーより出て行っただけだ。

自動ドアが背後でゆっくり閉まったのと同時に、伽羅森《からもり》と佐倉《さくら》はお互い目を合わせてニヤリと笑った。怪しまれない程度に急いでその場を離れ、二人は無事病院を抜け出した。

だが、伽羅森《からもり》は知る由《よし》もない。これは異常な事態であったと。

伽羅森《からもり》は知らなかったが、彼には監視がついていたのだ。その監視役に偶然緊急の連絡が入り、伽羅森《からもり》が病院を抜け出したタイミングで気づくことができなかった。このとき、それだけのことが起きていた。

佐倉《さくら》の案内で伽羅森《からもり》はラーメン屋に向かった。

初めて足を踏み入れる街並みは新鮮で、吸う空気さえ違うように感じた。病室から見えていた景色の場所を歩いていると思うと不思議とワクワクしていた。

病院は国道に面しており、絶え間なく車が行き交っている。交差点にある大きな看板は何年も入れ替わりがないのだろう。錆《さび》や色あせが目立っていた。道先に牛丼屋等《など》のチェーン店も並んでおり、多少寂れてはいるもののそれなりに栄えている場所のようだった。

佐倉《さくら》の言うラーメン屋は病院から近かった。彼女の言う通り学校もすぐそばにあり、道向かいの建物の先に学校の影が見えた。

「あれアタシの学校。ちょっとボロいでしょ」

「そうか？　大体あんなもんだと思うけど」

「えー、でも北のほうの高校は広くて設備もよくてさー」

「隣の芝生は青いってやつだろそれ」

なんて他愛もない会話をしながら入店。同時に「いらっしゃいませー！」と威勢のいい声が響く。思ったより手狭な店だったが、慣れた足取りですいすいと佐倉《さくら》は店奥へと進んでいく。

空いた席に腰かけたところで、カウンター越しにやたら顔の濃い中年の男が顔を出してきた。店長だろうか。

「いらっしゃい！　佐倉《さくら》ちゃん！　昨日ぶり！」

「おいっすー。ちょっとこの人連れて来たくてね！」

店長の視線が伽羅森《からもり》に流れる。

「おっ、この子は……初めてのお客さんだな？」

「あ、はい」

「だろ？　おれは来てくれた客全員覚えてんだよ！」

自分の記憶力に満足したのか、上機嫌で厨房《ちゆうぼう》へ引っ込んでいった。

「常連なんだな」

「そりゃそうよ。学校に近いラーメン屋なんて通うでしょ！　入院してた時はきつかったー」

「マジで男子みたいだな」

「コラ。それ言うな。気にしてるんだから」

ラーメン屋は盛況だったがラーメンの提供は早かった。

佐倉《さくら》の言った通り、魚粉の効いた濃いめのスープが特徴だった。スープが縮れ麺に絡《から》まってしっかり味わえる。佐倉《さくら》が薦めるのも納得できた。

二人はほとんど同時に食べ終わった。佐倉《さくら》は身長もさることながら、食べる量も男子顔負けだった。

サイドテールの少女は満足そうに息を吐いた。

「ふー。食べた食べた。どう？　ここ」

「うまかったよ。魚介系のラーメン初めて食べたかも」

「イエイ！　布教成功！」

ニカッと笑ったその表情が眩《まぶ》しくて、伽羅森《からもり》は思わず目を細めた。

「……すごいな。佐倉《さくら》さんは」

「え？　何が？」

「いや、だってさ、普通ここまでしないだろ？　ちょっと心配ってだけで」

「いやー、今回は心配っていうより、普通に紹介したかっただけって感じ。そんなずっと気を遣ってたわけじゃないって」

さっぱりとそう答えた物言いから本心からの言葉なのだろう。

「だとしても、助けられた。最初に気にかけてくれたのは本当だろ」

「まあね……」

照れたように佐倉《さくら》は自分の頰を搔《か》いた。

伽羅森《からもり》は一つ咳払《せきばら》いをすると、勢いよくポケットからあるものを取り出した。

「これっ、お礼っていうか、そんな感じのやつ」

彼が取り出したのは手作りの赤いミサンガだった。難波《なんば》に材料を調達してもらって自分で編んだのだ。

いろいろ渡す際の言葉を考えていたが、気恥ずかしさに負けてそれも全部忘れてしまった。

「……あげるよ」

「あぁー、えぇー？　ど、どうも……」

佐倉《さくら》の反応も戸惑っているような笑っているようなもので、伽羅森《からもり》はまともに目を見れなかった。

「気が利《き》いたやつとかわかんなかったし、うちの中学で流行《はや》ってたやつ……」

「お、おぉ……」

早速とばかりに佐倉《さくら》はミサンガを右腕に着ける。自分の腕に着けたそれを彼女は何度も手の平を反《かえ》して眺めた後、「ヒヒヒ」と、くすぐられたような笑い声を漏らした。

彼女はゆっくりと口を開いた。

「アタシはさ、自分の人生に意味がほしいんだ」

「？」

唐突な切り出しに伽羅森《からもり》は首を傾《かし》げる。が、彼女はそのあと沈黙してしまう。不思議に思って佐倉《さくら》の顔を見ると彼女は苦笑を浮かべた。

「なんか照れるなこういうの。でもほんとに思ったんだ。自分が手術するって知ったとき」

彼女は空になった器の周りを蓮華《れんげ》でなぞる。

「私が心臓の病気ってわかったときにさ、自分が死んじゃうかもって怖くなったんだよね。……簡単な手術で治るものだったんだけどね。で、怖くなったときにさ、思ったんだ。私の人生の意味がほしいって」

「人生の意味？」

「うん。アタシが生きた意味はこれだったってやつ。生きた証《あかし》、みたいな。君に声かけたのもそこから」

「俺を気にかけてくれたのが、生きた証《あかし》になるのか？」

「アハハ、わかんないよそんなの。そうかもしれないし、違うかもしれない。生き終わってみないとわかんないよ。でも、アタシってすごい発明家とかじゃないし、生きた証《あかし》を残せるなら誰かの記憶の中かなって。だから、なるべく人助けをしようって思ってるの」

「それで俺に……」

「うん。自己満足だけどね。でも誰かの中にでも生きた意味が残ったらいいなって」

「…………」

伽羅森《からもり》は俯《うつむ》いた。頭に浮かぶのは、自分の前に転がる死体たち。切り刻まれ、一面に広がる血の海。吐き気のする人間の死臭。

「俺にも……あるのかな……？」

思わず、少年は呟《つぶや》いていた。

「あるよ」

自信満々に、少女はそう返す。

「でも……俺、とんでもないことしたんだ。絶対に人に言えないような、取り返しもつかないことを……それでも？」

「ある」

短く断言されたその言葉が軽く浅慮なものに感じ、伽羅森《からもり》は眉を上げて佐倉《さくら》の顔を見る。

「なんでそう言いきれるんだよっ」

「生きてるからだよ」

「……！」

伽羅森《からもり》の瞳が震える。

少女は伽羅森《からもり》の目を真っすぐ見返していた。

「生きることに意味なんてないなら、その人は生まれてない。だから、今生きてる君にも人生の意味が絶対ある。……だからそんな、常に『死にたい』なんて目するのやめなよ」

伽羅森《からもり》は声を詰まらせた。

「なんで……」

「わかるよ。ただ落ち込んでるだけじゃないことくらい」

彼女は歯を見せて笑う。

しかし、伽羅森《からもり》は唇を噛《か》んだ。

「でも……そのとんでもないことをするのが俺の人生の意味だったら？」

「えぇ？　なんだぁ？　屁理屈《へりくつ》言うなぁ……。まあいいじゃん。それでも信じるんだよ。いい意味があるって。そう信じられれば元気が出るでしょ。元気が出れば、その悩んでることにも対処できるかもしれないしさ」

彼女は自分の両頬に人差し指を当てて口角をさらに上げて見せる。

「とにかく何をするにもいるのは元気だよ。元気があればなんでもできるってやつ。その元気が出せるなら、信じてもいい考え方じゃない？」

そう言って笑う彼女は、太陽よりもずっと眩《まぶ》しかった。

伽羅森《からもり》は俯《うつむ》く。目に映るのは、自身の体に巻き付く罪悪感という太い鎖。

苦しみから逃れようとする自分を、自分自身《この鎖》が許さない。

それでもこの太陽が柔らかい日差しで鎖を溶かしてくれている。

佐倉《さくら》が言っているのはただの考え方の問題だ。それでもその考え方が光に見えるのは、自分がそれにただすがりたいだけではないかと鎖が問う。

だがそれでも……

「いいのかな……生きても……」

ぽつりと彼が零《こぼ》す言葉。『死にたい』という感情よりさらに深いところから湧き出たその言葉は、鎖に落ちてヒビを入れる。

「ただ……都合のいい言葉にすがりたいだけなんじゃないかな……」

「いいじゃん。それで元気になれるんなら。君が元気になることでさ、喜ぶ人も、できることもたくさんあるよ。だからまずは元気でいよう」

少女は笑う。

「君の人生に意味はある」

鎖が砕け散った。その破片に交じって落ちるは彼の涙。

きっとこれからも罪悪感に駆られ続けるだろう。だがそれでも、欺瞞《ぎまん》でさえ生きるのには必要なのだ。

静かに涙を流す伽羅森《からもり》に、佐倉《さくら》はただ黙って彼の背中を撫《な》でていた。

しばらくして伽羅森《からもり》が落ち着いたころ、

「あっいけね」

と、二つ隣のカウンター席を片付けていた店長の声が聞こえた。

「店長どうかした？」

「ああ、いやさっきのお客さん本を置いていっちゃったみたいでさ」

「あらま」

「初めて見た人だから次来るかもわからないし。ちょっと追いかけないと……」

しかし、間の悪いことに新たな客が店に入ってくる。店長は眉を下げた。

「店長、アタシ届けて来ますよ！」

「本当かい？　じゃあ、頼むよ。まだ通りにいると思うから」

「はい！　何か特徴とかある人でした？　服装とか」

「服は緑色のコートで、それに右目に眼帯をしていたよ」

「オッケーです！　伽羅森《からもり》君、ちょっと待ってて」

佐倉《さくら》は店長から本を受け取ると元気よく店を飛び出した。

不思議なほど重い雰囲気を纏《まと》った真っ赤な本を握りしめて。

そして、彼女が帰ってくることはなかった。

その日より、佐倉《さくら》桜花《おうか》は行方不明となった。

▼▼▼

報告。
●●月●●日にノアリー研究施設に侵入、および機密情報を収集した人物とコミュニケーションをとることに成功。
対象はいかなる手段を用いてもその行動を制限させることができず、殺害、拘束してもその事象自体を無効にする模様。対象の証言により、対象の運命が固定化されていると思われる。

コアとなる赤い本を破壊すれば対象も処分できると推測される。

概念破壊可能な金死雀《カナリア》による処分の手続きが進められたが、難波《なんば》管理主任の強い嘆願により一時保留とした。

対象が非常に従順な状態となっていることもあり、別途利用法を検討中。

なお、少女の持ち物や容姿から素体は行方不明となっていた高校生である——

▼▼▼

夜も更《ふ》けた伽羅森《からもり》の病室。

伽羅森《からもり》はシーツを強く握りしめながらベッドに座っていた。

彼の右腕の痣《あざ》は指先ほどにまで小さくなっている。

佐倉《さくら》桜花《おうか》が行方不明となってから一週間。伽羅森《からもり》は魂が焦げ付くような思いで彼女の安否を心配していた。だがそんな彼が難波から聞いたのは、彼の心を砕くものだった。

つい先日ノアリーの研究施設を襲撃した謎の存在が、存在を作り替えられた佐倉《さくら》桜花《おうか》だというのだ。

難波《なんば》に見せられた写真は、佐倉《さくら》とは髪色も瞳の色も違う女性のもの。金髪で赤い瞳。サイドテールですらない。しかし、その顔立ちは、まぎれもなく佐倉《さくら》と全く同じだった。

ノアリーの多くの調査結果も彼女が佐倉《さくら》桜花《おうか》であることを示していた。特に、彼女が右腕に着けていた赤いミサンガを伽羅森《からもり》が忘れるわけもない。

伽羅森《からもり》は思い知った。ティルフィングが所有者に強いる破滅の運命は、伽羅森《からもり》だけを不幸にするわけではないのだ。

伽羅森《からもり》が苦しむならば、あの剣は他人を不幸にすることも厭《いと》わない。

「なーんとか、殺されてしまうのは避けたよ……。だいぶ無理はしたけどね」

傍《かたわ》らの丸椅子に腰かけていた難波《なんば》がそう言った。彼の表情は少年を前にして隠しきれないほどに疲れているのが読み取れる。

「歪理物《ヴァニット》の調査員にしようとかいう話も上がってるらしいけど、まあそれはどうかな。上にも頭がおかしい人がいるからもしかしたら通るかもしれない。どちらにしても、彼女がひどい目に遭わないようには尽力するよ」

「佐倉《さくら》さんを……元に戻す方法はないんですか？」

かすれ声で伽羅森《からもり》は訊《き》くが、難波《なんば》は首を振る。

「あるかもしれないが全くわからない。歪理物《ヴァニット》っていうのは、ものによって全然違う理を持つ。正直、あれの調査が進んだとして彼女を元に戻せる可能性は低い」

「……………」

伽羅森《からもり》はシーツ越しに自分の拳を爪痕がつくほどに握りしめた。

もはや、自分の呪いは自分の中だけでは収まらないことは十分に思い知った。

自分が破滅するならそれでよかった。だが、そんな考えは甘かったのだ。

ならば……

「お願いします。僕を、歪理物《ヴァニット》の調査員にしてください。なんでも……なんでもします……」

「うん。こっちは拒まないさ。……むしろ、あんなことがあった後じゃハッキリ言ってそれ以外の道を勧められない。手続きはやっておくよ。上はいろいろ言うだろうが、まあ何とかしてみせるさ。……ただ、やるからには前向きな理由を持ちな。ティルフィングのことを抜きにしても辛《つら》い仕事だ。心の支えがないとやってられないよ」

「それならもうあります」

伽羅森《からもり》は顔を上げた。

その目はもう光を映さない黒ではない。その瞳の奥で魂をくべた炎が燃え盛っている。

「佐倉《さくら》さんを絶対に元に戻します。……そして僕の……人生の意味を探します」

「人生の？」

「僕が何百人も人を殺して、佐倉《さくら》さんをあんな目に遭わせてまで生き残ってる意味です」

「……それは青い鳥を探すようなものじゃないかい？」

「わかってます。自己満足なのは。それでも僕は自分が納得できる理由を見つけたいんです」

難波《なんば》は「そうか」と薄く笑みを浮かべた。

「じゃあ、そこにもう一個理由を追加しておいてくれ」

「え？」

「君の呪いを解く。これを忘れないで」

こうして伽羅森《からもり》迅《じん》は金死雀《カナリア》への道を歩み始めた。

生きる理由を胸に刻み、贖罪《しょくざい》を背負いながら希望を探し続ける旅へ。

第三章　複製樹　〜ブルー・アポカリプス〜

雑然とした人込み。曇り空の下でその町景色がやたらと眩《まぶ》しく見えるのは、周囲の建物に施された色とりどりの看板のせいか。どの看板も日本ではあまり見ない漢字が書かれており、屋台や中華料理のメニューの立て札がそこかしこに並んでいる。

「はー。私、横浜中華街って初めて来たかも」

「結構面白いとこだぜ。日本っぽい中国って感じで本場とはまた違う雰囲気があってさ」

「伽羅森《からもり》くん、中国行ったことあるの？」

「まあ、任務で何度か。金死雀《カナリア》って結構海外の任務あるんだぜ」

「へぇー」

伽羅森《からもり》含む三人は中華街の道端に並び、流れゆく人々を目で追っていた。

「ま、気になれば今度行ってみるといいさ。本物のほうにな」

伽羅森《からもり》が見ていた一人のカップルが、見えない壁に入るように突然消えた。そのカップルだけじゃない。その場所を境に道行く人は現れては消え、建物もその境界線より先が消えている。見えない境界線の反対側を見ると二〇〇メートルほど先でも同じく景色が途切れている。

静岡県のとある山中。森と原っぱばかりが広がる場所、のはずだった。しかし、まばらに木の生えた林のど真ん中に突然この町景色が広がっている。しかもそれが横浜中華街となれば奇妙さに拍車がかかっている。

呆気《あっけ》にとられる藤中《ふじなか》を連れて伽羅森《からもり》とアーカイブはその町に入ったのだ。

「ここが、世界を終わらせちゃうくらい危ない歪理物《ヴァニット》……なんだよね？」

恐怖心を孕《はら》んだ表情で藤中《ふじなか》は周囲を見渡す。見た目だけなら、ただそこに横浜の風景があるようにしか見えない。

「世界終焉級《アポカリプス》といえど、必ずしも危険というわけではありません。世界への影響度と危険度の分類は別ですから。事実この歪理物《ヴァニット》が分類された危険度はブルー……気を付けていれば被害を防げるレベルのものです」

「でも、それだと危なくないのに世界を滅ぼしてしまうってことになりませんか？」

「なります。ありえるんですよ。歪理物《ヴァニット》の特性によってはそういうことも……来てください。人にぶつからないように」

そう言うとアーカイブは道の先へと歩き出した。なぜか建物の端を沿うように。

「発見時、この町の大きさはせいぜい直径三二メートル程度だったそうです。しかし、およそ二か月ごとに倍の直径になるペースで町の範囲が広がっていき、発見から半年経《た》った今では直径二五六メートルの大きさになっています」

「半年でそんなに……」

「倍々のペースですから。この歪理物《ヴァニット》がどこまで成長するかは現在調査中ですが、もしこのまま際限なく同じペースで大きくなっていくなら、この世界はこの歪理物《ヴァニット》に塗り替えられます。ゆえに、この歪理物《ヴァニット》は危険度は低くとも世界終焉《しゅうえん》クラスに分類されているのですよ」

「実際本当にそこまで大きくなるかはわかんねぇし、ここが侵食する範囲が本物の横浜まで届いたらどうなるんだとか、いろいろ疑問はあるけどな。でもこのままのペースで大きくなるなら、三年後には全部世界がこの歪理物《ヴァニット》に置き換わることになる」

「さ、三年でっ⁉」

藤中《ふじなか》は周囲を見渡す。今はまだ景色の終わりが目視できる程度の範囲しかない。それなのに三年で世界を覆うとは。倍々で大きくなるというのは恐ろしいペースなのだ。

「世界が置き換わるのも問題ですが、もっと直接的な問題もあります」

と、歩きながら周囲を見ていた藤中《ふじなか》が、突然進路を変えてきた歩行者とぶつかって尻もちをついてしまった。

「きゃっ。す、すみません！」

相手方も完全に不意打ちだったようで藤中《ふじなか》と同じように尻もちをついていた。しかし、ニット帽を被《かぶ》ったその男は、困惑した表情を見せていた。謝った藤中《ふじなか》を見ることもなく周囲を見渡している。

「無駄ですよ。彼らには私たちが見えていません」

「あ、そっか。こっちは複製ですもんね……。あれっ？　でも……」

「そうです。こちらからの干渉が本物の横浜のほうにも影響するのです。以前この土地に嵐が来た際、強風によってこちらの建物の一部が破損しました。その際、本物の横浜でも同じ建物の同じ箇所が破損しました」

相互に影響しあった複製ということなのだろう。

本物の横浜としては理不尽極まりない影響だが。

もしまた嵐が来て、風に飛ばされた木がここの通行人とぶつかれば、現実の横浜にいる通行人が怪我《けが》をする。それだけでも危ないことだ。

「あの、そんなすごいものをどうにかするのに、私……というより《無題《タイトレス》》が役に立つんですか？」

「可能性があるから試す、という感じに近いですね。《無題《タイトレス》》の実験も兼ねています。……着きました」

アーカイブがそう言って指さしたのは、一本の白い木だった。いや木と言うには奇妙だ。それは枝先となる部分が人の手の形をしており、しっかりと指先に爪まである。滑らかな表面であることも相まって、本当に色白い人の手が寄り合わさってできているようだった。

その木は人が行き交う道路のど真ん中に生えており、道行く人はそれを気に留《と》めていない。

「あの木だけが現実の横浜とは違うものです。おそらくあれがこの現象を起こしているものと思われます。命名は複製樹です」

「あの木が原因なら、伽羅森《からもり》くんの剣で斬っちゃえばいいんじゃ？」

「そう単純じゃないんだよこれが」

伽羅森《からもり》は人込みを縫って複製樹の前まで踏み込むと、ティルフィングを半ば抜き、目にも止まらぬ速さで振るう。

剣に巻き付いたままの鎖はやはり一閃《いっせん》の動きを阻害することはなく、複製樹は両断された。が、斬られたはずの複製樹は何事もなかったように即座に斬られた箇所を繋《つな》げてしまった。

「斬れるけど、殺せない。この剣は理ごと斬る力があるんだけど、こいつの理の核はここにはないらしい」

「ほかにもいくつかの手段を試しましたが、現状この木を破壊できていません。そこで、あなたの《無題《タイトレス》》です。《無題《タイトレス》》の名前を存在ごと食《く》らう力でこの木を消滅させられないかと思いまして」

「意外と軽い感じで使うんですね……。もっとこう、いろいろな手続きとか、《無題《タイトレス》》の調査をしてからそういう使い方をすると思ってました」

「本来ならそうです。しかし、時間もないということもあり、特例で試させていただくことになりました」

「時間？」

「あと三日で前回の町の範囲拡大から二か月が経《た》ちます。今まで通りなら次の町の大きさは五一二メートル。あなたの《無題》《タイトレス》が消滅させられる範囲を超えてしまいます」

木だけ消せばよいのなら範囲は関係ないが、町全体を消さなければいけない場合を考えると、《無題》《タイトレス》でこの町を消せるのはあと三日だけなのだ。

「な、なるほど……」

藤中《ふじなか》は自らのカバンの中にある《無題》《タイトレス》に目を落とす。

いまだにこの本のことは怖い。

焼肉のときの暴走はアーカイブの結界が解けたものだったとしても、本当に自分がこれを制御できているかの自信がない。

「決行は深夜です。本物の横浜のほうで人を避難させてから実施します」

時間が経《た》つのは早かった。この歪理物《ヴァニット》についての説明や、これからの作戦、藤中《ふじなか》がどの程度《無題》《タイトレス》を制御できるかの検証などをしているうちにすっかり日は傾き始めていた。

「また全部食べちゃった……」

藤中《ふじなか》がウェーブのかかったアッシュブラウンの髪をかき上げる。

彼女の前の簡易机には白紙の紙、もともとカレンダーだったものが置かれていた。

第二の横浜から五〇〇メートル以上離れた平地で藤中《ふじなか》は《無題《タイトレス》》の検証を兼ねた訓練を行っていた。

ノアリー調査員の大型テントは第二の横浜の近くに張られているのだが、そこにある文字を食べられては困るので、そのテントからもかなり距離をとっての検証だ。

アーカイブと伽羅森《からもり》のほかに、白衣を来た職員が数人この検証に付き合っている。

制御検証の結果はそれほど芳《かんば》しくはなかった。

《無題《タイトレス》》はある程度藤中《ふじなか》の言うことは聞いてくれるが、完全に制御できるわけではないようだ。

今もカレンダーの数字だけを食べるように藤中《ふじなか》は指示したのだが、《無題《タイトレス》》はカレンダーの文字をすべて食べてしまった。隣にある適当な文字が書かれた紙の文字は食べられていないので、完全に制御できていないわけではないのだが。

藤中《ふじなか》はため息をつく。

始めたときからずっとこの調子だ。いくつかある文字の特定の文字を食べさせようとしても全て食べてしまったり、勝手に文字を食べる範囲を広げてしまったり、細かな制御は利《き》かないようだった。夜の実験で無駄な被害を最小限で抑えられるよう訓練が必要だった。

「《無題《タイトレス》》の問題というより、藤中《ふじなか》さんの扱いの問題なのかもしれません。普通の道具と同様に、藤中《ふじなか》さんが《無題《タイトレス》》制御の練度を上げれば精密な制御が可能になるのかもしれません」

と言ったのはアーカイブ。

「ホントかそれ？　そもそも逆に細かい制御が利《き》く方が驚きだと思うんだけど」

「こと《無題》《タイトレス》と藤中《ふじなか》さんの間ならあり得なくもないことかと。藤中《ふじなか》さんはこの《無題》《タイトレス》から生み出された。一方で《無題》《タイトレス》の制御者でもあります。《無題》《タイトレス》は藤中《ふじなか》さんの親でありながら従者でもある。互いに因果を縛りあう強烈な繋《つな》がりです。練度次第では相当自由に扱えるようになると思いますよ。例えば、遠隔で《無題》《タイトレス》を操作できるようになる、とか」

「そんなことまで……」

「繋《つな》がりは既にあります。あとは藤中《ふじなか》さん次第でしょう」

珍しく饒舌《じょうぜつ》なアーカイブに伽羅森《からもり》は意外そうな目を向ける。

これも彼女にとって決められたことなのだろうか。

実際問題、《無題》《タイトレス》はアーカイブの持つ本と同種の本と思われる代物だ。その片割れの持ち主であるアーカイブの言葉は信憑性《しんぴょうせい》が高い。

「試しに声に出さずに《無題》《タイトレス》に命じてみてはいかがでしょう。どう見ても《無題》《タイトレス》に音を聞く器官は認められませんし、声の有無は藤中《ふじなか》さんの意識の問題だと思いますよ。声に出すのと同じように意識を《無題》《タイトレス》に向けて念じてください」

「は、はい」

ペンで適当な文字を書いてから、藤中《ふじなか》は黙って《無題》《タイトレス》の緑色の表紙に手を添える。

少しの沈黙。

眉に皺《しわ》を寄せた藤中《ふじなか》がパッと目を開けた途端、《無題《タイトレス》》の表紙が開き、藤中《ふじなか》の書いた文字が本に吸い込まれた。

「わ！　本当だ！」

「やはりそうですか」

アーカイブがそこで笑みを浮かべたように見えたのは気のせいか。

「あとはそうですね。もっと真剣に練習に挑めるようにしましょうか」

そう言ってアーカイブは脇に置いてあったカバンからとあるものを取り出す。それは騎士の恰好《かっこう》をした丸っこいペンギン。ペン騎士クンのぬいぐるみだ。

「あ、それ私の！」

「そうです。これの名前も範囲内に置いて、食べる文字の制御訓練を行いましょう。そうすれば、藤中《ふじなか》さんはもっと真剣に取り組めるはずです」

「やだやだやだ！　絶対ヤダ！　それお気に入りなの！」

アーカイブからペン騎士クンを取り返そうとするが、アーカイブの方が背が高いため手を上にあげられると届かない。

「ではなおさらです。より訓練に身が入るでしょう」

「えぇー！」

伽羅森《からもり》は首を傾《かし》げる。

「それ、ペン騎士クンそのものじゃなくてぬいぐるみだろ？　《無題《タイトレス》》で消せなくね？」

「先ほど製品名を調べました。正式名は『ペン騎士クン　スタンダード　ＰＫ１０３４』です」

と言いながら机の上の紙にその名前を書いていく。

確かにただのぬいぐるみに型番や製造時の正式製品名が書かれていることはない。藤中《ふじなか》家で《無題《タイトレス》》が暴走した際は、それで消滅を免《まぬが》れたのだろう。

ペン騎士クンの正式名称の横に『伽羅椋迅《からもうしん》』と書いてアーカイブは藤中《ふじなか》に向き直る。

「さあ、藤中《ふじなか》さん。この隣の文字だけを食べさせてください」

「ちょっと待てや」

「なんでしょう。伽羅椋《からもう》さん」

「伽羅森《からもり》です。悪質なイタズラすな。それ木偏以外消えたら俺消えるだろ」

「文字の一部だけ切り取られた例はないので、問題ないはずです」

「私も嫌ですからねそれ！」

藤中《ふじなか》の応戦も受けてアーカイブは『伽羅椋《からもう》』の文字を消して適当な文字を書き直した。

「ではどうぞ」

促される藤中《ふじなか》。いつの間にかペン騎士クンを訓練に使う流れになってしまっている。

「うぅ……。ま、まあ、この正式名称全部食べなきゃいいだけだし……」

彼女が目を閉じると、《無題《タイトレス》》は光を纏《まと》ってその力を発揮する。

そしてペン騎士クンは消えた。

「うわあぁぁあ！」

絶望の声をあげて藤中《ふじなか》は膝から崩れ落ちる。

藤中《ふじなか》の覚悟虚《むな》しく、《無題《タイトレス》》は書かれた文字の全てを食べてしまったのだ。

「アーカイブさんの鬼！　悪魔！」

「また出せばいいじゃないですか」

泣いて縋《すが》り付《つ》く藤中《ふじなか》に冷徹な言葉をかけるアーカイブ。

しかし、そこで藤中《ふじなか》がハッと目を見開く。

「待って！　そうじゃん！　出せるってことは……」

彼女が目を閉じると再び《無題《タイトレス》》が光り、今度はそこから文字の塊が出てくる。

文字の塊は形と色を得ていき、現れたのは人間の腰の高さほどの大きさのペン騎士クンだった。しかも、

「ンー！」

そう鳴いて手を振ってきたのだ。

「キャー！　やったー！」

超ハイテンションで藤中《ふじなか》はペン騎士クンに抱きついた。

「そうだよね！　できるよね！　私の家で変なファンタジーのお化けとか出てたもんね！　こういうこともできるよね！」

ニヘラ、となんとも幸せそうな顔をする藤中《ふじなか》。

続けて彼女が目を閉じると再度《無題》《タイトレス》が輝き、次から次へと丸いペンギンが飛び出してくる。それぞれ皆姿が異なり、ローブを纏《まと》っているものや、剣や杖《つえ》を持つものまでさまざまだ。

藤中《ふじなか》は一層目を輝かせる。

「ペンクさん！　ペスターちゃん！　ペザート様！」

そうして彼女は訓練そっちのけでペンギンたちと遊び始めてしまった。

「マジでなんでも出せるんだなぁ。あの形状、生物として成り立ってないだろ。ちゃんと元の設定どおりのものが出るんだなぁ」

「そういうわけではないと思いますよ。伽羅森《からもり》さんが藤中《ふじなか》さんの家で戦ったモンスターの中に、『デーロン島戦記』のガフマというものがいましたが、原作の設定では常に人間の目で見えないほど速く動くというものでした。しかし、伽羅森《からもり》さんと戦ったときにそんな速度は出ていなかったので、出したものの見た目以外の性能はそこそこなのかもしれません」

「……藤中《ふじなか》の練度次第で変わってきそうなとこだけどな」

「ちなみに、ペン騎士クンは、設定上素手で城壁を消し飛ばす怪力を持ってます」

「強すぎだろ」

まあきっとそれも設定どおり再現されているわけではないのだろうが。

伽羅森《からもり》の顔に影が差す。

内面部の再現度に難があるとはいえ、それでも架空のものをほぼ設定どおりに作り上げている。つまり、物語上の危険極まりない兵器やモンスターなども作ることが可能であるということだ。文字を食べる機能もそうだが、藤中《ふじなか》が操作できるがゆえに悪用されたときの危険度が想像もつかない。

「いくら歪理物《ヴァニット》とはいえ、ちょっと強力すぎるな」

「ええ。出す方はともかく、名前さえ分かれば問答無用で誰でも殺害できますからね。金死雀《カナリア》でもこれで死なない人間は半分ほどでしょう」

そんな話をしている二人の元に、両手でペンギンたちと手を繋《つな》いだ藤中《ふじなか》が戻ってくる。

「ねぇねぇ。そう言えば、カナリア、カナリアって言ってるけど、ノアリーの調査員の一番上の人たちの名前なんだよね？　なんか名前かわいくない？」

「えぇー？　どこが？　皮肉ですらない直球じゃん。カナリアだぜ？　カナリア」

藤中《ふじなか》は首を傾《かし》げる。

「かわいいじゃん。なんかダメなの？」

「あー……炭鉱のカナリアとか聞いたことない？」

「何それ？」

「カナリアって常に囀《さえず》ってるからさ、炭鉱とかの毒ガス検知に使われてたんだよ。鳴き止《や》んだり死んだりしたら危険ってわかるだろ」

「えぇ……」

藤中《ふじなか》はかなり嫌そうな顔をした。カナリアの扱いもさることながら、それを命がけで従事する人間の組織名にするのは……、

「ネーミングやばくない？」

「だろー？」

と、そこにアーカイブが髪を耳にかけながら口を開く。

「私は好きですよ。その名前」

「え？　なんでだよ」

「どう取り繕っても、歪理物《ヴァニット》という理不尽なものに、命をもって危険性を確かめているというのは事実です。そして私たちがカナリアということは、後に続く人間がいるということですし。私たちの意義とその組織信条を端的に示していると思います」

「……流石《さすが》に好意的に受け止め過ぎじゃないか？」

「そうですか？　むしろほぼ不死か不死に準ずるほど強い者たちしか所属していない組織名をそんなか弱い鳥の名前にしているなんて、それを相手にする敵対組織や歪理物《ヴァニット》からすると、たまったものではない皮肉だと思いますがね」

「あー……それはそうかも」

若干納得が行く伽羅森《からもり》の横で、『金死雀《カナリア》には不死か不死に準ずるほど強い人間ばかりが所属している』という事実に藤中《ふじなか》は静かに衝撃を受けているのであった。

その後も検証と訓練は続き、すぐに夜になった。

訓練の末、藤中《ふじなか》の制御能力はひとまず今回の実験に支障ないと判断し、そのまま実験は深夜に実行されることに決まった。

時が経《た》ち午前一時。

三人は二名の調査員と共に改めて複製樹の前に来ていた。

夜の浅いころにはライトアップで煌《きら》びやかに輝いていた建物も今やすっかり光を失っており、眠るように夜の静寂の中に佇《たたず》んでいる。どの建物にも全く光が灯《とも》っていない。

伽羅森《からもり》は思う。深夜になってから気づいたことだが、この町には電灯がかなり少ない。豪華《ごうか》絢爛《けんらん》な建物の光が消えてしまえば、心もとないほど光が少ない。

昼のにぎやかさとは対照的にぼうっと街灯の光に照らされているだけの建物の姿は、眠っているというより死んでいるようにさえ見える。

複製樹の周囲は別途調査員たちが用意した照明に照らされており、そこだけは昼間のように明るくなっていた。

「本物の横浜のほうは誰もいない状態にしています。何かあっても人的被害はありません」

計画はいたってシンプル。複製樹という名前を《無題《タイトレス》》に食べさせる。それで複製樹および複製された横浜を消すことができれば目的は達成だ。それでダメだった場合はこの複製された横浜につけられた名前、《第二横浜》の名前を食べさせ、直接この場所自体を消せないかを検証する。

「これは《無題《タイトレス》》自体の実験も兼ねています。複製樹というのは、半年前にノアリーの名付け師が命名したものです。そのような一方的に定義した名前でも《無題《タイトレス》》は存在を食べるのかという実験でもあります」

これは藤中《ふじなか》には言わなかったことだが、もし勝手に命名したものでも食べるのなら《無題《タイトレス》》の危険度の評価は上がる。どの程度の言葉のものまで消滅させるのかは、今後詳しく検証していく必要がある。

「近くで私たちも見ているので、何かあれば即座に対処します。ご安心を。ズズズッ……」

「なんでお前今カップ麺食べてんの？」

伽羅森《からもり》の隣でアーカイブはカップ麺をすすりながら藤中《ふじなか》に説明していたのだ。

「この時間に『ビックリビック博多《はかた》ラーメン道吉』を食べることは決まっていましたので」

「嘘《うそ》つけ」

　ここに出発する直前に伽羅森《からもり》は見たのだ。このカップ麺に湯を入れたアーカイブが、湯をいれたあとに蓋に書かれた『熱湯七分』の表示を見て「あっ」と言っていたのを。

「まあ、深夜は小腹空くよな」

「……。ズズズッ……」

　黙秘することにしたらしい。『そもそもなんで直前に食おうと思ったんだよ』という追撃を伽羅森《からもり》はしないであげておいた。

「ていうか、もし《無題《タイトレス》》が制御できなかったら、そのラーメン消えるからな」

「ズズッ！　ズズズッ！」

　ラーメンを食べるペースが上がっていた。綺麗《きれい》な金髪が汁に浸《つ》かっているが気に留めもしない。

　なんか気が抜けるなぁと伽羅森《からもり》はため息をついた。

「お前にはもうこの実験の結果がわかってるんだよな」

「さあ、どうでしょう。私は自分が将来する行動を知っているだけで、未来を見ているわけではありません。自分の未来の行動から、間接的に未来を知ることはできますけどね」

「それを教えてくれればいろいろ変わることもあると思うけどな」

「無駄ですよ。私はそこに意味を見出《みいだ》せません」

「そうかい」

実際のところ、アーカイブは佐倉《さくら》桜花《おうか》に発生した現象のようなものだ。意思疎通はできているが、そこに人間的な思考や自意識があるのかはかなり怪しい。

調査員と最後の確認をしていた藤中《ふじなか》が伽羅森《からもり》たちに向き直る。

「はじめまーす！」

「おう！」

藤中《ふじなか》の手には、『複製樹』と手書きで書かれた紙が握られている。最初にやるのは、複製樹という文字を《無題《タイトレス》》に食べさせること。危険なことは起きないと思うが、念のために伽羅《から》森《もり》はティルフィングに手を置き、周囲に意識を張り巡らせた。

藤中《ふじなか》が大きく深呼吸した後《無題《タイトレス》》の表紙を撫《な》でる。

緑の本が少女の手の平でひとりでに開き、見開きが淡く輝いた。文字の奔流が《無題《タイトレス》》に流れ込み、藤中《ふじなか》の手にあったメモ帳からも複製樹の文字が浮き上がって吸い込まれた。

パタン！　と《無題《タイトレス》》が閉じる音が静かな町に響き渡った。

「……………」

中華街には何も変化は起きなかった。

流れる沈黙。どれだけ待ってもなんの変化も見られない。

所在なげな藤中《ふじなか》が眉を下げて伽羅森《からもり》たちのほうを見てきた。

「あの……ダメみたい」

「文字はちゃんと食べられたのか？」

「うん。ちゃんと消えてる」

「そっか」

伽羅森《からもり》は小さく息を吐く。この町を消せなかった残念さと、危惧していたほど《無題《タイトレス》》は危険ではなかったことへの安堵《あんど》が混じった鈍色のため息だった。

流石《さすが》に《無題《タイトレス》》は勝手につけた名前のものまで食べても消してはくれないらしい。

「失敗かな」

「ええ。最悪な形での」

「最悪？」

「第二横浜は消せず、そして私の夜食も消えました」

見ればアーカイブの手はカップラーメンを持っていた手の形のまま虚空《こくう》を持っている。左手に握られた箸からはなんとも悲壮感が漂っていた。

どうやら藤中《ふじなか》は今回もうまく《無題《タイトレス》》を制御できなかったようだ。

「うわ、マジで消えたのか……。……!!　いや、待て！」

伽羅森《からもり》の頭に電流が走る。彼は周囲を見渡した。

「おかしくないか？」

「ええ。おかしいです」

アーカイブも伽羅森《からもり》と同様に周囲を見渡した。二人の研究員たちも違和感に気づいたようだった。

「あの、おかしいって?」

「気づかないか藤中《ふじなか》。《無題《タイトレス》》は暴走したのに、町にある文字が一つも消えてない」

「えっ」

藤中《ふじなか》は周囲を見渡す。

伽羅森《からもり》の言う通り、中華料理店の看板から道路標識までどこにも失われた文字はない。

「たまたま私の『ビックリビック博多《はかた》ラーメン道吉』の文字だけ食べた、というのもおかしいでしょう。……藤中《ふじなか》さん。《無題《タイトレス》》にこの町の文字をすべて食べるように言ってください」

そう言いながら、アーカイブはポケットからメモ帳を出すと、適当な文字を書き記す。

「は、はい。《無題《タイトレス》》……この町の文字を全部食べて」

確かな命令。《無題《タイトレス》》は再び開き、アーカイブの書いた文字を取り込んだ。が、それだけ。

アーカイブの書いた文字を取り込んだ《無題《タイトレス》》は静かに閉じて活動を終えた。

「この町自体が特殊な概念結界を張っている等《など》の可能性はありますが、事前調査でそのような事実は確認できていません」

「となると、一番考えられるのは、この町に文字はないってことか」

「妥当ですね」

「え、え、どういうことですか？」

「確かめましょう。そういうことなら、私の出番です。藤中《ふじなか》さん。《無題《タイトレス》》に一切何も食べないように命じてください」

「はいっ」

藤中《ふじなか》は《無題《タイトレス》》の表紙に手を当てて心で命令する。念のため、自身の持つ紙に文字を書くが、《無題《タイトレス》》に反応はない。それを確認した二人の調査員は、藤中《ふじなか》の元に重厚な金属製の箱を持ってきた。

調査員の一人が口を開く。

「アーカイブさんの蒐集《しゅうしゅう》には文字を使います。作業が終わるまで、邪魔にならないようにその本をここで封印します。《無題《タイトレス》》をこちらに」

言われるがままに藤中《ふじなか》が《無題《タイトレス》》を置くと、金属箱は固く閉じられた。

二人の調査員は道端へと離れると二人して金属箱に手を置く。すると箱は青く光り、全く光沢のない黒い球体へと変化した。

「封印完了。アーカイブさんよろしくお願いします」

「承知しました。それでは……」

アーカイブが赤い麻紐《ひも》を編んで長方形を形成する。彼女の手の上に真っ赤な本《蒐集記《アーカイブ》》が出現する。

アーカイブのまつ毛が下り、静かに瞳が閉じられる。

「藤中《ふじなか》、少し下がるぞ」

「ねえ、アーカイブさんは何を？」

伽羅森《からもり》は藤中《ふじなか》の手を引いてアーカイブから五メートルほど距離をとる。

「俺のティルフィングが形あるものを問答無用で斬れるように、アーカイブの力は形のないものを概念ごと蒐集《しゅうしゅう》して無力化できる。……それがあいつの本《蒐集記》《アーカイブ》が持つ力なんだ」

伽羅森《からもり》の言葉を聞いていたらしいアーカイブが言葉を返す。

「情報と概念の蒐集《しゅうしゅう》。それが私の運命に課せられた本質ですので」

アーカイブが目を開く。

「さあ、綴《と》じましょう」

瞬間、彼女の持つ赤い本が輝き、その本から大量の文字が水のようにあふれ出す。本から流れ落ちた文字たちは地面に落ちると、生き物のように地面を伝って町へと広がっていく。

町に広がっていく文字を見ながらアーカイブは口を開く。

「蒐集《しゅうしゅう》が始められるということは、実体の無い町、という解釈は間違っていないようですね」

あくまで《蒐集記》《アーカイブ》は彼女の捉えた概念や情報しか綴《と》じられない。彼女が概念を《蒐集記》《アーカイブ》内に綴《と》じるにはその概念が何なのかを彼女が理解している必要がある。

ゆっくりと文字が夜の町に広がっていき、その姿が揺らぎ、薄れては濃くなりを繰り返す。

その光景を見ていた藤中《ふじなか》が口を開く。

「すっごいね。こんなにたくさんの文字が……。そりゃあ、《無題《タイトレス》》は封印しておかないと不安だよね」

「そういうこと。このアーカイブの能力もそうだし、なんならアーカイブの本体のあの赤い本の中に書かれたことも全部食われちまうだろうしな」

「あ、そっか。もし《無題《タイトレス》》がアーカイブさんの本をたべちゃったらどうなるんだろう？」

「さあな。あの本にはタイトルがあるわけじゃないから、《無題《タイトレス》》の固有名詞を食べたら存在ごと消滅させる効果が発生するかも怪しいけど……試すなよ？」

「試さないよ！」

頬を膨らませる藤中《ふじなか》。

「ねえちょっと待って、伽羅森《からもり》くん私のことやっぱりおバカキャラ認定してるよね？　私いまでそんな言動なくない？」

「いやだって突然そんなこと言い出すから……」

「やんないし！　てかおバカキャラ認定のとこ否定してよ！」

「いや、ただの冗談だってマジで。まあ実際のとこさ、歪理物《ヴァニット》の所有者だったりする人って、結構暗めの人多いからさ、藤中《ふじなか》みたいに陽キャのままヤバイ力持ってる人って、どういう行動するかわかんない感じがあるのよ」

「えー？　別に明るい人もいるでしょ」

「いるけど、こっち側の常識わかってるのがほとんどだしな」

「あーなるほどね。でも私は変なことしないからね！　絶対！」

「なんか逆に前フリみたいになってるな……」

なんてやり取りをしていると、アーカイブから小さなため息が聞こえてくる。

「さすがにこれだけ広いと疲れます」

疲れているというより、面倒に思っていそうな雰囲気だ。

その間も文字は本からあふれ続け、町の姿が不安定になっていく。

アーカイブが蒐集《しゅうしゅう》を始めて五分ほど経過したころだった。ゆらり、とアーカイブ近くの町の姿が大きく歪《ゆが》んだかと思えば、彼女を中心に町の景色が大きく変わっていった。

現れたのは真っ白な木の根。

複製樹と同じ材質のそれは、地面いっぱいに広がっており、建物であった場所もそこにはただ巨大な複製樹があるだけとなっていく。

数分後には伽羅森《からもり》たちが立っていた場所は、巨大な複製樹の森の中となっていた。

真っ白な人の手を模した木々が不気味に夜の闇にたたずんでいる。吹いた風に指先のような枝は揺れ、無数の指がどことも知らない虚空《こくう》を指さし続ける。建物だった場所もその建物の形を模した形状をしており、木というにはいびつ過ぎる形となっている。

　複製樹以外はただ伽羅森《からもり》たちが持ってきた照明や調査器具だけしかその空間にはなく、白い照明が不気味すぎるほどさらに真っ白な複製樹の根を照らし上げていた。

「これが、この歪理物《ヴァニット》の本当の姿ってわけか」

　何千もの腕のような物体に囲まれていたことを知り、さすがの伽羅森《からもり》も背筋が寒くなる。

「歪《ゆが》んでいたのはこの森全体であったわけですね。中央にある樹だけを切っても意味がなかったことも頷《うなず》けます」

「この木自体が別の場所の幻覚を生む力があったんだな」

「そういうことかと。この木が持つ歪《ゆが》んだ概念はもう少しで蒐集《しゅうしゅう》できそうです。そうすれば、あとはこの木を処分して終了ですね」

「木ごと蒐集《しゅうしゅう》してくれたら楽なんだけどな」

「私が綴《と》じられるのは概念だけなので。異常性だけ奪ってしまえばあとはただのおかしな見た目の木ですよ」

　それにしては不気味すぎる、と伽羅森《からもり》は心の中で独り言《ご》ちた。

　この光景は無害だとわかっていてもそうあっさり信じられないほどのインパクトだ。

「ナパーム弾でも落として焼き払うか？」

「その小さくしたら三〇〇円くらいで買えそうな剣で斬っていっては？」

「でかいキーホルダーじゃないから。ってかそれどんだけ時間かかるんだよ」

伽羅森《からもり》はやたら見た目を馬鹿にされるティルフィングを見る。鎖に巻かれたその剣は派手な金装飾とちりばめられた宝石が煌《きら》びやかに輝いている。

ちなみに巻かれている鎖にも意味はある。ティルフィングが偶然抜けることを防ぐために、ノアリーが後付けした別の歪理物《ヴァニット》だ。一定の速度以上の衝突ではすり抜ける性質を持つため、伽羅森《からもり》がティルフィングを半ば抜きながら斬る際に邪魔にならない優れものだ。

「全然かっこいいだろこの剣。つか、仮に小さくしたとして、使われてるのは本物の宝石なんだから、三〇〇円はない」

「宝石は適切な場所に彩《いろど》られてこそ真に価値を示すのですよ。まるで人のように」

「名言っぽく馬鹿にすんのやめろ。『まるで人のように』ってつければなんでも名言っぽくなるの知ってんだぞ」

「仏の顔も三度まで。まるで人のように」

「それは、仏様の格が落ちちゃってる」

なんでもではなかった。

蒐集《しゅうしゅう》は一〇分ほどで終わった。町に広がった文字が赤く光ると瞬時にその流れが逆流し、大量の文字が彼女の本の中になだれ込んでいく。その勢いに藤中《ふじなか》が「わっ」と驚きの声を上げるころには、すべての文字が彼女の本に戻り、真っ赤な本は勢いよく閉じた。

「蒐集《しゅうしゅう》完了」

伽羅森《からもり》は安堵《あんど》の息を吐いた。

「オッケ。お疲れさま。藤中《ふじなか》もありがとな」

「ううん、私、結局役に立てなくて」

「だとしてもだよ。初めてこんなことして疲れたろ。戻ろうぜ。木の処分は他の調査員に任せておくから」

「いいや、それは僕が請け負おう」

　突然伽羅森《からもり》の全く知らない声が白い森に響いた。

　声のした方向は《無題《タイトレス》》が封じられた黒い球。しかし、伽羅森《からもり》がそこへ視線を送る前に、バギャッというひどく巨大な岩が砕けたような音がした。続けて、嵐のような連続した鈍い音が鳴り響く。

　反射的に伽羅森《からもり》は藤中《ふじなか》を庇《かば》って自分の背中へ彼女を引っ張った。

　一瞬の出来事だった。《無題《タイトレス》》のあった場所へ目を向けた時には、《無題《タイトレス》》を封じていた二人の研究員は壁へ叩《たた》きつけられて絶命しており、代わりに全く見知らぬ二人の男女がそこに立っていたのだ。

　一人は白い髪の少女。高めに結われたツインテールはそれでもなお地面に届くほど長く、自信に満ちた表情に爛々《らんらん》と瞳が輝いていた。

　そしてもう一人は……

「え……」

　震えた声を漏らしたのは背後の藤中《ふじなか》。だが、伽羅森《からもり》もまた突然起きた事象以上に、目の前に立つ人物に驚愕《きょうがく》していた。

　会ったことはない。だが知っている。

　真っ黒なスーツに身を包んだ長身の男。齢《よわい》五〇は過ぎていそうな白髪まじりの男は、その右目に翼の模様が入った眼帯をしていた。

「藤中《ふじなか》……朝日《あさひ》……！」

「はいはい。藤中《ふじなか》　朝日《あさひ》ですとも。はじめまして」

「私はサード！　よろしくね！」

　純真無垢《むく》そのものなその笑顔は眩《まぶ》しく、しかしこの場にあまりにもそぐわないもの。

　伽羅森《からもり》の警戒心が一層強まった。

　彼の目に藤中《ふじなか》　朝日《あさひ》の服の胸元の刺繍《ししゅう》が飛び込んでくる。

　黒い墓石とその上に乗った鳥の巣のデザインのエンブレム。

「墓上の巣《グレイブ・ネスト》……！」

　伽羅森《からもり》はティルフィングの柄に手を掛ける。

「どうやって《無題《タイトレス》》から出てきたんだ！　ずっとそこにいたのかっ？」

「ずっと？　そんなに僕は暇では無いよ。いたのは昨日からさ」

「昨日？」

藤中《ふじなか》朝日《あさひ》が手を胸元に掲げる。そこには《無題《タイトレス》》が握られていた。

「そう。昨日さ。あっただろう？　昨日この本が無差別に文字を食べた時が」

伽羅森《からもり》は目を見開く。

昨日、愛知県の焼肉屋で確かに《無題《タイトレス》》は制御不能になった。あの時彼らはいたというのか。伽羅森《からもり》たちと同じ空間に。しかも《無題《タイトレス》》が無差別に文字を食べた原因は……。

伽羅森《からもり》はアーカイブの方へ振り返る。しかし、彼女もまた当惑した表情をしていた。

「その話が事実なら、あなたは……決められていた私の行動を把握していることになります……一体それは……なぜですか」

アーカイブの声が震えていた。彼女ももう答えの予想ができていた。

「なぜって、決まっているだろう？　君たちが《蒐集記《アーカイブ》》と呼んでいる君を変えた本、セカンドは私が作った本なのだから」

瞬間、伽羅森《からもり》の視界が真っ赤になる。考えるより早く駆け巡ったのは怒りの血潮。

彼が、藤中《ふじなか》朝日《あさひ》が佐倉《さくら》桜花《おうか》をアーカイブへと変えた張本人。

理性が振り切れ、彼の手がティルフィングを抜きそうになる。しかし、それよりも早く暴風のような勢いで、文字でできた網目状の物体が藤中《ふじなか》 朝日《あさひ》に襲いかかった。

サードと名乗った少女のツインテールの一つが目にも止まらぬ速さで動き、大きな手の平のような形になって文字の網を防ぐ。

攻撃の主はアーカイブ。彼女は伽羅森《からもり》が今まで見たことがないほど怒りと憎しみに満ちた表情で顔を歪《ゆが》ませ、その頬に涙を伝わせていた。

「アタシの人生を返せ‼」

その言葉は魂の叫びそのもの。

アーカイブが赤い麻紐《ひも》を素早く組み直すと、彼女の足元から大量の文字が湧き出す。文字の集合体は巨人となって地面から這《は》い出《だ》し、アーカイブを乗せて立ち上がる。

綾《あや》とりを介した概念の現実投射。

理を嘲笑《あざわら》うかのように小刻みに軋《きし》む巨人は、車ほどはあろう拳を振り上げる。荒々しいその動きはアーカイブの感情をそのまま体現しているよう。

藤中《ふじなか》 朝日《あさひ》はただその光景を見ていた。薄笑いを浮かべて。

「違うだろう？ セカンド。君に今決められている行動はそれじゃない」

巨人の動きが止まる。なんとか動こうとしているのに、体が震えるばかりで動けない。その姿がブレはじめ、巨人の肩に乗るアーカイブの姿も不安定な形となっていく。

フッと巨人とアーカイブの姿が消え、何事もなかったかのようにアーカイブは元いた場所に立っていた。ただ悔しそうに、藤中《ふじなか》朝日《あさひ》を睨《にら》みつけて。

「お、父さん……？」

あまりにも突然すぎる展開にそう呟《つぶや》く藤中《ふじなか》日継《ひつぎ》の声は揺れていた。

「やあ、日継《ひつぎ》。元気そうだね」

あまりにも平然とした声色はかえって威圧感を放っている。

伽羅森《からもり》の頬を汗が伝う。

今起きたことの衝撃で一周回って冷静になれた。藤中《ふじなか》朝日《あさひ》が《無題《タイトレス》》や《蒐集記《アーカイブ》》の製作者であることは重大な事実だが、今はそれ以上に気にしなければならないことがある。

「ここに何しに来た。目的はなんだ」

「まあまあ、とって食おうというわけではないんだ。落ち着きたまえよ」

「答えろ！」

「ただ君たちのお手伝いをしに来ただけさ。この森の処分をね。……サード、頼むよ」

「合点承知ッ！」

藤中《ふじなか》朝日《あさひ》の声にサードと名乗った少女が元気よく返事をした。彼女のツインテールは四肢のように自由に動き、地面を叩《たた》くと彼女は勢いよく飛び上がる。

「それじゃあ、ピロネー、よろしくね！」

彼女がツインテールの髪留めに手を当てると緑の光が周囲に弾《はじ》け、彼女の白いツインテールが何十倍にも大きくなる。

「まさか……！」

「いっくよー！」

サードが空中でぐるりと体を回す。それに合わせて彼女の髪も大きくしなり、長大な髪が森へと広がっていく。

耳をつん裂くような轟音《ごうおん》が断続的に響き渡る。

白い髪は振り回されるままに動き、接触した複製樹をいとも簡単になぎ倒していく。しかし、不思議なことに折られた木は地面に落ちることはなく、折られた次の瞬間には姿を消していく。

爆発音にも近い断続した破砕音が止《や》んだ。時間にして一〇秒も経《た》っていない。たったそれだけの時間で、伽羅森《からもり》たちの周りにあった真っ白な森は、荒々しく折られた切り株だけが墓標のように立つだけの場所になった。

サードが地面に降り立つ。もはや長さも分からないほどの長大な髪も地響きを立てて地面に落ちる。

「パパッ。やったよ！　しゅーしゅーかんりょー！」

藤中《ふじなか》朝日《あさひ》にニッコリと笑うサード。

「ああ。よくやってくれた」

と、彼女の髪飾りが大きな音を立てて砕け散った。それに合わせて何百メートルも伸びていた彼女の髪が、時間が巻き戻されるように元の長さに戻っていく。

「あー、やっぱり耐えられなかったみたい」

「いいさ。今日さえ使えればいいものだったからね」

藤中《ふじなか》朝日《あさひ》がサードの頭を撫《な》でるとサードは猫のように目を細めて彼に体を寄せた。

伽羅森《からもり》は緊張の糸を張ったまま口を開く。

「そんなにこの木が欲しかったのか？　アーカイブや《無題《タイトレス》》まで利用したことといい、随分と手間と時間をかけた計画みたいだな」

佐倉《さくら》がアーカイブになったのは四年前。少なくともその時にはこの場で複製樹を奪うことを計画したということになる。

「まあね。新しい本を作るのに必要だったから」

「……！」

伽羅森《からもり》の脳に思考が駆ける。

「《蒐集記《アーカイブ》》や《無題《タイトレス》》に使われてる紙の原料はこの複製樹ってわけか。相変わらず訳わかんねえことしてるな」

「探究心だよ。不思議な素材で作られたものは不思議な結果を生む。そして無数の失敗という砂の中に砂金が輝くこともあるのさ」

「この木で作られた本がそうだとでも？」

「もちろん。福音さ。家族を捨てて引退していた墓上の巣《グレイブ・ネスト》に復帰するくらいにはね」

「福音？　悪魔の囁《ささや》きの間違いだろ」

藤中《ふじなか》がいる前での心ない言葉に伽羅森《からもり》は不快感を覚えずにはいられなかった。

「おいおい。ものは言いようなら、良い《い》表現を使って欲しいな」

「黙れ。どっちにしろ、そんなふざけた本をこれ以上作らせてたまるかよ！」

歯を剝き出《むきだ》しにして伽羅森《からもり》は一気に駆け出す。

彼の脳を焼くのは、涙を流す日継《ひつぎ》とアーカイブの姿だった。

あんな悲しい顔をする人をこれ以上増やしてなるものかと、彼の足に更に力が入る。

しかし、割って入ってくるのはサードと呼ばれた少女。

伽羅森《からもり》の胸ほどの身長しかない少女は、駆け出した伽羅森《からもり》の前に出ると髪の束を彼へと振るう。その動きは生き物のようで、長い髪は先が人間の手のような形となっていた。

伽羅森《からもり》も容赦無くティルフィングを半ば抜いて髪の腕を切りつける。

その斬撃は何物も切り裂く無慈悲の権化《ごんげ》。

しかし――ガキィ！　という音とともに蒼刃《そうじん》がサードの髪と激突した。

「なっ！」

「やりぃ！　サードの存在の方がちょっと強いみたい！」

伽羅森《からもり》の渾身《こんしん》の一撃を正面から受け止めた少女が嬉《うれ》しそうにそう言った。続けてティルフィングを受け止めていない方の髪の拳を振るう。

伽羅森《からもり》は大きく後退しながらそれを避けた。彼がサードへ向ける視線は苦々しい。

理であろうとなんでも切れるとの触れ込みのティルフィングだが、例外は数えきれないほど存在する。彼女はその例外の一つ。ティルフィングが持つ「なんでも切る」という歪《ゆが》んだ理を超えるほど、強い存在であるのだろう。

続けざまに振り下ろされた髪の拳をすんでのところで躱《かわ》す。叩《たた》きつけられた拳は少女の髪とは思えないほど重厚な地響きを生み出した。

サードはそのまま髪の腕で自分の体を引き寄せて流れるように伽羅森《からもり》へドロップキックを仕掛けてくる。

体ごと両断しようとティルフィングを振るうが、別の髪で防がれ、少女の小さな足が伽羅森《からもり》の胸元に直撃する。

その衝撃は見た目に反して重機に激突されたかのようなとんでもない重さだった。

「がっはッ！」

ボディスーツの防御を貫く衝撃。

肋骨《ろっこつ》の悲鳴が体に響く。身をよじって衝撃を逃すも、彼の体は木の葉のように吹き飛ばされて背後の複製樹の切り株に激突した。

「ダメだよー。パパを傷つけちゃ」

「くっ……」

「なかなかのものだろう？　それも失敗作だけどね。ファーストの教訓を生かしてより制御が利《き》くようにセカンドを作ったのだけど、セカンドは『制御する』部分が強く出過ぎてしまってね。概念の蒐集はまあ悪くない能力だったんだけど」

藤中《ふじなか》朝日《あさひ》が視線を向けた先には悔しそうに彼を睨《にら》みつけるアーカイブの姿があった。

「そこからさらに教訓を生かしてより自由度を高めたのがサードさ。人の素体なしで作ったから存在の固定の配分に力を割きすぎちゃってるんだけど、まあ怪我《けが》の功名。相当な存在強度を持った使いやすい一冊さ。存在の蒐集《しゅうしゅう》能力も失敗だが悪くはない」

「こんな小さい子にずいぶんな言いようだな」

藤中《ふじなか》朝日《あさひ》もそしてサードまでもが噴き出して苦笑する。

「事実を言っているだけさ。これでもかわいがっているんだよ？」

「ああそうか、よっ！」

再びティルフィングを構えて駆け出す伽羅森《からもり》。

しかし、彼が再びサードと激突する前に予想外のものに彼の足取りは阻《はば》まれた。

それは横合から飛んできた文字でできた黒い網。

意識の外から放たれたそれに防御が遅れ、伽羅森《からもり》の体が黒い網に深く切り裂かれる。体と網の間にティルフィングをねじ込み、かろうじて体の両断だけは防ぐ。

切り裂かれた右半身から血が滴《したた》り落《お》ちる。

「アーカイブ……。お前、なんで……」

放たれた黒い文字の網は、アーカイブから放たれた物だった。

赤い麻紐《ひも》を構え、伽羅森《からもり》へ向ける彼女の表情は自分の身が切られているように悲痛な表情をしていた。

「……これも決められたことです」

「なっ……！」

「私はこれよりノアリーを裏切る。そう決められています」

その言葉は誰よりも、彼女自身に向けられた言葉だった。

「言ったでしょう。無駄なんですよ……私が何をしたいと願っても」

アーカイブが目を閉じる。その瞳から涙が溢《あふ》れた。

その涙は伽羅森《からもり》の中に燃える怒りの薪となる。

「藤中《ふじなか》　朝日《あさひ》ッ！　テメェ！」

犬歯を剝《む》き出《だ》しにして叫ぶも状況は一対二の圧倒的不利。しかも……

藤中《ふじなか》　朝日《あさひ》の真横で青い炎が燃え上がった。人間大の火炎の柱から一人の男が現れる。

突如現れた男を見て、伽羅森《からもり》は瞠目《どうもく》した。

「おーい、来たぞー」

闇を纏《まと》ったようなトレンチコート。大きな鉤鼻《かぎばな》を持ったスキンヘッドのその男は、

「やあ、火厄庫《ディストレージ》。時間通りだね」

「まあな。仕事には勤勉なのさ」

肩を竦《すく》める彼は紛れもなく火厄庫《ディストレージ》本人。ほんの一日前、彼自身の手で切り刻んだ男だ。

彼は伽羅森《からもり》を目に留めると、気さくに手をあげる。

「よお。歪《ゆが》み絶ち。昨日ぶりだな」

「火厄庫《ディストレージ》……！　なんで、お前は……！」

「えぇ？　おいおいおい。あんなあっけなく俺が死ぬわけないだろぉ？　ま、ちょっとやられたことは認めるけどな」

そう言って火厄庫《ディストレージ》は右腕の袖をひらひらと振る。その袖は肘のあたりから揺れており、あるはずの右手がない。伽羅森《からもり》が切断した部分だった。

伽羅森《からもり》の頰に冷や汗が伝う。状況はさらに悪くなった。

火厄庫《ディストレージ》が口を開く。

「で、どうすんだ？　やっていいか？　ノアリーのやつなんて消したほうがいいもんな？」

藤中《ふじなか》朝日《あさひ》が自分の顎を撫《な》でる。彼の目は子供のように輝いており、伽羅森《からもり》の持つティルフィングに向けられている。

「まあそれもそうだけど、僕はティルフィングが欲しいなぁ。神話の時代から残る特上の歪《ゆが》み

だ。是非とも欲しい」

「オーケー、任せろや！」

自身の声を置き去りにするように火厄庫《ディストレージ》は地を蹴った。その勢いは地面が爆発したかと思えるほど。

「娘は傷つけないようにねー」

その言葉が聞こえたか定《さだ》かではない火厄庫《ディストレージ》が切断された右腕を掲げる。すると、風に揺れる袖を破り裂いて金属でできた巨大な腕が現れる。

巨大な腕はコートから出現した一本の長い得物を持っていた。

それは丸い金属板を先端につけた道路標識。標識の反対側になぜか何かの獣と思われる頭蓋骨がくくりつけられているが、どちらも考えるまでもなく歪理物《ヴァニット》だろう。

振り下ろされる道路標識。その勢いは嵐のよう。

「藤中《ふじなか》、下がれ！」

伽羅森《からもり》は後ろ手に藤中《ふじなか》を押すと、すんでのところで道路標識を躱《かわ》す。そのまま間髪をいれずに半ば抜いたティルフィングを火厄庫《ディストレージ》の腹部へ叩《たた》き込む。

しかし、

「……！」

蒼刃《そうじん》が止まる。冷徹な刃の先には火厄庫《ディストレージ》が防御に用いた道路標識がそこにある。丸い金属板には、シンプルな『止』の文字が赤く浮かび上がっている。

「ハハハッ。今度はちゃーんと対策してきたぜ？　いくら『何でも切れる剣』でも、届かなきゃ切れないよなぁっ？」

言葉の終わりに鋭い蹴りが伽羅森《からもり》の腹に炸裂《さくれつ》した。

伽羅森《からもり》は血の交じった息を吐き出しながら、体を捻《ひね》り再度剣を振るう。しかし、火厄庫《ディストレージ》が振るった道路標識に鞘《さや》の部分を弾《はじ》かれる。

「クソ！」

悪態をつくも、状況はさらに悪くなっていく。

「サード」

「はーい！」

藤中《ふじなか》朝日《あさひ》の声に元気よく返事をしたサードは、命を握り潰さんばかりに固く握られた髪の拳を振るう。

「くっ」

伽羅森《からもり》は身を翻《ひるがえ》しながらティルフィングでサードの髪をいなす。軌道を逸《そ》らされた髪の拳は、伽羅森《からもり》の真横の地面を抉《えぐ》る。

「キャアッ」

砕け散った白い木の根の塊が藤中《ふじなか》の体に激突し、彼女が尻もちをつく。

「藤中《ふじなか》っ！」

彼らは藤中《ふじなか》に手を出す気はないようだが、特段巻き添えを気にしている様子もない。このままでは戦いの余波だけで藤中《ふじなか》が殺されてしまいそうだ。

「よそ見すんなよ！」

火厄庫《ディストレージ》の道路標識が伽羅森《からもり》の顔面に襲い掛かる。危機一髪ティルフィングの鎖で防ぐが、鎖ごと押し込まれて顔を殴打《おうだ》される。

地を転がる伽羅森《からもり》。畳みかけるように振り下ろされたサードの拳を何とか転がって回避する。

どう考えても一人では手に余る状況。

「アーカイブ！　頼む！　藤中《ふじなか》だけでも守ってくれ！」

静観しているアーカイブにそう叫ぶも、その望みは届かない。

彼女は静かに首を振った。

「できません。私は、あなたと戦うと決められています」

たとえ何かしたとしても結局さっきのように無理やり本来するべき行動に戻される。それを彼女にとって絶望と言わずなんと言おうか。

アーカイブが綾《あや》を掲げる。

「厄落とし」

「くっ……！」

彼女の攻撃に身構える伽羅森《からもり》。

しかし、彼女の周囲に出現した幾本もの光る帯は、全てアーカイブ自身に絡《から》みついた。そのまま光の帯は身動きの取れなくなった彼女を勢いよく地面に叩《たた》きつける。

「……!?」

苦悶《くもん》の表情を浮かべるアーカイブ。光の帯に捕らわれ、地面へと押さえつけられた彼女は全く体を動かせない状態になっている。

伽羅森《からもり》は察する。これは彼女のせめてもの抵抗だ。動けなければ伽羅森《からもり》に攻撃できない。

「ハハハ、いい覚悟だ」

伽羅森《からもり》に道路標識を振るいながら火厄庫《ディストレージ》はそう言った。

アーカイブの姿は再びブレて元に戻ろうとしているが、特殊な拘束なのかその戻りが遅い。

「藤中《ふじなか》っ！　離れてろ！　とにかく遠くに！」

「う、うん！」

返事の後に藤中《ふじなか》がどうしたかまで見る余裕は彼にはない。

アーカイブが一時的に二対一の状況にはしてくれているが、短時間で対処できるほど相対する敵は甘くない。

伽羅森《からもり》にはまだ選択肢がある。

彼は鎖を引いて手元に引き戻したティルフィングを見る。

（でも、アーカイブがもう協力してない今これを抜けば……！）

仮にサードも火厄庫《ディストレージ》も倒したとして、それだけの血でティルフィングが満足してくれるとは限らない。そうなればこの刃の犠牲になるのは藤中《ふじなか》だ。

サードの拳を捌《さば》きながら火厄庫《ディストレージ》にティルフィングを鞘《さや》ごと投げる。火厄庫《ディストレージ》はそれを避けると道路標識を振り下ろし、ティルフィングを地面に撃ち落とす。

「……‼」

ティルフィングが鞘《さや》ごと複製樹の根に突き刺さり、伽羅森《からもり》の動きが一瞬止まる。それはわずかな時間であれど致命的に無防備な瞬間だった。

サードの髪が彼に向かい、火厄庫《ディストレージ》の殺意が伽羅森《からもり》へ向けられる。

選択肢は、ない。

伽羅森《からもり》は勢いよく鎖を引く。ティルフィングの柄頭《つかがしら》に繋《つな》がっている鎖が勢いよく引っ張られ、その勢いのままに地面に刺さった鞘《さや》から蒼剣《そうけん》が抜き放たれる。

月夜に舞う蒼《あお》い剣。

瞬《また》く間《ま》に伽羅森《からもり》の体に青黒い炎のような痣《あざ》が広がった。

迫っていたサードの髪を見ることもなく躱《かわ》し、鎖を引いて蒼剣《そうけん》を手にする。息つく暇なく火厄庫《ディストレージ》が出した火の鳥が襲い掛かるが、その場から動くことすらなく、伽羅森《からもり》はそれらを全て切り捨てた。

「やるねぇ、やるねぇ」

口角を上げる火厄庫《ディストレージ》の後ろで、藤中《ふじなか》朝日《あさひ》が一層目を輝かせる。

「素晴らしい！ それが他人の運命すら歪《ゆが》める剣！ 是非ともほしい！」

「うるせぇなぁ……。すぐ渡すさ。さあ、剣を抜いたらどんだけ粘れるか……サード！」

火厄庫《ディストレージ》のコートの肩部が膨らむと二つのリングが飛び出す。サードは二本の髪の腕を伸ばし、器用にリングに髪を通す。

「やーっかわいい！ パワー一〇〇倍！」

再びツインテールとなったサードが髪の拳を振るう。

たったそれだけで複製樹の根がめくれ上がり、その破片が彼方《かなた》まで吹き飛ぶ。

「パワーは補強しといた。力押しで潰すぞ」

「おっけい！」

対する伽羅森《からもり》は無表情のまま正確無比な動きで腰から銃を抜く。彼が狙うのは眼帯の男、藤《ふじ》中《なか》朝日《あさひ》。伽羅森《からもり》はなんの躊躇《ためら》いもなく、彼に向かって引き金を引いた。

夜に何度も銃声が咲く。だが……、

「わお、普通に撃ってくる人久しぶりに見たなぁ」

銃弾は眼帯の男には届かず、彼の前で止まっている。当然のように銃対策はされている。

火厄庫《ディストレージ》の炎を切り伏せ、サードの髪を避けて彼が向かった先は、複製樹の根に刺さったままのティルフィングの鞘《さや》のもと。彼は攻撃を避ける勢いのままに鞘《さや》を蹴りつけた。

狙いはまたも藤中《ふじなか》朝日《あさひ》。矢のように飛んだ金装飾の鞘《さや》は、しかし彼に当たる直前でサードの髪に弾《はじ》かれる。

「怖いなぁもう」

「ちょっと！」

呑気《のんき》な藤中《ふじなか》朝日《あさひ》と声を尖《とが》らせるサードだが、伽羅森《からもり》からの反応はない。ただ彼は、焦《あせ》りの色を滲《にじ》ませるサードと、反射的な防御姿勢をとった藤中《ふじなか》朝日《あさひ》の姿を見ていた。

青年の瞳が暗く光った。

間髪をいれずに青年は鎖の端を持ってティルフィングを眼帯の男へ投げる。それを見たサードは血相を変えて伽羅森《からもり》への攻撃をやめ、藤中《ふじなか》朝日《あさひ》の前に立って蒼剣《そうけん》を弾く。

「ねぇ！　なんでっパパばっかり狙うのっ？」

「お前さんの動きが制限されるからだよ！」

サードに並んだ火厄庫《ディストレージ》が大きな瓶を伽羅森《からもり》へ打ち出す。だが、それは効果を発揮する前に真っ二つにされた。伽羅森《からもり》が鎖を引いてティルフィングを手元へ戻すついでに切り裂いたのだ。

休む暇なく伽羅森《からもり》は地を蹴り、回り込むように藤中《ふじなか》朝日《あさひ》へと向かう。

「おっとぉ？」

彼の行く手を阻《はば》むように動いた火厄庫《ディストレージ》が、金属板の反対側に括《くく》りつけられた動物の頭蓋骨を足元に叩きつける。

複製樹の根が割れ、そのひび割れから針のような黒い影が勢いよく四方へ飛び出す。

ほとんど爆発のような勢いで伸びた針にもかかわらず、伽羅森《からもり》は地面にティルフィングを刺してそれを防いだ。そのままティルフィングを足場に高く跳躍して火厄庫《ディストレージ》を跳び越える。しかも、空中にて鎖を引いてティルフィングを回収しつつ、火厄庫《ディストレージ》を斬りつけるおまけつき。

「あっぶね！」

防御が間に合わず、間一髪首を動かした火厄庫《ディストレージ》の耳を蒼剣《そうけん》が掠《かす》める。

剣を手にした伽羅森《からもり》は、サードの強烈な横薙《な》ぎをスライディングで潜《くぐ》り抜《ぬ》け、藤中《ふじなか》朝日《あさひ》へと距離を詰める。

「ええ、ちょっと」

眼帯の男は流石《さすが》に危機感を覚えたようだがもう遅い。

逃げようとした彼に瞬時に追いついた伽羅森《からもり》がティルフィングを振り下ろす。

ガキィ！　と鼓膜を破らんばかりの甲高い音が鳴り響く。

間一髪、サードの髪が割って入り蒼刃《そうじん》を止めたのだ。

しかし、防御されたとわかってもなお伽羅森《からもり》は全身を回転させるようにして勢いよく蒼剣《そうけん》を振りぬいた。その結果、サードの髪がほんの数センチの深さではあるが切断された。彼女の白い髪が幾本も宙を舞う。

「えぇっ！　うそぉ！」

サードの驚嘆の声が闇に響いた。

それからも伽羅森《からもり》は執拗《しつよう》に藤中《ふじなか》朝日《あさひ》を狙い続けた。

そうすることで、サードは防衛に回らざるをえなくなり、伽羅森《からもり》への攻勢が緩む。加えてサードの戦闘経験が浅いからか、藤中《ふじなか》朝日《あさひ》を伽羅森《からもり》が狙っているという事実自体が、サードの動きに精彩を欠かせていた。極めつけに藤中《ふじなか》朝日《あさひ》が近くにいるせいで、巻き添えを恐れてサードも火厄庫《ディストレージ》も全力が出せない。

卑怯《ひきょう》ともいえる冷徹な戦略。それが泥のようにサードたちの動きを鈍らせている。

苛烈な戦闘が死んだ森に花開く。剣が舞い、白い髪が唸《うな》り、火炎が咲く歪《ゆが》んだ戦い。

伽羅森《からもり》の動きは徹底していた。藤中《ふじなか》朝日《あさひ》が逃げようにも、サードたちが間に入って近づかせまいとしても、被弾すら構うことなく藤中《ふじなか》朝日《あさひ》と間合いが開くことを許さない。それでいて僅かにでも防衛に意識を多く裂くと、目ざとく命を奪いに来るのだから始末に負えない。

蒼剣《そうけん》を投げ、鎖を持つだけとなった伽羅森《からもり》へ、火厄庫《ディストレージ》が獰猛な笑みを浮かべて道路標識を構える。しかし、彼は突如血相を変えて頭を下げた。その直後、蒼剣《そうけん》が暗い煌めきをもって彼の首があった場所を通り過ぎる。

伽羅森《からもり》は鎖を巧みに使い、複製樹の切り株から伸びた枝に鎖を引っかけ、ティルフィングの軌道を火厄庫《ディストレージ》を背後から襲うものへ変えたのだ。

火厄庫《ディストレージ》は歯噛みする。

伽羅森《からもり》の戦い方は剣術のそれではなかった。まるで鎖鎌のように蒼剣《そうけん》の鎖を十全に使い、狡猾に命を狙ってくる。

鎖鎌のように鎖先にあるのがただの鎌なら、そんな軽い刃など防御や障害物で簡単に阻まれる。だがティルフィングにそんなものは関係ない。全てを無慈悲に切り裂く剣は、大した速度も力もなくとも万物を等しく切り伏せる。

鎖によって圧倒的に伸びた蒼剣《そうけん》のリーチと、戦術の柔軟性。それは相対するものに、四方八方から蒼色の死の圧を幻視させる。

伽羅森《からもり》に傷は増え続け、明らかに火厄庫《ディストレージ》たちが優勢だ。だが当の火厄庫《ディストレージ》たちの頬には冷や汗が流れている。

人の領域にいない二人が、たった一本の剣を携えた青年を殺せない。殺したと確信するときが何度もあるのに、それでも次の瞬間には青年はまだ立っているのだ。

不気味。

この場にいる伽羅森《からもり》以外の全員が抱いた感情だった。

ガキィッと再び甲高い音が闇を裂く。自身に振り下ろされたサードの髪を伽羅森《からもり》が全力で斬り裂いた音だ。

サードの髪が夜に舞う。

一見無駄な行動に見えるが、髪が武器のサードの戦力もこれで少しずつ削っている。

ただ勝機を拾い続ける。淡々と、機械的に、人形のように。

伽羅森《からもり》の姿が爆炎に包まれる。藤中《ふじなか》　朝日《あさひ》との距離が開いた一瞬を狙って、火厄庫《ディストレージ》が放った激烈な一手。小屋ほどの大きさの炎が周囲を真っ赤に染め上げる。

だが、火炎が晴れたその先には、三角形に斬られた複製樹の根の下から這《は》い出《だ》して来る伽羅《から》森《もり》の姿。避けられないと判断して、避難壕《ごう》のように根を使ったのだろう。

虚《うつ》ろな瞳が三人を見据える。そこに溶けているのは、殺意だけ。

「パパ、あの人ちょっとおかしいよ！」

藤中《ふじなか》　朝日《あさひ》は目を細めた。

「火厄庫《ディストレージ》。やめだ。撤収しよう。これ以上サードの髪が斬られると後に支障が出る」

「ざけんなよ。殺《や》る理由があるんだよこっちには」

「仕事には勤勉じゃなかったのかい？」

「……チッ」

不満そうな顔をしたものの火厄庫《ディストレージ》は手を掲げると指を鳴らした。すると火厄庫《ディストレージ》とサード、拘束されていたアーカイブの体が燃え上がり、一瞬で藤中《ふじなか》　朝日《あさひ》のもとへ移動する。

だが、相手が終わる気であることなど今の伽羅森《からもり》には関係ない。彼は一切思考を挟むことなく四人へ向かって駆けていく。

「では、さようなら。次に意識を取り戻した時には、何人殺しているかな？」

「……！」

僅かに残った伽羅森《からもり》の理性が焦《あせ》る。

ここで逃がせば、藤中《ふじなか》を殺すしかなくなる。それだけは絶対あってはいけないのだ。

だが体は止まらない。殺意が理性を上回りすぎている。

火厄庫《ディストレージ》が拳を地面につけると四人の体が青い炎に包まれ消えていく。

しかし、四人の姿が完全に消えるその瞬間……アーカイブが一歩前に踏み出した。

藤中《ふじなか》朝日《あさひ》たちの驚きの表情が見えたのは一瞬。彼らの姿は消え、アーカイブだけがこの場に残った。

蒼剣《そうけん》がアーカイブへ振るわれ、彼女の血が夜闇に舞い散る。

彼女の姿は不鮮明にブレていた。それは先ほどのように、自分の決められていない行動をとったときと同じだった。

血しぶきをあげながら、彼女は綾《あや》を掲げる。

「棺桶《かんおけ》」

すると伽羅森《からもり》の周囲に一〇近い黒い棺桶《かんおけ》が出現し、そこから《半端者《ハーフイツト》》が飛び出した。

彼らは絵となって地を滑り、他に目もくれず伽羅森《からもり》へと襲い掛かる。

突然の出現に、青年は眉一つ動かさない。

蒼《あお》の軌跡が何度も煌《きら》めき、土くれでできた《半端者《ハーフイット》》がいともたやすく屠《ほふ》られていく。そして、その度に伽羅森《からもり》の痣《あざ》が引いていった。

その様子を見ていたアーカイブの姿は大きく揺れ、今にも消えてしまいそうだった。彼女は辛《つら》そうに顔を歪《ゆが》めながら、意識を剣に支配された青年に声を投げる。

「全ては……決められています。今から五時間後に、私は……あなたに殺されて死ぬ。……そう決められています」

「……！」

ほんの少し動きが鈍ったのは、僅かに残っていた彼の理性のせいか。

だが、その後言葉が交わされることもなく、アーカイブの姿は虚空《こくう》に消えた。何事もなかったように……。

何度か剣を振るい、六体ほど《半端者《ハーフイット》》を屠《ほふ》ったところで、伽羅森《からもり》はようやく理性を取り戻した。取り戻した理性のままに、続けて残りの《半端者《ハーフイット》》も切り捨てて、ようやく彼は動きを止めた。

残ったのは生々しい戦闘の跡と死んだ森。調査員の死体と血だまり。そして……

「伽羅森《からもり》くん……」

藤中《ふじなか》　日継《ひつぎ》だ。

伽羅森《からもり》はティルフィングを納刀すると、強く地面を殴りつけた。

剣に頼り、アーカイブに助けられ、結局は自分で何も成せていない。運命と剣の奴隷のままに、ただ大きな流れに逆らえずに生きている。なにも自分の力で成せていない。

風が吹き、死と後悔を撫《な》でていく。それは慰めにもならず、悔恨をどこかに運んでいきもしない。だが儚《はかな》く吹き抜けるだけのそれは、虚《うつ》ろな心にはどうしようもなく強く響いていた。

閑話四　異常者

夜明けの足音が聞こえ始める時間帯。

翼の刺繍《ししゅう》が施された眼帯を着けた男、藤中《ふじなか》朝日《あさひ》は宙に浮く巨大な水のような球体を注視していた。

トタンの壁とやや古びた鉄柱が整然と並ぶこの場所は、廃工場を改装した彼の工房だ。内部を照らすLEDライトは、その混沌《こんとん》とした空間の隅まで光を届かせている。

天井からぶら下がるクレーンや外壁はいかにも年季が入った朽ちぶりだが、中に置かれている機材などは比較的目新しい見た目をしている。ただし、大天井まで届くほど巨大な青いキノコ群や絶えず歌のような音を出し続けている水盆など、常人には理解できないものも多数置かれているが。

「おいおいなんだこの場所。こんなの勝手に作ってたのかよ」

工房内を見渡しながら、黒コートの大男、火厄庫《ディストレージ》が言葉を投げる。彼は左手でスキンヘッドを撫《な》でながら宙に浮かぶ巨大な水の球を興味深そうに眺めていた。

「だって君ら束縛強いからさ」

そう返したのは、水の球体から目を離さない藤中《ふじなか》朝日《あさひ》。

　この場所自体もともとは廃坑であり、広い敷地《しきち》にある施設の全てが打ち捨てられていたものだった。それを藤中《ふじなか》朝日《あさひ》がポケットマネーで買い取り、一つの工房として作り変えた。……墓上の巣《グレイブ・ネスト》の人間たちには黙って。

「あんたさぁ。流石《さすが》に好き勝手し過ぎじゃないかい。そもそもノアリーとぶつかることになるってのも言ってなかったしねぇ。俺は戦えて大満足だが、上はまあまあ嫌がってたぜ。しかもこんな場所に歪理物《ヴァニット》大量に保管して、セキュリティもなにもあったもんじゃねぇよ」

　周囲を見て回ってきたが、警備の人間も他の研究者すらいなかった。歪理物《ヴァニット》の研究場所としてはあり得ないほど無防備だ。

「うちの研究所のやつらが泡吹いて倒れるぜ」

「最低限の人避《ひとよ》けはしてるさ。僕は自分の世界が一番大事なんだ。他の人とか呼ばないでよ」

　火厄庫《ディストレージ》はため息をついて首を振った。彼は宙に浮く水の球に目を向ける。

「聞いた話と違うついでにもう一つ訊《き》くが、このでかい水の塊でアレを作るのか？　普通に紙を作る製法と同じようにあの木から紙を作るって話じゃなかったか？」

「それは、ファーストとセカンドのころの話さ。研究と試行により本質を見極め、より洗練されていく。探求とはそういうものさ。……サード」

「はーい！」

　巨大な青キノコの上に座っていたサードが長く白い髪をはためかせて地面に降り立つ。彼女はツインテールを動かすとその先端を花のように開いて水の球に接触させる。

直径五メートルはあろう水の球に接触面から波紋が広がる。次の瞬間、サードの髪の先から蒼白《そうはく》の人間の腕、もとい複製樹の枝が次々と出現する。

水球の中が人の腕のような枝や白い木片に満たされていく。

もとより一本の木が五階建てのビルより大きかった複製樹だ。あっという間に水の球は複製樹の残骸に満たされていく。

そのとき、バツンッという音とともに水球の大半の体積を占めていた木片は紙のように薄くなる。

火庫《ディストレージ》の背後。静かに佇《たたず》む青いキノコの脇で水球に手を伸ばすアーカイブの姿があった。

薄くなった球内の木片たちはそのまま水に溶けて消えていく。

「便利な歪理術だねぇお嬢ちゃん。魔法……じゃあないねぇ」

「観測写《ハーリアル》。彼女の観測を現実へ反映する能力さ」

答えたのは藤中《ふじなか》　朝日《あさひ》だった。

「一つの視点から物を見たとき、それが一枚の絵なのか、現実に立体として存在するものなのかはその本人からはわからない。それを他の角度から見てみるまでね。彼女がやっているのはその逆さ。彼女が観測した主観での景色を現実の方へ反映する。蒐集記《アーカイブ》の概念蒐集《しゅうしゅう》能力を逆に使ったやりかたさ」

火厄庫《ディストレージ》は鼻を鳴らす。

「なるほど。俺にやってきたあの文字の網もその能力か。綾《あや》とりで自分の視界を塞いで、そこに『何か』があったことにしたわけね」

「そういうこと」

藤中《ふじなか》　朝日《あさひ》は手に持っていた緑の本、《無題《タイトレス》》に手を置く。すると、淡い緑の光を《無題《タイトレス》》が纏《まと》い開かれる。開かれたページから黒い文字が飛び出し、水の球の中で一つの物体を形作っていく。それは人型を形成していき、やがて皮膚の色や衣服にいたるまで明確になっていく。

その物体を見た火厄庫《ディストレージ》は眉を上げる。

水の球内で形成されたのは眼帯をつけた初老の男性。それはどう見ても……

「おいおい、こりゃあんたじゃねぇか」

「ああ。セカンドやサードで学んだからね。人間の定義に納めないと概念を保持できない。でも、人を素体にしても本を人型にしても目的のものは作れなかった。そこで私は考えたんだよ。それなら理想的な素材を作ればいいとね。この《無題《タイトレス》》で」

彼は《無題《タイトレス》》の背表紙を撫《な》でる。

「そんな器用にいろいろ作れるもんだったか？　ていうか、お前の名前の文字は食わないんじゃなかったのかよ？」

「別に僕の名前から作っているものじゃないよ。遺伝子情報や深層心理まで詳細な情報を記載して、所有者がちゃんと操作すれば、かなり正確にほしいものを作れるのさ。日継《ひつぎ》もそれで作ったし」

「ふーん……それも報告になかった話だが？」

火厄庫《ディストレージ》は顔に皺《しわ》を寄せて鼻を鳴らす。

「許容できる範囲だろう？　それだけする価値がある代物を作ろうとしているんだから」

「そもそも、なんで一回引退しておいてまた復帰なんてしたんだ？　元々の立場だったら、こんなことしなくても無理利《き》かせられたろうに」

藤中《ふじなか》　朝日《あさひ》は苦笑いする。

「それに関してはまあ、短い話で済ますのは難しいな」

普段訊《き》いていないことまで話す彼にしては珍しく歯切れの悪い言い方だった。

火厄庫《ディストレージ》は眉を上げたもののそれ以上追及することもなかった。

「ああそうかい。まあ、そんなに興味がある話でもねぇよ」

そんな彼の言葉に肩を竦《すく》めたあと、藤中《ふじなか》　朝日《あさひ》は作業を続ける二人の少女に視線を送る。

「それじゃあ悪いけど、作業を続けていてくれ。私も少し席を外すよ」

その言葉を残して藤中《ふじなか》　朝日《あさひ》は火厄庫《ディストレージ》を連れて工房の外に出ていった。

残されたのは、巨大な水塊を挟んで作業するサードとアーカイブ。

無表情で作業を続けるアーカイブへ、サードが好奇の目を向ける。

「ねぇ、まだちゃんとした挨拶してなかったよね？　私サード。あなた、私のお姉ちゃんなんでしょ？」

お姉ちゃん、という言葉がうれしいのかサードがくすぐったそうに笑みを浮かべる。

しかし、アーカイブは何も言葉を返さなかった。

サードが頰を膨らます。

「ねぇ、無視しないでよ。これからずっと作業を黙ってやるなんて退屈でしょ？　私とおしゃべりしよ？」

アーカイブは僅かな時間固く目を閉じた後、短く言葉を返した。

「この時間雑談するとは決められていません」

「なにそれ？　でもお話しないって決められてるわけじゃないんでしょ？」

アーカイブは答えない。構わずサードは言葉を続けた。

「別に全部が完璧に決まってるわけじゃないんだよね？　それなのに決められたことしかしないのってつまらなくない？」

「あなたにはわかりませんよ。自分の意志と無関係に運命が決まっている者の気持ちなど」

吐き捨てるような物言いだったが、サードはめげない。

「わからないから訊《き》くんだよー」

「……………」

「自分の意志とは違うことをさせられるのが嫌ってこと？　それは私も嫌だけど……」

サードは作業の手を止めることなく首を傾《かし》げる。

「んー……？　でもおかしいな。パパの話だと、あなたは運命の通りに生きる存在として生まれたはずだから、それに嫌がる意志はそんなに生まれないはずなんだけどな」

生まれた存在としての自分。人として生まれ、呼吸をすることや心臓が動くことを嫌がる人間はいない。そう生まれたそういうものなのだから。

アーカイブもまた記述された筋書き通りに生きる存在。それを嫌がるというのは……、

「お姉ちゃんの中にまだ、お姉ちゃんの素体になった人の意志が残ってるってことなのかな？　そういえば、パパにすっごく怒ってたりしたもんね。別人みたいに！」

ここにきてアーカイブの顔が明確に歪《ゆが》む。まさに苦虫を噛《か》み潰したような表情だった。

「でもでも、お姉ちゃんはもう素体の人と別の存在なわけだし、元の人の意志なんて簡単に追い出せると思うんだけどな？」

「それはやりません。決して」

「どうして？」

ようやくつながった会話のキャッチボールに目を輝かせながらサードは聞き返すが、アーカイブは目を閉じて彼女の視線を切った。

「望む人がいるからです。私をもとの人間と完全な別人と扱いつつも、この残滓《ざんし》に希望を見て、

救おうともがく人が。だから彼がいる限り私はこの残滓《ざんし》を消しません。この意志が私に絶望と諦めを感じさせるものであっても」

「ふーん？」

言われたことがよくわからなかったのか、サードは眉を寄せて首を傾《かし》げた。

「ま、大切な人がいるってことだよね！」

「……………」

「私もパパが大好きだからね。パパは悪いことしてるけど、すっごくいい人なんだよ。私なんて失敗作だから廃棄したっていいのに、大切に育ててくれてるし。この服だって私に似合いそうだって、選んで買ってくれたんだよー」

彼女は指先でワンピースの裾を摑《つか》む。淡いオレンジの生地は安物のようには見えず、裾に咲くひまわりの刺繡《ししゅう》が確かに快活な彼女によく似合っている。

「あなたが好意を持つように作られているだけかもしれませんよ」

「えー、確かにそうかも。頭いいね」

ドライなアーカイブの返事にサードは笑って返す。

「でもそれでもいいよ。パパのおかげで生まれることができたんだもん。経験する全部がきれいで楽しいんだ」

「……………」

その笑顔はあまりに眩《まぶ》しくて。アーカイブがサードから視線を切って水塊を見上げたのは、果たして偶然だったのか。

金髪の少女は口を開く。

「一つハッキリしたことがあります」

「え、なになに？」

「私は、あなたとは仲良くなれそうにないということです」

「えー」

この廃坑跡は山間にあることもあり、周囲は静かであった。かつてこの作業場を覆っていたであろう埃《ほこり》臭さも喧噪《けんそう》も忘れ去られ、今はもう周囲の森と同じ匂いが立ち込めている。

「ていうかよ。もともとあんたの家にあったんだから、その本は普通に持って来ればよかったじゃねぇかよ」

眼帯の男が持つ《無題《タイトレス》》を見ながら、火厄庫《ディストレージ》はそう口にする。

「だめだよ。そうしないとセカンドが日継《ひつぎ》の事件であの町に来ないし、そこからこの本の素材の木……ノアリーは複製樹って呼んでたやつの任務に行くこともないじゃないか」

鷲鼻《わしばな》の大男は首を傾《かし》げる。

「そこがわかんねぇんだけど……何？　お前運命操作とかできるの？」

「いや違うよ。セカンドに設定した『最終的に藤中《ふじなか》　朝日《あさひ》が複製樹を得る』という運命に僕もちょっと組み込んだだけだよ。だから僕も運命に縛られてたってだけ。若干ね。だからどんな経緯で複製樹が手に入るか、僕も分かんなかったんだよね」

ハハハと、楽しそうに笑う藤中《ふじなか》　朝日《あさひ》に火厄庫《ディストレージ》は冷めた目を向ける。

「それで嫁さんは死んで、娘扱いで作った人形に嫌われてんだけどな。めちゃくちゃだろ」

「まあ、そこは残念な犠牲だったなぁ」

空を見上げてそう言う彼の声に後悔の色は全く滲《にじ》んでいなかった。

「火厄庫《ディストレージ》くん。君の息子はあの歪《ゆが》み絶ちに殺されたんだってね。彼を殺したがるのは、その復讐《ふくしゅう》かい？」

火厄庫《ディストレージ》は煙たそうに手を払った。

「やめてくれよ。そんな感傷的なものは毛頭ねぇよ。あいつだって人間の体生きたまま弄《いじく》りまわしてたようなやつだ。妥当な末路だろ。俺はバトりたいってのが九割だよ」

「でも一割は息子のためなんじゃないか」

「その一割も別に復讐《ふくしゅう》心とかじゃねぇ。なんていうか……そうだな……普通親ってのは、そうするだろ。みたいな？」

「普通の人っぽいことしてみたかった、とかかな？」

「そうそう、それそれ」

ぱちんと指を鳴らす火厄庫《ディストレージ》に藤中《ふじなか》朝日《あさひ》は苦笑を浮かべる。

「わかるよ。でも真似《まね》してみると案外……」

「「つまらない」」

二人の声が重なり、二人は笑いあう。

「憧れっていうのは、そういうものなのかな。手に取る前が一番綺麗《きれい》だ」

「違うな。取る手が汚れてるから、憧れもくすむのさ。下心ありきの思いだ。現に俺は殺し合い、あんたは研究。誰かにとっては憧れそうなもんは俺たちの手の中じゃしっかり輝いてる」

胸を張る火厄庫《ディストレージ》に、藤中《ふじなか》朝日《あさひ》はどこか悲しそうな笑みを浮かべた。

「……その輝きに、蛾《が》のように集まるのをやめたかったんだけどね」

「あぁ？」

眼帯の男に火厄庫《ディストレージ》は顔を向けるが、それ以上彼は何も言わなかった。

「まあいいや。んじゃま、俺は寝るぜ。もう護衛もいらねぇだろ」

「ああ。お休み」

くるりと背を向けて歩いていく大男の背に、藤中《ふじなか》朝日《あさひ》はそっと声をかけた。

火厄庫《ディストレージ》が歩き去り、その足音も聞こえなくなったところで、再び藤中《ふじなか》朝日《あさひ》は夜の静寂に包まれる。

月明りを頼りに、少し歩を進めた彼は工房裏の貯水タンクの下で足を止める。彼が目を閉じると手に持っていた《無題《タイトレス》》が光る。今一度《無題《タイトレス》》が開くと、そこから現れたのはエプロン姿の壮年の女性だった。ウェーブのかかったミドルヘアが風に揺れる。

苦労を思わせる頬の皺《しわ》。しかしそれをはねのけるような強く大きな瞳。その瞳や顔立ちは、藤中《ふじなか》　日継《ひつぎ》に非常によく似ていた。

眼帯の男はその目に喜色を浮かべるも、その眉は下がっている。

出現した女性は自分の置かれた状況が理解できず困惑した様子を見せたが、正面に立つ藤《ふじ》中《なか》　朝日《あさひ》と彼の持つ《無題《タイトレス》》を目に留めると悲しそうに眉を顰《ひそ》めた。

「そう……こうなってしまったのね」

「ああ、やっぱり僕は異常者以外の何者にもなれなかったよ……」

木崎《きさき》　次美《つぐみ》。藤中《ふじなか》　朝日《あさひ》の偽装の妻だった女性だ。

簡単に引退することを許すはずもない墓上の巣《グレイブ・ネスト》は、引退を宣言した藤中《ふじなか》　朝日《あさひ》に妥協案として一つの立場を用意した。それは、新設する墓上の巣《グレイブ・ネスト》のフロント企業の社長という立場だった。これまでの功績を加味された悪くない待遇であった。

藤中《ふじなか》　朝日《あさひ》はそれを受け入れ、その際彼の監視役兼墓上の巣《グレイブ・ネスト》への窓口として彼女、木崎《きさき》　次《つぐ》美《み》があてがわれたのだ。

偽装の夫婦。だが時として偽りが本当になってしまうこともある。五年という元々の任期を超え、彼女がその後一五年間彼の妻で居続けた理由など、語るまでもない。

「あの子は、どうなりましたか？」

「生きているよ。ただ、自分の真実を知ってしまった」

パシンッと乾いた音が夜に木霊《こだま》した。それは、木崎《きさき》が藤中《ふじなか》朝日《あさひ》を平手打ちした音だった。

「あなたを軽蔑します」

「…………」

ただ静かに心を刺し貫いたその言葉を、藤中《ふじなか》朝日《あさひ》はただ悲しげな顔で受け止めた。

藤中《ふじなか》朝日《あさひ》という男は、生まれたときから自分の好奇心を全く抑えられない男だった。気になったことのためなら、危険も道徳も倫理観も気にならなくなってしまう。

好奇心旺盛と言えば聞こえはいいが、彼にそう言った人間も彼が人命すら好奇心の天秤《てんびん》にかけると知ればみなその口を噤《つぐ》んだ。代わりに吐かれる言葉は、異常者の三文字だ。

誰も信じないが、彼自身には一般的な倫理観も道徳心も存在する。少なくとも彼はそう思っている。ただ、好奇心に突き動かされるとき、その感性は塗りつぶされてしまうのだ。そんな彼だからこそ、墓上の巣《グレイブ・ネスト》の非人道的な研究でも成果を上げ続けることができたのだ。

だが、好奇心が収まったとき、彼はいつも思っていた。自分という人間がどうしようもなく『普通』からかけ離れた異常者であると。

墓上の巣《グレイブ・ネスト》を抜けたがったのはこれが理由だった。この組織の研究者でい続ける限り、自分は異常者であることを体現し続けてしまう。それに嫌気が差したのだ。

研究を離れ、好奇心を刺激しない環境に身を置いて、少しでも自分の異常性を地の底へ沈めたかった。


実際にその試みは功を奏した。二十数年の間だけは。最後の好奇心の産物である《無題《タイトレス》》を用いて湧き出た好奇心を抑えつつ過ごすことができていたのだ。

時には子供として一人の人間、日継《ひつぎ》を作るなどの倫理観より好奇心に天秤《てんびん》が傾いたことをしつつも、彼は他人を犠牲にはしなかった。

それができたのは、木崎《きさき》という真《しん》に愛した存在がいたことも大きい。しかし、それでも……彼は自分の本当の姿から逃げることはできなかった。

日継《ひつぎ》を作り一三年。彼の中で思いついたことは、ついに彼の中のタガを外し、他人から見れば悪魔的な彼の計画は始まった。

「今からやめてと言っても、あなたはもう止まらないんでしょう？」

「そうだね。止まれない。どうしてもやってみたいことがあるんだ」

「それでも言います。やめてください。こんなこと。私を殺し、多くの人を犠牲にして、それでも成し遂げたいことなど、あってはいけないこと、やってはいけないことなんです。今一度自分を抑えてください」

藤中《ふじなか》朝日《あさひ》は目を閉じる。その昔実験のために自分自身で潰した右目が痛む。だが……

「できない。どうしてもやってみたいことがあるんだ」

再度開いた目には輝く光。星の煌《きら》めきにも劣らないその輝きは、好奇心という名の狂気の光だった。

今度は木崎《きさき》が目を閉じる。

これが藤中《ふじなか》朝日《あさひ》。これが、異常者として生まれついたものの性《さが》なのか。抑えようとしても抑えきれない。避けえぬ人生の歩み。これもまた、定められた運命と呼ぶのだろうか。

「力づくでも……と言っても無駄なのでしょうね」

「ああ。ここにきてもう止められない」

木崎《きさき》は首を振って肩を落とすと……目にも止まらぬ速さで藤中《ふじなか》朝日《あさひ》の首へ手刀を繰り出した。ゴキィッという鈍い音が夜闇を穿《うが》つ。

しかし……

「変なことしてると思って見てたらよぉ、なんだよこいつ？　どういうこったよこりゃあ？」

彼女の手刀は突如現れた太い腕、火厄庫《ディストレージ》の腕に阻《はば》まれていた。いつの間にか彼は二人の近くにまで来ていたのだ。

「怪しいものじゃないさ。彼女は僕の妻だ」

「妻ぁ？」

火厄庫《ディストレージ》はギラギラとした小さな目で木崎《きさき》を見る。

「お前の計画のせいで死んだやつだろ？　なんでそんな奴《やつ》呼ぶのよ？　こじれるでしょうが？」

「呼びたかったから呼んだだけさ」

「はぁ？　……あのなぁ、ほんとに意味わかんねぇよあんた。ていうか、思い通りの人間作れるなら、せめて自分は攻撃しないような設定で作れたりしねぇのかよ？」

「できはするけどね。でも……思い通りじゃないから、他人というのは面白いのさ」

「ふぅん？」

「心配かけたね。もう用は済んだよ」

藤中《ふじなか》　朝日《あさひ》が《無題《タイトレス》》に手を置くと木崎《きさき》の姿が歪《ゆが》み始める。彼の表情には、先ほどまで滲《にじ》んでいた憂いの色はどこにもない。飄々《ひょうひょう》とどこか楽しそうな初老の男性。火厄庫《ディストレージ》さえその行動の不可解さに首をかしげている。彼のその表情の裏を知ることができるのは、文字として消えゆく木崎《きさき》　次美《つぐみ》一人だった。

彼は一人なのだ。

異常者として生きるゆえの自業自得《じごうじとく》。誰にも理解されない。してもらう価値すら認められない孤独。そう生きることしかできない男。

文字と化して消えゆくさなか、木崎《きさき》は藤中《ふじなか》　朝日《あさひ》の背に大きく欠けた月を見た。

それは雲すら寄せ付けず、一人輝く無二の星。どれだけ強く手を伸ばしても、手が届くことは未来永劫《えいごう》ありはしない。

第四章　フォース　～ホワイト・シナデミック～

アーカイブが消滅した後、調査テントにいた調査員がちょうど駆けつけてきた。即座に伽羅《から》森《もり》の治療、起きたことの把握、複製樹の追加調査などが行われた。

行方不明となったアーカイブおよび、藤中《ふじなか》朝日《あさひ》の追跡も歪理術や科学的な手段で実施されたが、即座に実行できる調査手段ではどの方法でも彼らの足取りを摑《つか》むことはできなかった。

伽羅《から》森《もり》は重傷。あばら骨数か所と左指二本の骨折、肺などの内臓へのダメージも見られた。歪理術を用いた処置《しょち》により治療はされたが、調査テントにある簡易的なものでは完全に彼を回復させることはできなかった。無理に動けばまた傷は元に戻ってしまうだろう。

治療や報告も落ち着き、骨折等による伽羅《から》森《もり》の発熱も治まったころにようやく現場の人間たちは一息つくことができた。

アーカイブ達が去ってからかなりの時間が過ぎてしまっていた。

簡易研究施設の一室。医務室に当たる場所に伽羅《から》森《もり》と藤中《ふじなか》は留まっていた。

ビニールとプラスチックで構成されたその部屋を真っ白なライトが照らし上げている。むき出しの配線が繋《つな》がる先はベッドに周りの医療器具や天井のライト。

施設に漂う空気は伽羅《から》森《もり》が運ばれてきたときよりは落ち着いていたが、今でも薄い壁の向こうから忙《せわ》しない足音や声が時おり聞こえてくる。

空間が帯電しているような、漠然とした緊迫感が未《いま》だにある。吸い込む空気が喉奥を痺《しび》れさせる。

ベッド端に座っていた伽羅森《からもり》は携帯端末を耳に当てていた。彼の顔色は悪い。それはきっと身体的なダメージだけが原因ではないだろう。

『彼女に仕掛けていた八つの追跡手段のうち六つは空振り。残り二つはまだ時間がかかる』

電話主は難波《なんば》だった。数時間前に起きたことの経緯の報告をしていた。いつもの軽い口調ながら、難波《なんば》の声は幾分か硬い。

ノアリーグループも馬鹿ではない。難波《なんば》が手練手管を使って嘆願したとはいえ、そもそも不穏分子のアーカイブを手放しで金死雀《カナリア》にしたわけではないのだ。いつでも彼女を殺せる伽羅森《からもり》をパートナーとし、そして彼女が裏切った時のためにいくつもの追跡、遠隔での殺害手段を用意していたのだ。……今のところそれらは役に立っていないが。

「あと二つの結果はどれくらいで出そうですか？」

『わーかっても教えないよ』

焦《あせ》りの滲《にじ》む伽羅森《からもり》の言葉を冷たい声が両断した。

『君、教えたらすーぐに行っちゃうでしょう？』

「当たり前でしょ！　だってアーカイブが！」

『許可できない。わーかるだろう？　相手は墓上の巣《グレイブ・ネスト》だ。あちらが組織的に動いていると分かった以上、安易に叩《たた》く訳にはいかない。報復合戦が始まればお互い損失しかないからね。まず、今回の件をどうするか上と決めて、対応するとしてもこちらも部隊を編成して──』

「そんな悠長なことしてられま……っ」

声を張り上げた途中で伽羅森《からもり》の顔が痛みに歪《ゆが》む。服の肩口に血が滲《にじ》んでいく。

『焦《あせ》るのは分かる。……五時間後、もーうあれから二時間くらい経《た》っているからあと三時間後にアーカイブちゃんは君に殺される運命にある。彼女の言ったことが本当ならね』

「あの状況で嘘《うそ》を言う意味はないと思います。それに、多分だけどアーカイブはあの時運命に反した行動をしてたと思います」

最初に藤中《ふじなか》朝日《あさひ》に歯向かった時のように、その姿をブレさせて、

『そーして、もとの決められた運命に戻された。強制的に。彼女の言葉が本当なら、もし君が何もしていなかったとしても、三時間後に彼女は君に殺されるんだろう。例えば君がたまたま銃を誤射した瞬間に、その銃口の先に彼女が瞬間移動してくるとかね』

「…………」

そして彼女は死ぬ。今までと違いもはや運命に守られることもなく、あっさりと。荒唐無稽なことだが、しかし難波《なんば》も伽羅森《からもり》も嫌というほど決められた運命というものの理不尽さを知っている。

「じっとしてられないんです。このまま待つんじゃなくて、せめて抗《あらが》っていたいんです！」

『わーかってるよ。言いたいことは。そうは言ってもこれ以上無理は利《き》かせられないんだ。申し訳ないけど。なにせボクが嘆願して調査員にまでした子が離反しちゃったんだからね。僕は今自分の首すら危うい立場さ』

「あ……」

『調査員にまでしようって言ったのボクじゃないんだけどなぁ……。大人ってずるいよねぇ』

伽羅森《からもり》は少し冷静になる。今までですら難波《なんば》には相当無理を通してもらっている。それなのにこれ以上彼に求めるのはあまりに負担をかけすぎている。

伽羅森《からもり》は服の端を強く握った。

「分かりました。じゃあ、難波《なんば》さんは何もしなくていいです」

『え？　なんで？』

「これから俺が何かやっても、それは俺の独断です」

ノアリーの最上級歪理物《ヴァニット》調査員、金死雀《カナリア》なら下位の調査員等への指揮権を持っている。それを行使すれば多少は勝手に動けるのだ。

『えぇ？　ちょーと？　なにするつもり？　ていうか何かあてでもあるの？』

「いいえ。全く何も心当たりもあてもないです。では」

『あ、ちょっと……』

難波《なんば》の次の言葉を待たず伽羅森《からもり》は通話を終了した。携帯端末を枕の上に放り投げる。

「あの、伽羅森《からもり》くん？　ダイジョブ？」

近くのパイプ椅子に腰かけていた藤中《ふじなか》が、伽羅森《からもり》の顔を覗《のぞ》きこんでくる。

「ああ、悪い。ちょっと嫌なところみせちゃったな」

藤中《ふじなか》は首を振る。彼女は目を伏せると指を組んだ。

「お父さんを……追いかけるの？」

「ああ。アーカイブのことを抜きにしても、あの人は止めないといけない。あの人はまた新しい歪理物《ヴァニット》の本を作る気だ。なんのためにかは分からないけど、それでも新しい歪《ゆが》みができるのを見過ごすわけにはいかない。これ以上、アーカイブやお前みたいな被害者を生まないために」

藤中《ふじなか》は指を組み替えた。

「でも……お父さんの、アーカイブさんのところに行ったら、伽羅森《からもり》くんはアーカイブさんを……殺しちゃうんだよね？　なら、お父さんの居場所、分からないほうがいいんじゃない？お父さんのところまで行かなきゃ、アーカイブさんを殺しちゃうことなんてないんだし」

「いいや。運命が決められているっていうのは、そんな甘い話じゃない。決められていない行動をした時のアーカイブを見ただろ。無理やりにでもあるべき運命に修正される。でも、だからこそ、逃げちゃいけないんだ。運命なんかに、自分の生き方決められてたまるか。俺は逃げるために金死雀《カナリア》になったわけじゃない」

　生き方は自分で決められる。例え結末が決められていても、その生き方すら選ばされていたのだとしても。

「だから俺はお前のお父さんを追う。あんな本はもう二度と作らせちゃいけない」

「……でも、その場所がわからないんじゃ……」

「いいや。わかる」

「えっ……」

　藤中《ふじなか》は驚いて顔を上げた。伽羅森《からもり》の瞳は確信に満ちた目で彼女を見ていた。

「藤中《ふじなか》。お前はお父さんの居場所を知ってるんだろ？」

「はぁ⁉」

　藤中《ふじなか》は椅子から立ち上がった。

「いやいやいや！　ありえないっしょ！　なんで私が知ってるわけ？　ノアリーの人たちが捜しても見つかんないのに」

「ノアリーが見つけられないからだ。俺は今から三時間後にアーカイブを殺す運命らしい。つまり、俺は三時間後にアーカイブに会うってことになる」

　運命からは逃げられないとは言ったが、そもそも逃げなくとも順当に歩んだ未来が運命というものだ。

「だから俺は何もしなくたってアーカイブの行き先を知れるはずなんだ。ノアリーの追跡が頼れない今、ほかに藤中《ふじなか》の父さんの行き先を知れる可能性があるのは藤中《ふじなか》だ。持ち去られた《無題《タイトレス》》の持ち主であるね」

「でもそんな……」

「それに俺の気のせいじゃなければ、お前はさっきから俺にアーカイブのところに行って欲しくなさそうにみえる」

「………」

ついに藤中《ふじなか》は俯《うつむ》いたまま黙ってしまった。

「だって……」

その声は消え入りそうなほど小さかった。

「だって伽羅森《からもり》くんはさ、場所を教えたらお父さんを……こ、殺しに行くんでしょ？」

彼女の瞳には涙が浮かんでおり、一粒、また一粒と彼女の頰を雫《しずく》が流れ落ちた。

伽羅森《からもり》は息を吞《の》んだ。彼女の言葉が持つ彼女の真意と、もう一般離れしてしまっている自分の心を目の当《ま》たり《あ》にしてしまったから。

藤中《ふじなか》の言う通りであった。彼はもう藤中《ふじなか》朝日《あさひ》を殺す前提で考えていた。目の前に彼の娘がいるにもかかわらず。

ノアリーの最上級調査員、金死雀《カナリア》としてはその判断は正しい。実害も出している墓上の巣《グレイブ・ネスト》のメンバーを生かす理由はない。だがそれを当たり前のように考えるのは、まさにこの世界に染まってしまった証《あかし》だ。

「私、まだあんなことがあっても、お父さんのことが好きなんだ。おかしいよね？」

「そんなこと……」

「思ったんだ。お父さんは私を好きなように作れたんだから……何があってもお父さんを嫌いにならない娘も作れるよね」

その声は悲愴に溢《あふ》れていた。自身の心が自分のものでないという不安。決められてしまっていること。それもまた運命と呼ぶべきか。

「でも、そうだとしてもお父さんを殺されたくないって思っちゃうんだもん！　自分がおかしいって思ってても！」

彼女の絶望が伽羅森《からもり》にはよく分かる。だが、だからこそ……

「なら、本人に聞きに行こう」

「え？」

伽羅森《からもり》はベッドから立ち上がると藤中《ふじなか》の手を取った。

「約束する。お前のお父さんは殺さない。だから二人で会いに行こう。どういうつもりで藤中《ふじなか》を作ったか、直接訊《き》くんだ。俺が絶対にお前のお父さんを連れてくるから」

その言葉は誓い。目の輝きに偽りはない。

自身の背負う運命を前にしてもその光は揺らいでいない。

「でも、お父さんのところに行ったらアーカイブさんを殺しちゃうんだよ？　どうしてそれでも迷わず行こうって言えるの？」

「抗《あらが》っていたいからだ。今日死ぬ運命なら、笑って死ぬように抗《あらが》う。泣いて死ぬ運命なら、笑い泣きで死ぬように抗《あらが》う。たとえアーカイブを救えない運命でも、それでもどこかであいつが救われるように、抗《あらが》ってみせる」

少女の手を握る力が強くなる。

「藤中《ふじなか》。お前もお前の生きたいように生きよう。自分が何者であるかなんて関係ないだろ。お父さんに訊《き》きたくないか？」

運命なんかに生き方を変えられてたまるかという覚悟。きっと彼はその勝負に連戦連敗。それでも彼は進み続ける。それが彼の生きるという戦いだから。

「訊《き》きたい、けど……お父さんが本当に私を都合のいいように作ってたらどうしよう、とも思ってる……。そう思うと訊《き》きに行くのも怖いの……」

伽羅森《からもり》は藤中《ふじなか》に目線を合わせて笑って見せる。

「そんときはよ、また慰めてやるから一緒に飯でも食いにいこうぜ。三人で、三人で！」

藤中《ふじなか》は伽羅森《からもり》の顔を見る。

三人で。その言葉を叶《かな》えるのがどれほど難しいのか、きっと彼は藤中《ふじなか》よりもずっとよく理解している。それでも彼は笑ってそれを言いきった。

これもまた彼の誓いなのだ。

彼に握られた藤中《ふじなか》の手は、不思議なほどに熱くなっていた。その熱は、藤中《ふじなか》の胸の中にまで伝わってきている。

藤中《ふじなか》は頷《うなず》き、彼の手を握り返す。

「わかった。……あなたを信じる」


一時間後。

「すみませんパイロットさん。もう少しだけ北の方角に進んでもらえますか？」

伽羅森《からもり》と藤中《ふじなか》は、小型のヘリに乗って移動していた。

灰色の緩衝材と褪《あ》せた黄色の布椅子が壁に並ぶシンプルな内装。端で壁に固定されている梯《はし》子《ご》やプラスチック製の箱がヘリの振動に共鳴している。

夜明けはすぐそこまで来ており、暁の紫が空にグラデーションを作っている。

藤中《ふじなか》朝日《あさひ》を追う方法。それは藤中《ふじなか》に《無題《タイトレス》》の場所を感知してもらうことだった。

本人が「自信ないかもだけど……」と切り出した言葉いわく、アーカイブとした訓練のおかげか、彼女は遠方にある《無題《タイトレス》》の方角がなんとなくわかるそうなのだ。

かなり集中しないとできないらしく、今も彼女は眉の間に皺《しわ》を寄せながら目を閉じている。それでも、かなりぼんやりと方向がわかるだけだそうなので、こうして一緒にヘリに乗せて案内をしてもらっているのだ。

藤中《ふじなか》の示す場所に《無題《タイトレス》》が、そしてアーカイブと藤中《ふじなか》朝日《あさひ》もいる。

プロペラの回転音が鳴り響くヘリ内で、伽羅森《からもり》は顎に手を置いて虚空《こくう》を睨《にら》んでいた。

「何か考え事？」

と、そこにパイロット席から戻った藤中《ふじなか》が声をかけてきた。

伽羅森《からもり》は顔を上げる。

「ああ、アーカイブのことを考えてたんだ。なんか……違和感があると思って」

「違和感？」

「ああ。アーカイブは、俺に五時間後に殺されるって言った。そういう運命だって。でもそれって、逆を言えば俺がアーカイブを殺す運命も決まってることになる。……俺が知る限り、アーカイブの本が決められるのはアーカイブの運命だけ。他人の運命まで決められたのかなって

……」

それも、すでにティルフィングによって運命の手綱を握られている伽羅森《からもり》の運命をだ。

もちろんいくつも可能性は考えられる。例えば、蒐集記《アーカイブ》に「ティルフィングに切られて死ぬ」と記述されていれば、それはほぼ確実に伽羅森《からもり》が手を下したと考えることができる。

「アーカイブさんが言った言葉が嘘《うそ》かもしれないってこと？」

「だとすれば気が楽なんだけどな」

そう話は単純ではない気がしている。

アーカイブがあの言葉を言ったのは、自らの決められた運命を無視していたときだ。すなわちあの言葉は彼女が自分の意志で言ったものと考えられる。そんなときにわざわざ意味のない嘘《うそ》を言うとは思えない。

「俺たちに言うことで、何か意味を持つ言葉なんだと思う。実際、アーカイブの言葉があったから、俺はすぐにアーカイブを追おうとした。そうじゃなかったら、さすがにもう少し準備や戦力を揃《そろ》えて向かってたし、藤中《ふじなか》を連れていくこともなかった。……アーカイブは何かしようとしている」

抗《あらが》っている。決められた運命の中で。それだけは確かだ。

「だとしたら、そのキーは……多分、藤中《ふじなか》だ」

「え、私？」

先程難波《なんば》からの連絡があった。残り二件あったアーカイブ追跡手段の一つが機能し、彼女のいる場所がほぼわかったそうなのだ。伽羅森《からもり》が独断で動いているならもう同じ、とその場所まで教えてくれた。

その場所は今伽羅森《からもり》たちが向かっている場所と同じだったのだ。つまり、藤中《ふじなか》がいなくても伽羅森《からもり》はアーカイブの下へたどり着くことはできたということだ。

「今ここに藤中《ふじなか》がいるのは、まさにアーカイブの一言があったせいだ。それに、《無題《タイトレス》》のコントロール方法を教えていたのもアーカイブだったろ？　アーカイブの決められた行動がノアリーの持つ情報と複製樹、《無題《タイトレス》》を手に入れるためだけのものなら、藤中《ふじなか》にコントロール方法を教える必要はなかったはずなんだ」

「でもでも、そこまでして何をさせたいんだろ？　私、なんにも聞いてないし、わかんないよ？」

「そうだな……。そこは考えないといけない」

風が強く吹いたのか少し揺れる機体。固定されている機材たちがカタカタと音を立てる。

しばらくの沈黙。次に口を開いたのは藤中《ふじなか》だった。

「……そこまでして、お父さんは何を作りたいんだろう？」

「……失敗作って言ってた蒐集記《アーカイブ》も、サードって女の子も何かを蒐集《しゅうしゅう》する力を持ってた」

蒐集記《アーカイブ》は概念を、サードはおそらく物体を。《無題《タイトレス》》もまた文字とそれに付随する存在を蒐《しゅう》集《しゅう》できた。

「何かを蒐集《しゅうしゅう》するものを作ろうとしてるのは間違いない」

だが何を？　今までのものですら、相当強力な蒐集《しゅうしゅう》能力だ。

だが考えても分からない。

伽羅森《からもり》の額に汗が滲《にじ》む。怪我《けが》の痛みとは別の、浮き出てくる焦燥そのもの。しかし、彼の瞳に宿る光は揺れていない。

願いも、信念も決まっている。

運命の奴隷だとしても、屈しはしない。

彼はその目で窓の外を見ていた。

地平線が切り裂かれ、暁光《ぎょうこう》がそこに滲《し》みだす。

今日が始まる。彼らの運命を決める一日が。

日差しに照らし上げられた空に二羽《わ》の鳥が飛んでいる。その翼で舞うように、何にも縛られない自由な在り方で。

その二羽《わ》の鳥の姿を、伽羅森《からもり》はしっかりと目に焼き付けた。

そんな彼の隣で藤中《ふじなか》は、目頭に指をあてていた。

「はぁ……目かゆい……。私、伽羅森《からもり》くんに会ってから泣きすぎだよね」

確かに、ここ数日何かと涙を流している。ただ、泣き虫という印象はない。

「しょうがないだろ。ここのところで経験したこと考えれば」

「そーなんだけどさ。泣いてるとこばっか見られてちょっと恥ずい」

「まあまあ、泣けるときに泣いとこうぜ。そんで後でいっぱい笑おうぜ！」

「もー、人に元気出させるのうますぎかー？」

そう言って藤中《ふじなか》は屈託のない笑みを浮かべるのであった。

その後しばらく移動を続けたところで、突然藤中《ふじなか》が背筋を伸ばした。

「近い……」

その言葉に驚く伽羅森《からもり》をよそに、彼女はシートベルトを外して再度操縦席へ向かった。

彼女は操縦席に駆け寄ると、また難しい顔をして眼下の景色を睨《にら》みつけた。伽羅森《からもり》も彼女の後に続く。

操縦席から広がる景色はどこかの平野部。広い土地に建物と田畑が交ざり合い、高い建物が多くなるに連れて田畑の割合が減っている。よくある一つの町の光景だ。町から続くように空へ延びる山々は、新緑に包まれたものから一転、かじられたように土肌が覗《のぞ》いている一帯もある。

藤中《ふじなか》は土がむき出しになっている山の一角を指さした。

「あそこっ！　あそこから《無題《タイトレス》》の反応がする！　さっきよりずっと強く感じる！　絶対あそこだ！」

そこは古い採掘場のようだった。錆《さび》の目立つ建物や機材たちが遠目に見える。

「採掘場か……。確かにそれらしい場所だな」

ヘリのスピードが落ちる。このまま採掘場の直上を通るのはまずいという判断からだろう。

「付近で降りられるところを探します」

パイロットはそう言ってどこかと通信を始めた。

伽羅森《からもり》たちは再び席に戻る。

「ありがと藤中《ふじなか》。案内してくれて。ヘリが降りたらそこで待っててくれ。俺が絶対にお前のお父さんを連れてくるから」

「え、でも私が行かないとアーカイブさんが……」

「十中八九あそこに行けば戦闘になる。流石《さすが》にお前を直接そこには連れてけねぇよ」

ギリギリまで悩んだが、彼女を連れていくには危険すぎる。彼女がキーであるかすらも確証が持てないのに、そのリスクは冒せない。

「近くで待機しててくれ。安全になったら隊員にお前を連れてこさせるから」

「……わかった」


「それはどうでしょう？」


声が響いたのは突然。

伽羅森《からもり》にとって聞き慣れたその声は、しかしこの場にいないはずの者の声。

ヘリ内後部を見る伽羅森《からもり》。

そこにいたのは、いなくなったはずのアーカイブだった。……完全に臨戦態勢の。

彼女が目の前に構えているのは赤い綾《あや》とり。網目状のそれが彼女の視界を覆っている。そしてその視界の中には伽羅森《からもり》も藤中《ふじなか》も入っていた。

「藤中《ふじなか》！」

弾《はじ》かれたように伽羅森《からもり》は飛び出し、藤中《ふじなか》を抱きかかえるように自分とともに伏せさせる。

鋭い風切り音は伽羅森《からもり》の頭上数センチを通り過ぎ、機内に斬撃が炸裂《さくれつ》した。

その切れ味は射線上の壁もコックピットも切り裂くほどで、無慈悲にもパイロットすら切りつけた。

コックピットの窓は傷ついた瞬間には爆発したかのようにすべて砕け散った。

機内に殺到する血とガラスの破片と暴風。

「キャアッ」

瞬時に生み出された地獄の嵐に藤中《ふじなか》は叫び声をあげる。

機体は揺らぎ、腹が浮くような感覚に見舞われる。

機体が落ち始めたのだ。けたたましい警告音が危機感をさらに煽《あお》り立《た》てる。

次の一手が来る。暴風の中伽羅森《からもり》はアーカイブへ顔を向けた。

彼女は再度伽羅森《からもり》たちへ綾《あや》とりを向けている。

「くっ……！」

揺れ傾く床を蹴り、ティルフィングを振るう。再び黒い文字の網が射出される直前、ティルフィングの鞘《さや》先がアーカイブの手を弾《はじ》き発動を阻止する。

間髪をいれずにアーカイブを無力化しようと、さらに伽羅森《からもり》は距離を詰める。

彼女は近接戦が不得手。この距離なら伽羅森《からもり》の方が……

アーカイブの姿が消えた。

「クッソ！」

当然、伽羅森《からもり》の有利に付き合ってくれるはずもない。

瞬時に周囲を見渡すが、荒れ狂う機内のどこにもいない。

逃げられた。いや、既に戦果としては充分すぎる。

斬撃痕だらけのヘリは回転しながら降下しており、すでに死に体だ。

「藤中《ふじなか》！　何かに摑《つか》まって伏せてろ！」

伽羅森《からもり》はコックピットに駆け寄ると、パイロットを見る。

「大丈夫ですか！」

「は、はい……なんとか……」

パイロットは、背中に深い傷を負っているようだが、なんとか生きていた。深手と強風に苦しみながらも、必死に操縦桿《かん》を握ってヘリを制御しようとしている。

パイロットが叫ぶ。

「もう……このヘリは無理です！　脱出を！」

「でも、あなたはっ？」

「だ、大丈夫……です！　パラシュートも……予備があります！　それよりあの子を！」

パイロットが視線を向ける先には、あまりの状況に茫然自失《ぼうぜんじしつ》として蹲《うずくま》っている藤中《ふじなか》の姿。

伽羅森《からもり》は外の景色に目を走らせる。高度は下がって地上二〇〇メートルほど。遠かったはずの山木も採掘場も輪郭がハッキリするほど近く見える。

このままでは墜落。パラシュートを使うにしてもヘリが近いと接触やプロペラへの巻き込みの可能性がある。安易な脱出はできない。そして、伽羅森《からもり》はともかく訓練もしてない藤中《ふじなか》に複雑な脱出は無理だ。

迷えば死ぬ。伽羅森《からもり》は決断した。

「絶対に生き残ってください！」

回転し続けているヘリの中で、伽羅森《からもり》は藤中《ふじなか》の方へ駆ける。

声も出せずに震えている彼女の頬を掴《つか》み、自分の方へ向かせた。

「藤中《ふじなか》、聞いてくれ！　このまま飛び降りる！」

「え？　えっ⁉」

半狂乱の彼女を引きずるように立たせると、伽羅森《からもり》はヘリの扉を蹴破った。タイミングを合わせるための間を空けて、彼は藤中《ふじなか》を抱えたまま空へと体を投げ出した。

「キャアアアッ！」

落下の風を一身に受け、二人の体がヘリから急速に離れていく。

「藤中《ふじなか》！　大人しくしてるだけで大丈夫だから！　乗る前に説明した通りにやればいい！」

ヘリとの距離を確認し、伽羅森《からもり》は藤中《ふじなか》の肩から伸びているパラシュートの紐《ひも》を引っ張った。

藤中《ふじなか》の背中から巨大なナイロン生地が花咲くように瞬時に広がる。

風に摑《つか》まれる感覚が衝撃となって伽羅森《からもり》の体に響く。同時に伽羅森《からもり》は彼女から手を離した。

藤中《ふじなか》との距離が一気に広がり、伽羅森《からもり》からは彼女が浮き上がったように見えた。しかしそれは錯覚。落下と減速が産む魔法。

（頼む、なんとか落ち着いてくれ）

視線の先ではグライダー型の横長のパラシュートで降下する藤中《ふじなか》の姿。戸惑ってはいるがパニックにはなっていないようだ。パニックにさえならなければ着地はそれほど危険ではない。

視界の端で、別のパラシュートが映る。おそらくは先ほどのパイロット、重傷ながらもなんとか脱出したのだろう。

（着地後にすぐ治療を受けられるといいが……）

とはいえ、手放しで他人の心配ができるほどの余裕は彼にはない。

伽羅森《からもり》は自分のパラシュートを展開する。

地上までもう五〇メートルもない。既にパラシュートを開いても生き残るには減速が間に合わない高度。

だが、伽羅森《からもり》には考えがあった。

急減速の衝撃に顔を歪《ゆが》めながら目標地点を見据える。

それはおそらく炉と思われる塔のような細長い建物。

両脇の紐《ひも》を操作してその頂上へ向かうと、叩《たた》きつけられるも同然の速度で着地……はせずに天板上でできるだけ勢いを殺して再度宙へ身を投げる。

あわや膝が壊れるほどの衝撃だったが、それでも地面に安全に着地できるほどに減速でき、伽羅森《からもり》は雑草茂る大地に降り立った。

即座にパラシュートを切り離して身を軽くする。

降り立った場所は幸か不幸か目的地の採掘場跡ど真ん中。周囲の朽ちかけた工業施設たちは久しぶりの客人にも何も言わない。かつて人や車に踏み固められていた地面は、雑草に埋もれてその痕跡すら消えている。

九死一生。流石《さすが》の伽羅森《からもり》も息荒く、心臓は早鐘のように打っている。

「めちゃくちゃしてくれるな」

彼がそう言い放ったのは、道先にいるタイトな黒いワンピースに身を包んだ金髪の少女。アーカイブだ。彼女は綾《あや》とりをしながら視線だけ伽羅森《からもり》へ向けている。

飾り気のない私服。喫茶店にでも訪れていそうなその恰好《かっこう》はこの場に全く似つかわしくないものだ。だが、伽羅森《からもり》は彼女にとって服装は全く重要でないことをよく知っている。

アーカイブの手が止まる。

「これも、決められたことですので」

二人の近くにヘリが墜落する。激しい金属音と破砕音が鼓膜を叩《たた》いた直後、爆炎が二人の肌を殴りつける。草木は暴れ、建物は軋《きし》む。

何かが伽羅森《からもり》の前を過ぎ去り、彼の真横にある建物の壁に突き刺さった。偶然そこに刺さったのは魔剣ティルフィング。巻かれていた鎖は千切れ、装飾の大半が鞘《さや》から剝がれている。だが、剣自体は曲がりもせずにそこにある。

伽羅森《からもり》もアーカイブも驚きもしない。それどころか、ティルフィングへ見向きもしない。その程度の運命の歪《ゆが》みならいくらでも見てきた。

「天蓋」

アーカイブが綾《あや》とりの形を変えると、彼らの周囲が円を描くように光り、二人の周囲に文字の壁がそそり立った。

「もう出られませんよ。……どちらかが死ぬまで」

「…………」

伽羅森《からもり》は唇を噛《か》む。

逃げられない状況でのアーカイブとの対峙《たいじ》。最悪の状況だ。瞬《またた》く間《ま》に彼女を殺さなければならない状況に陥ってしまった。まだアーカイブの行動の真意もわかっていないのに。

「俺はお前を殺さないぞ」

「お好きに。その場合ここから出るのは私となるだけです」

そう言う彼女の手の平から赤い本が現れる。

蒐集記《アーカイブ》。

彼女の本体であるその本は、彼女の手を離れ肩口付近で浮遊する。

伽羅森《からもり》は拳を握りしめる。

「ここに藤中《ふじなか》を連れてこさせたのはお前の意志なんだろ？　何を求めてるんだ！　教えてくれ！」

「……彼女は……」

何か言おうと開いたアーカイブの姿が歪《ゆが》む。再び正常な姿を取り戻した彼女の口は閉じており、何かを言う意志すらその瞳から消えている。

話さない運命。そう決められている。

「……そうか。なら言葉はいらねぇよ」

伽羅森《からもり》は壁に刺さったままのティルフィングを手に取る。

「俺はお前を信じる」

「…………」

返答はなかった。

アーカイブが浮遊する蒐集記《アーカイブ》に触れる。彼女の周囲の地面が光ると、地鳴りとともに彼女の踏む地面が盛り上がり、土でできた巨人が体を持ち上げる。それだけではない。彼女が新しい綾《あや》を作ると、周囲の建物中に不可解な文字が浮かび上がりその壁から鋭いトゲが幾本も生成される。その切っ先はどれも伽羅森《からもり》へ狙いを定めていた。

概念の現実投射。

蒐集記《アーカイブ》を出しているということは、今投射されているこの異常な物体たちは、ただの巨人やトゲじゃない。彼女が今まで蒐集《しゅうしゅう》してきた歪理物《ヴァニット》の概念まで上乗せして投射されているはずだ。

正真正銘本気で伽羅森《からもり》を殺そうとしている。

「準備の時間を与え得られた術士へ攻め込むことがいかに大変か、あなたならよく知っているでしょう」

立ち上がった巨人の方の上でアーカイブはそう言う。その瞳に感情はない。

彼女が手を振るう。

瞬間、伽羅森《からもり》へ向いていたトゲと巨人の拳が一斉に彼へ襲い掛かった。

ズズン、という地響きがすぐ近くから聞こえてくる。

パラシュートでなんとか着地できていた藤中《ふじなか》は、音のした方向へ向かう。

歩きだした途端、体が崩れる。彼女の左膝は紫色に腫れており、血も流れている。パラシュートの着地の際に負った傷だ。

「っ……！」

建物の影から覗《のぞ》くと、そこには文字の壁の中で戦う伽羅森《からもり》とアーカイブの姿があった。

アーカイブの猛攻はすさまじく、針やら巨人やらが伽羅森《からもり》に立て続けに襲い掛かっている。伽羅森《からもり》はそれらを躱《かわ》し、ティルフィングの鞘《さや》で砕き、時には斬り、全てをやり過ごしている。

「伽羅森《からもり》くん……」

必至の形相を浮かべる伽羅森《からもり》。しかし、藤中《ふじなか》は違和感を覚える。伽羅森《からもり》は時々立ち止まるのだ。戦いが激しすぎてわかりづらいが、タイミング的にはアーカイブへ攻め込めそうな瞬間があっても、彼はじっと彼女の次の攻撃を待っているような気がする。

「まさか……アーカイブさんに攻撃しないつもり……？　アーカイブさんを殺しちゃうかもしれないから？」

アーカイブの不死性はアーカイブが運命的にその日は死なないから保たれていたものだった。しかし、アーカイブの言葉を信じるなら彼女は今日死ぬ。すなわち普通の攻撃でも死ぬ可能性があるのだ。

「でもそれじゃあ……」

伽羅森《からもり》の肩に金属のトゲが刺さる。続けて放たれた文字の網をティルフィングで切り裂き、大きくアーカイブとの距離を取る。

彼の息は上がっており、このままではジリ貧であることなど明白だった。

しかし……

「……！」

藤中《ふじなか》は、伽羅森《からもり》の目を見た。

彼の瞳から希望は全く消えていない。真《ま》っ直《す》ぐに、ただ何かを信じる強い瞳の光。彼はまだ諦めていないのだ。方法などわからなくても、先が見えなくとも、決められている運命が変わるはずの何かを。

藤中《ふじなか》の存在に気づいたのか、ほんの一瞬だけ彼の目が藤中《ふじなか》へと向いた。

たった一瞬。その瞳に宿された鮮烈な輝きが彼女を射抜いたとき、彼女の中に強い衝撃が走った。

その衝撃に押されるように、彼女は踵《きびす》を返《かえ》して走り出した。いまだに感じる《無題《タイトレス》》の気配の方へと。

『だとしたら、そのキーは……多分、藤中《ふじなか》だ』

伽羅森《からもり》の言葉が頭に響く。

複製樹を手に入れ、今日藤中《ふじなか》朝日《あさひ》の計画に加担するためだけの運命であったのなら、それに外れた行動は彼女の意志によるもののはずだ。

運命に雁字搦《がんじがら》めにされた彼女が、せめて抗《あらが》った証《あかし》。

走る少女の体は震えていた。その足に絡《から》みついて来るのは恐怖の影。

今自分のいる場所は戦場だ。ヘリでアーカイブが命を奪いに来たように、今この瞬間も自分の命が奪われるかもしれない。

草の影から、建物の角から、窓の奥から、自分の命を狙わんとする魔手が伸びてくるかもしれない。

そう思うだけで、頭が痺《しび》れるほどの恐怖を感じる。

(でも……)

焼肉屋でのことを思いだす。

伽羅森《からもり》は自分で選んだと言った。運命に強いられ選ばされたこれまでの人生を。自分の過去を丸ごと自分で背負って。

そして彼は今日も選んだ。運命に抗《あらが》う道を。

そんな彼を見て何もしないなんてできない。自分に何ができるかなどわからないけれど……

(私だって、戦っていたい……!)

生きることを戦いにするとあの時言ったのだ。

今ここで精一杯できることをする。それが自分にとっての戦いだ。その思いは薪となって彼女の心に火をくべる。

藤中《ふじなか》は記憶の欠片《かけら》を拾い集める。

まだ会ってから間もない藤中《ふじなか》から見ても、彼女は藤中《ふじなか》に対して明らかに運命に不要な行動をしていた。

例えば、《無題《タイトレス》》の使い方。あの時アーカイブに操作のヒントをもらえなければ、遠くにある《無題《タイトレス》》の場所を感じることなどできなかっただろう。そしてそれがあったから、藤中《ふじなか》たちはここにいる。

今藤中《ふじなか》がここにいることもそうだ。アーカイブがヘリを落としたから彼女はここにいる。藤中《ふじなか》は確信する。アーカイブは自分を導こうとしている。どこへかはまだわからない。アーカイブのことも、歪理物《ヴァニット》のことも全くわからないのだから。ただわからないからこそ、暗闇に差す一つの光がハッキリと見える。

「《無題《タイトレス》》……」

この場において、唯一の自分が出せうる存在価値。絶対にあの本が鍵になると彼女には確信があった。

地を蹴る足の力が強まる。

託されている。二人から。

あの二人のことが好きだった。まだ会って数日しか経《た》っていないが、こんな殺伐とした世界で、残酷な運命を背負わされているのに、どこか普通の友達であるかのように接し合えている二人が。

（もし、伽羅森《からもり》くんがアーカイブさんを殺しちゃったら……）

それだけはダメだ。

彼女は知っている。自らの手で大切な人を殺す罪過の重さを。伽羅森《からもり》がこれまでどれだけ辛《つら》い思いをしていようが、その罪過をさらに増させたくはない。

（でも、私が思いつくことなんて……）

たった一つ思いつくのは、最悪の選択肢。

（でも……どっちかがどっちかを殺しちゃうようなことになるくらいなら……）

一つの建物の前で彼女の足が止まる。用具入れや倉庫の類だろう。トラックのコンテナほどのサイズのコンクリート製の建物だ。

《無題《タイトレス》》の気配はこの中からだ。

だが、当然入り口の鉄扉《てっぴ》には大きなカギがかかっている。

「えーと、えーと……ああもうっ。この方法でいいや！　《無題《タイトレス》》！　なんでもいいからいっぱい出して！」

この距離なら遠隔で操作できるはずだが、扉越しでは実際に命令が実行されているかは……すぐにわかった。倉庫の中から、ガシャガシャと騒がしい音が響き始めたからだ。

倉庫内から破砕音や破裂音が鳴り始め、コンクリート壁にひびが入り鉄扉《てっぴ》が歪《ゆが》む。

「ヤ、ヤバ……っ」

嫌な予感を覚え、とっさに扉から離れた瞬間、爆発のような勢いで鉄扉《てっぴ》が吹き飛び、中から大量の雑多なものが雪崩出てきた。絵画や袋菓子、石像、本、中型機械など、どれが元から入っていたものかもわからない混沌《こんとん》ぶり。

人間まで生成してしまっていないかと一瞬不安になったが、彼女のその意を汲《く》んだのか、人間らしきものは見当たらない。

扉を開けることはできたが、これでは《無題《タイトレス》》がどれかわからない。と思った矢先、藤中《ふじなか》の視界の端で黒い物体が動く。

ビクリと体をこわばらせその物体を見ると、それは騎士姿のまん丸なペンギン、ペン騎士クンだった。彼はその短い手に持っているものを差しだす。

「え……？」

それは緑の装丁の分厚い本。《無題《タイトレス》》。彼女を生んだ存在であり、いまだに嫌悪《けんお》と恐怖の感情が湧き上がってくるもの。だが、今この本の力が必要なのだ。

チャリン、とペン騎士クンの背後、《無題《タイトレス》》が出したガラクタの山から音がする。

その音の元に目を向けると、そこには一枚のコインが転がっている。コインはそのまま地面を転がり、藤中《ふじなか》の足にぶつかって倒れる。

『コイン、ですね』

思い出されるのはアーカイブの言葉。すでに遠い昔のように感じる占いの結果。

コイン。その綾《あや》とりが示した結果は――

キッと眉を上げた藤中《ふじなか》は、ペン騎士クンから《無題《タイトレス》》を受け取る。

「手伝ってくれるのね？」

主のその言葉に、ペン騎士クンは力強く頷《うなず》いた。

「ついてきて！」

強くそう言うと、藤中《ふじなか》は来た道へと駆けだした。未《いま》だ戦闘音が続く、伽羅森《からもり》たちのもとへ。

しかし彼らのもとへ戻ったとき、事態はすでに取り返しのつかないところまで進んでしまっていた。

◆◆◆

同時刻。

巨大なキノコや不気味な機材がひしめく藤中《ふじなか》朝日《あさひ》の工房内。

宙に浮いていた水の球に変化があった。

直径五メートル近くあった水の球は今や手の平に乗るほどに小さくなっている。その水の球体が突然赤く光り始めたのだ。

不気味な暗い赤の光の奥で蠢《うごめ》く無数の文字。どこまでも奥に続くそれは大きさに反して途方もなく深い奥行きを持っているかのよう。もはやこれを水と形容することはできまい。文字の塊、あるいは文字の液体とでもいうべきか。

不思議な液体はゆっくりと空中から降下し、地面に落ちる。それはゼリーのようにたわんで地面に留《とど》まった。

「ブラボー！　完成だ」

近くのパイプ椅子に座っていた藤中《ふじなか》朝日《あさひ》が手を叩《たた》いて立ち上がった。

「やたー！」

彼の隣で眠そうにしていたサードも両手と白いツインテールを上げて喜んだ。

「完成って、これがかよ？」

おもむろに文字の液体が乗っている台へ乗り込んだのは、相変わらず黒いコートを身に纏《まと》ったままの火厄庫《ディストレージ》。

彼は恐る恐る赤い液体を指で突いた。液体のほうはプルプルと震えるのみ。

「本でも人でもねぇじゃねぇか。使ったあんたの分身はどうなったんだよ」

「ちゃんと素体として使われたよ」

近づいてきていた藤中《ふじなか》朝日《あさひ》はクリップボードを赤い液体と地面の間に挟み込んで持ち上げる。そのまま彼は付近に生えていた青い巨大なキノコ群に歩み寄ると、そっと目を閉じた。

赤色に発光する文字の液体。

その輝きに呑《の》まれるように、巨大なキノコはその光を失っていく。それどころか、その姿が歪《ゆが》み、みるみるしぼんでいくではないか。見れば、巨大なキノコから文字が浮き出て赤い液体の中に吸い込まれている。

ほんの数秒ののちに巨大なキノコは一人の人間の遺骸となっていた。

火厄庫《ディストレージ》は顔を顰《しか》める。

「おい、これ人間から生えてたのかよ」

「こらこら、そんなこと気にすることかい⁉」

藤中《ふじなか》朝日《あさひ》は目を輝かせている。

「見なよほら！」

彼が再び目を閉じると、今度は赤い文字の液体から大量の文字が溢《あふ》れ出《だ》す。その文字群はさきほど藤中《ふじなか》朝日《あさひ》が座っていたパイプ椅子に絡《から》みついていく。

かくしてなんの言語か不明な文字に覆われたパイプ椅子だったが、僅かな時間を置いてその文字が消えた。

「サード、壊してみなさい！」

「らじゃー！　ンーッニャー！」

飛び上がったサードはそのまま両房の髪の拳を合わせ、ハンマーを振り下ろすかの如《ごと》くパイプ椅子に叩《たた》きつけた。その威力はコンクリートの床が陥没するほどで、もちろん普通のパイプ椅子など粉々に砕け散り……。

「あれっ？」

サードが上ずった声を上げる。

確かに先ほど粉々に砕けたはずのパイプ椅子が彼女の髪の拳の隣に鎮座している。

即座に彼女は片髪を動かし、白い髪で握り潰す。

パイプ椅子は合皮や金属片をまき散らして破壊され……次の瞬間には彼女の髪の拳の真下に存在している。先ほど散らばった破片も跡形もない。

「むぅっ」

躍起になってサードがパイプ椅子を破壊し続けるが、何度やっても結果は同じ。いつの間にかパイプ椅子は何事もなかったかのように存在している。

サードの破砕音も気にせず藤中《ふじなか》朝日《あさひ》が得意気に顎を上げる。

「蒼類茸《そうるいだけ》。岐阜県の一人の男性に発生したとみられるその巨大なキノコは、なにをしてもその生えているキノコの総数を七本から減らすことができなかった。斬っても、燃やしても、まるで何事もなかったかのように次の瞬間には七本の巨大な青いキノコがそこに生えている」

「で、そのキノコの歪《ゆが》みは今あのパイプ椅子にあるってわけね」

モグラ叩《たた》きのように椅子を壊し続けているサードを尻目に火厄庫《ディストレージ》がそう答える。

「その通り！　ついに我々は手にしたんだよ！　この世の歪《ゆが》みそのものを蒐集《しゅうしゅう》する道具を！」

歪《ゆが》みの蒐集《しゅうしゅう》。現実でも、存在でも、概念でもなく、歪《ゆが》みそのものの蒐集《しゅうしゅう》と活用。それが意味することはあまりにも大きい。

「決して存在を変えられない歪《ゆが》みなんてキノコが持っていても仕方がない。でもこれを人間や兵器が持っていたらどうだろう？　大きさや性質の厄介さから管理・運用に困っていた歪理物《ヴァニット》も、そんなことはもう考えなくていい！　その歪《ゆが》みを使い放題だ！」

藤中《ふじなか》　朝日《あさひ》は両拳を強く強く握りしめた。

「まーあ、そう上手《うま》くはいかないみたいだけどな」

そう言う火厄庫《ディストレージ》の視線の先には無傷のパイプ椅子があったが、様子がおかしい。脚についているはずのキャスターが座面についていたり、背もたれが反対向きになっていたりと形状が変になっている。

「あー、キノコは七本さえ生えれば数や形はまちまちだったものなぁ。まあ、でもこんなのは問題じゃないよ。いろんなもので、試行錯誤を繰り返せばいいのさ」

「んじゃ、それは成功ってことでいいのか？」

火厄庫《ディストレージ》は藤中《ふじなか》　朝日《あさひ》の持つフォースを覗《のぞ》き込む。

「ああ！　君たちの望むものさ！　これからどんどん実験していこう！　このフォースで！」

「ああ。……その前に」

ドスッと火厄庫《ディストレージ》の金属腕が藤中《ふじなか》 朝日《あさひ》の腹を貫いた。

「え……？　ガッ……ハッ……」

「すまないねぇ。上からの命令なんでね」

藤中《ふじなか》 朝日《あさひ》の腕から力が抜け、クリップボードの上を流れ落ちるフォース。それを火厄庫《ディストレージ》の反対側の手が受け止める。

「いやあ、あっちで楽しそうなことやってるのに、我慢しなきゃいけないのは辛《つら》かったぁ」

「パパッ！」

悲鳴に近い声を上げたのはサード。瞬時に彼女はその形相を鬼のように変貌させ火厄庫《ディストレージ》へ髪の拳を振りかぶる。しかし、その瞬間、彼女のツインテールの両結び目、その髪留めから緑の炎が噴き出した。

「えっ！　キャア！　何っ！」

その髪留めは、複製樹の森で火厄庫《ディストレージ》がサードに渡したものだ。

「いけないねぇ。知らないおじさんからもらったものを身に着けちゃあ」

「熱い！　痛い！　痛い！」

髪が火にまかれ、まるで身が焼かれるようにサードが苦しむ。

「知ってるぜぇ。そっちが本体だもんなぁ」

焼けて宙を舞う彼女の髪が燃えた灰。その繊細な髪は、よく見れば細かく文字の書かれた極小の紙であることがわかる。

藤中《ふじなか》 朝日《あさひ》が震える手で、自身を貫く腕に触れる。

「お、おかしいな……。僕はまだ……き、君たちにとって……利用価値のある人間だと……お、思ったんだけど……」

「おいおいおい、藤中《ふじなか》さんよ。そっちの頭は今一歩足りてねぇみたいだねぇ」

火厄庫《ディストレージ》は薄ら笑いを藤中《ふじなか》 朝日《あさひ》の顔に近づける。

「あんたが言ったんじゃねぇか。あんた自身をいくらでも作れるって。それも、都合のいい設定で。あの緑の本とあんたの娘がいればさ」

「……そういう……こと、ね」

「ああ。好き勝手するあんたより、融通の利《き》くあんたのほうがいいだろ？　作れるんだから」

そう言いながら、火厄庫《ディストレージ》は自らの胸にフォースを押し付ける。黒いコートに瞬《また》く間《ま》に文字の液体は沈み込み、数拍をおいて彼のコートに不可解な文字列が模様のように浮き上がる。

「まあ、こいつのことは心配すんな。うまく使ってやるよ。俺と、新しいあんたがな」

一閃《いっせん》。鋭い光が走る。

「やめて！」

甲高い声とともに薙《な》ぎ払《はら》われたその一撃を、火厄庫《ディストレージ》は藤中《ふじなか》 朝日《あさひ》を投げ捨てて回避する。

見れば、緑の炎に髪を燃やされながらも火厄庫《ディストレージ》を睨《にら》みつける少女が一人。

サード。三番目に作られた、存在を蒐集《しゅうしゅう》する本の一冊。

「パパッ」

彼女は自分の状況など二の次に、藤中《ふじなか》朝日《あさひ》に駆け寄る。ほかでもない自身の創造主に。

藤中《ふじなか》朝日《あさひ》は虫の息だった。貫かれていた腕を抜かれたせいで、傷口からの出血はよりひどくなっていた。彼の白衣がみるみる赤く染まっていく。

それでも健気《けなげ》にサードは小さなその手で傷口を押さえる。本体である髪が燃やされ、痛くて仕方がないのだろう。その手は激しく震えてしまっている。

「このぉ！」

サードは燃え盛る髪をそのまま伸ばして火厄庫《ディストレージ》に叩《たた》きつける。

火厄庫《ディストレージ》はコートから取り出した瓶を割ると、炎の壁でその攻撃を受け止める。

「お人形ちゃんよ。あんたはその自分勝手なジジイのプログラム通り動いてるだけだぜ。自分の心配とかもできねぇのか？」

「関係ない！」

小さな少女の瞳は、その髪以上に強く燃え盛っていた。

「私は生まれた通りに生きる！　プログラムされてたって、都合のいい道具だって！　精一杯生きたいんだ！　だって、せっかく生まれることができたんだからぁ！」

サードの髪が細かく分かれる。髪を分けるほど燃える面積が増えると、そんなことはわかったうえで。

数束で炎の壁を切り裂き、残りの数束で火厄庫《ディストレージ》を縛り上げようとする。

「まあ、そうこなくちゃなあ！　戦おうぜ！」

バチィッ！　と彼の黒いコートから出てきたものがサードの髪を弾く。それは一本の道路標識。そのあとに続いて大量の瓶が彼のコートから溢《あふ》れ出《で》てくる。色とりどりの瓶が彼のコートから出現し、そのたびにコートに走る赤い幾何学模様が光を強める。

「ああ、こいつは気にすんな。搾りカスだよ。歪理物《ヴァニット》のね」

コートから出てくる大量の瓶は彼の足元に山を作り、それでもなおコートから出続け彼を山の上に押し上げていく。

「おかげさまで、ずいぶん身軽にさせてもらってるぜ。ちょっとじゃあ、お前さんで試させてもらおうか」

火厄庫《ディストレージ》がサードに金属の手を掲げる。その手に浮かぶはコートに浮かぶものと同じ赤い文字。

彼はその腕を無造作に振り下ろした。

◆◆◆

鉄骨が折れ、雑草の茂った地面に突き刺さる。辺りに漂う土煙と微《かす》かな血の匂い。その中心で、伽羅森《からもり》は汗を拭っていた。

抉《えぐ》られた地面。倒壊した鉄筋の建物。彼の周囲は破壊の嵐がつけた傷痕がそこかしこに刻まれている。文字の結界に囲まれた空間は今や元の形を保っているものの方が少ない。

伽羅森《からもり》の息は荒く、拭った頬に腕の流血が移った。

「しぶといですね」

氷よりも冷たい言葉を吐いたのは金髪の少女、アーカイブ。彼女は土くれでできた巨人の肩の上で泰然と伽羅森《からもり》を見下ろしている。伽羅森《からもり》とは対照的に彼女は衣服も髪も乱れていない。

当然、彼女のそばに浮いている蒐集記《アーカイブ》にも汚れ一つついていない。

それもそのはず。この戦闘が始まって一〇分近く。彼女は一切の攻撃を伽羅森《からもり》から受けていない。いや、そもそも伽羅森《からもり》は一切攻撃行動を取っていないのだ。

「まあ、あなたの剣はあなたに安易な死を許しませんし、これもまた運命でしょうか」

アーカイブは赤い紐《ひも》で綾《あや》の形を変える。

「棺桶《かんおけ》」

凪に乗せるかのような声音でそう言うと、伽羅森《からもり》の周囲にいくつもの黒い棺桶《かんおけ》が出現する。数は八。もちろんそこから飛び出してくるのは、アーカイブに捕獲された《半端者《ハーフィット》》たちだ。

右目だけを持った化け物たちは、棺桶《かんおけ》を砕くような勢いで飛び出すと、アーカイブが乗る巨人の周囲に集まる。彼女を警護するように。どうやらもう彼らは、金髪の少女の支配下にあるようだ。

巨人に《半端者《ハーフイット》》、それに事前に仕掛けられていた数々の歪理術。もはや、伽羅森《からもり》がアーカイブを殺す気だったとしても、すでにそれを叶《かな》えるのは不可能に近い戦力差だった。もちろん……ティルフィングを抜かなければ。

「ティルフィングを抜くことを躊躇《ためら》っているのなら、心配なさらず。ご存じの通り、《半端者《ハーフイット》》を切ると、ティルフィングの殺害のカウントになるようですので。……彼らもそのほうが救われるでしょう」

冷酷に吐かれる言葉。その言葉に伽羅森《からもり》が返事をする前に、アーカイブは綾《あや》を掲げる。

「流星群」

彼女の頭上に星の瞬《また》く小さな夜が生み出され、そこから大量の岩が伽羅森《からもり》へ降り注ぐ。

一つ一つが砲弾に匹敵する速度。しかもどれもひと抱えはある大きさをしている。

「くっ……！」

避けきれるものではない。一瞬でそう判断した伽羅森《からもり》は、身を翻《ひるがえ》すと流星とは垂直方向に駆け出す。

彼のいた場所に次々と岩石が炸裂《さくれつ》する。

倒壊した廃墟《はいきょ》に身を隠す。だがそれは盾にするにはあまりに頼りなく、流星の一撃で呆気《あっけ》なく弾《はじ》け飛ぶ。

瓦礫《がれき》片に頬を切られながら伽羅森《からもり》は次々と身を隠し、剣を振るい、流星を捌《さば》いていく。

その様子を見下ろすアーカイブが目を細めた。

「私は今日、死ぬ運命です」

流星の一つが伽羅森《からもり》を捉える。彼は咄嗟《とっさ》に構えたティルフィングの鞘《さや》でそれを受けた。

ガキィッという鼓膜を破りそうなほどの音が空気を叩《たた》く。その速度、質量。当然受け止めきれはしない。が、伽羅森《からもり》は身をひねることでなんとか流星を見事に受け流した。だがその瞬間彼は聞いたのだ。振動とともに手に伝わってきた確かな破断音。ティルフィングの鞘《さや》がひび割れる音を。

「……!」

目を見開く伽羅森《からもり》。ティルフィングの鞘《さや》は表面を金でコーティングした木製。異様な強度は持つものの、破壊不可能なものではない。

アーカイブが綾《あや》を変え、伽羅森《からもり》に黒い文字の網が襲いかかる。咄嗟《とっさ》にそれを鞘《さや》で受けるが、同時にそれは悪手であったと気づく。

ギリリと鞘《さや》に食い込む黒い斬撃。鞘《さや》のひび割れが広がっていき装飾の宝石や木片が飛び散っていく。

アーカイブの冷ややかな声が耳に届く。

「運命とは、避けえぬからこそ、そう呼ばれるのですよ」

瞬間、ティルフィングの鞘《さや》が砕け散った。

露《あら》わになる蒼《あお》い刀身。瘴気《しょうき》を纏《まと》っているかの如《ごと》く鈍い光を返すその刃は、全てを切り裂く無慈悲の象徴。

伽羅森《からもり》の瞳に映った後悔の色。しかし、それすら容赦なく殺意の色に塗りつぶされ、彼の全身に炎のような青黒い痣《あざ》が燃え広がる。

文字の網は瞬時に全て切り裂かれ、彼に向かっていたあらゆる攻撃が切り殺された。人間の動きであることを疑いたくなるほどの神速の超絶技巧。

ただ殺意が一滴そこにある。

瞬《また》きを挟むころには、彼は数体の《半端者《ハーフイット》》を切り裂き、アーカイブの乗っていた巨人をも切り裂きながら駆け上がっていた。

当然、数体の《半端者《ハーフイット》》を殺した程度では、彼の正気は戻らない。

アーカイブが即座にとった反撃すら苦もなく躱《かわ》し、伽羅森《からもり》は彼女の眼前にまで迫っていた。接近された際に自動発動する歪理術すら瞬時に斬り伏せられ、もはや彼女になすすべは無い。

殺し殺される命のやり取り。なのに当の本人達に表情はない。それがどれほど残酷なことか、感じられる人間もまたこの場にいなかった。

宙に浮く本を巻き込むように金髪の少女に振り下ろされる蒼《あお》。

表情のない二人の頬に、一筋の涙が流れた。

藤中《ふじなか》 朝日《あさひ》の工房内はその様子を変えていた。雑多に道を作るように並べられていた機材たちの隙間を埋めるように、様々な物品が散乱している。特に多いのは色とりどりの空き瓶。その他にも道路標識や動物の頭蓋骨など、多種多様な物体が見受けられる。

……とりわけ、この二人の周囲には。

「まあ、こんなもんだな」

声の主はスキンヘッドの大男。火厄庫《ディストレージ》。

彼の伸ばす手の先には、ぐったりと力なく首を掴《つか》まれているサードの姿があった。オレンジのワンピースは血で真っ赤に染まっており、髪は焼け落ちてミドルヘアほどになってしまっていた。それでもなお彼女の髪は燃え続けている。

「よ……くも……パパを……」

「俺をぶちのめしてももう助からねぇっての」

「う……るさい……。大好きな人を……殺されて……何もしないまま……なんて……」

残ったミドルヘアのひと房が針のような形に変わり、火厄庫《ディストレージ》へ突き立てる。しかし、彼女の髪は、火厄庫《ディストレージ》の前に現れた炎の壁に阻《はば》まれる。

火厄庫《ディストレージ》は不敵に笑う。

「一応お前さんの歪《ゆが》みももらっとくか」

火厄庫《ディストレージ》がサードの首を絞める力を強める。

苦しそうに顔を歪《ゆが》めるサード。彼女の摑《つか》まれている首が赤く光り、文字が浮かび上がる。その文字は生き物のように彼女から火厄庫《ディストレージ》の腕の中に流れていく。

「う……ぐぅ……」

満身創痍《そうい》の彼女はもはや呻《うめ》くことしかできない。燃える髪に呼応するように命の灯《ひ》が消えていく。

彼女の目から生気が失われかけたそのとき……鋭い風切り音が工房の入り口に走った。

視線を投げる火厄庫《ディストレージ》。その瞬間、壁ごと斬られた工房の扉が勢いよく蹴り破られた。

光を背に立つ者は抜き身の蒼剣《そうけん》を握った一人の青年。

火厄庫《ディストレージ》は一層笑いを深めた。

「殺して来たか！」

青年の目からは大粒の涙が零《こぼ》れ落《お》ちている。

火厄庫《ディストレージ》はゴミを捨てるがごとく、手に持っていたサードを投げ捨てる。

無抵抗の少女はその勢いを殺すこともできずに壁を突き破って工房の外に投げ出された。

青年、伽羅森《からもり》迅《しん》は工房内のあちこちに視線を巡らせる。壁端で虫の息となっている藤《ふじ》

中《なか》 朝日《あさひ》に目を留めると彼は眉を顰《ひそ》めた。

「……どういうことだ」

「おおっ。その状態でも正気でいられるんだな。……いや、正気になるまで殺した、が正しいのかね」

「…………」

伽羅森《からもり》は言葉を返さなかった。

火厄庫《ディストレージ》は金属の右腕を掲げる。その手の平には大量の文字が浮かぶ赤い液体が乗せられている。

「これが藤中《ふじなか》 朝日《あさひ》が作った最高傑作。この世の歪《ゆが》みそのものを蒐集《しゆうしゆう》する本だ」

「……!!」

その言葉は伽羅森《からもり》の頭の中を一瞬真っ白にしてしまうほど衝撃的なものだった。

歪《ゆが》みの蒐集《しゆうしゆう》。

それができれば、この世のあらゆる歪《ゆが》んだ現象をその手に収めることができる。ティルフィングも、蒐集記《アーカイブ》も、《無題《タイトレス》》も……。それらを収めたうえで制御までできるのなら、それは強すぎる力だ。

ただ一人が持っていい力ではない。

伽羅森《からもり》の目が一層鋭く研がれる。

「ハハハ、だよなぁ。俺をここで絶対止めなきゃいけない。そうこなくちゃなぁ！　いい加減決着つけようぜ！」

火蓋を切ったのは火厄庫《ディストレージ》。文字の液体をそのコートに収めると、勢いよく右腕を振るう。

すると、彼の背中から真っ赤な炎が噴出し、翼の形を形成する。

「殺させろや、歪《ゆが》み絶ち」

フォースを取り込み、瓶に収めていた炎の歪理をも取り込んだ今の彼は、もはや無手で炎を操れるようになっていた。

炎の翼の各部の色が濃くなると同時に、その奥から大量の炎の鳥が飛び出してきた。その数およそ二〇近く。

即座に伽羅森《からもり》は銃を抜いて迎撃する。しかし、炎の鳥たちは弾丸を受けても止まらない。やむをえず初めに飛びかかって来た炎の鳥をティルフィングで切り裂く……瞬間、

「……!!」

真っ赤な炎を上げて炎の鳥が爆発した。

爆発そのものは小規模だが、爆炎は瞬時に伽羅森《からもり》の肌を焼く。しかし、それでも彼は超人的な速度で反応し、爆炎の直撃を避けていた。

間髪いれずに襲いかかってきた二匹の炎鳥。

伽羅森《からもり》は体勢を低くすると、それらの羽のみを正確に切り落とした。再度爆炎が舞うがその

規模は小さい。今度は余裕を持って伽羅森《からもり》は回避する。

「いやぁ、やるねぇ！」

突然爆炎の中から火厄庫《ディストレージ》が現れた。

完全に不意をつかれた伽羅森《からもり》へ迫るのは、火厄庫《ディストレージ》が持つ炎の剣。ほぼ背後からの一突きに伽羅森《からもり》はわずかに身を捻《ひね》る。炎の刃は彼の右腕と脇腹の間を通り過ぎ床へ突き刺さる。

倒れこんだ伽羅森《からもり》は、地を這《は》う獣のような姿勢を整えることすらせずに火厄庫《ディストレージ》の心臓へテイルフィングを振るう。

が、彼の剣が火厄庫《ディストレージ》に届くことはなかった。

彼の真っ黒なコートに現れた『止』の一文字に剣先が無理やり止められていた。あの標識に宿っていた歪理もまた彼のコートに付加されている。

伽羅森《からもり》は苦々しげに睨《ね》め付けながら大きく火厄庫《ディストレージ》から距離を取る。

火厄庫《ディストレージ》が炎の剣を突き立てた場所は激しく煙を上げて炎上していた。

伽羅森《からもり》の様子を見ながら火厄庫《ディストレージ》はゆっくりと両手を広げる。

「安心しろよ。遠距離の手品だけで終わらせるつもりはねぇからよ。せっかくだから楽しまねぇとな！」

言葉の途中ですでに火厄庫《ディストレージ》は伽羅森《からもり》へ駆け出していた。それも、炎の翼から燃え盛る鳥を輩出させるおまけつき。

振るわれた炎の剣にティルフィングを振るう。しかし、炎に実体はない。蒼《あお》の刃は素通りし、炎の剣を破壊できない。

迫ってきていた炎の鳥が爆発し、真っ赤な炎が伽羅森《からもり》を包む。付近の器具の破片が四散し、各所に炎が燃え移る。

至近距離から爆発を受けた伽羅森《からもり》は吹き飛ばされて地面に転がった。焼けた頬の皮膚が煙を上げる。金死雀《カナリア》用のボディスーツがなければとっくに丸焦げだ。

燃え上がる紅蓮《ぐれん》の奥から現れるのは、無傷の火厄庫《ディストレージ》。自身を取り巻く炎を気に留《と》めもしない。獣のような獰猛《どうもう》さと人間しか持ちえない狂気の笑みが入り交じる混沌《こんとん》。

火炎の剣閃《けんせん》が舞い、伽羅森《からもり》の選択肢には防御と回避しか存在しない。

隙あらば飛来し爆発してくる炎の鳥。爆炎に包まれながら尋常ならざる速度で剣を振るう火厄庫《ディストレージ》。

工房内は小さな戦争でも起きているのかと思うほどに爆発と炎が飛び交い続ける。

決死に舞う伽羅森《からもり》の血は沸騰するように熱く、思考も焼け付くほどに回っている。割れた額から熱い血潮が流れ落ちる。その目は燃え続けてはいるものの全く活路を見いだせていない。

僅かな反撃もコートの文字に止められ、渾身《こんしん》の蹴りすら全く効かない。

斬り、突き、跳んで、剣先が見えないほどに剣を振り続けても一向に戦況は覆《くつがえ》らない。いや、その苛烈な攻撃にただ剣一本で生き残れるほうが異常。そんな光景ですらあった。

勢い余って中心を両断してしまった炎の鳥が爆発する。

辛《かろ》うじて背後へ跳んで威力を減衰させたものの、至近距離で食らった爆炎にその体は吹き飛ばされる。なんとか転倒を避けたのも束《つか》の間《ま》。彼の腹部を炎の刃が貫いた。

「ぐあぁ！」

ジュゥという人体からすべきではない音が耳を焼く。しかしそれすら塗りつぶすほどの激痛が彼の魂を焼いていた。

意識をちぎり取られそうなほどの激痛の最中、彼はほぼ無意識に火厄庫《ディストレージ》を蹴って突き刺さった剣を抜いた。

地を転がる伽羅森《からもり》。手は震え、過呼吸寸前の息を繰り返す様はほぼ死に体。流れ出た血が黒いボディスーツ越しにわかるほどであった。

瞬時に立て直し、剣を構えなおす。しかし、獄炎のごとき火厄庫《ディストレージ》の猛攻は止まっていた。

「おいおい、まだ立てるのかよ」

火厄庫《ディストレージ》は伽羅森《からもり》の腹部を注視する。

煙をあげている痛々しい刺し傷。ボディスーツに仕込まれているであろう自動応急処置機能が働いているように見えるが、そもそも……

「たまたま刺されどころが良かったみたいだな」

呆《あき》れたように火厄庫《ディストレージ》が息を吐く。

「やめだ。これ以上はつまんねぇよ。勝負ありだろ。これ以上お前の死ねなさに付き合わされるのも癪《しゃく》に障《さわ》るしな」

伽羅森《からもり》は油断なく火厄庫《ディストレージ》を睨《にら》みつける。

「言ったろ。別にお前を恨んじゃいねぇって。……ハハッ。こうやって俺が『つまんねぇ』って言って戦いをやめるのも、お前の剣が決めた運命なのかもな」

「…………」

伽羅森《からもり》は何も答えられなかった。言葉を出せるほど呼吸が整っていなかったこともある。しかし、それ以上に彼の言葉に完全に同意してしまっていたから。

「なんなら、その剣の歪《ゆが》みも取ってやってもいいぜ」

笑みさえ浮かべ左手を差し出す火厄庫《ディストレージ》。その表情からは善意までは測れないまでも、悪意の色はどこにも見えなかった。

目を見開いた後、伽羅森《からもり》は顔を伏せる。

ティルフィングからの解放。これほど望んだことがあるだろうか。だが……

「余計なお世話だよ」

再び顔を上げた彼は、笑ってそれを一蹴した。

「そんなことしたって、俺の歪《ゆが》まされた人生が残るだけじゃねぇか。それにな……」

立ち上がる。運命すらはね除《の》けんばかりの光をその目に湛《たた》え、蒼刃《そうじん》を構えて。

「俺は知ってるんだよ。たとえ決められた運命でも、それを切り開ける。それを教えてくれた奴《やつ》がいたからな！」

眉を上げる火厄庫《ディストレージ》。そのとき、工房の入り口に一つの影が差した。

差し込む朝日《あさひ》の光を背負い、荒い息遣いで入ってきたのは少女、藤中《ふじなか》日継《ひつぎ》。

「伽羅森《からもり》くん！」

彼女は伽羅森《からもり》を見つけると、大きく手を上げ、サムズアップをして見せた。その目はこの場に似つかわしくないほどに輝いており、彼女の背負う朝の光が透けているようだった。

伽羅森《からもり》は一層笑みを深めた。

「それを思うだけで俺は、どんだけでも頑張れる！」

地を蹴り放つ鋭い切り上げ。渾身《こんしん》の一閃《いっせん》は、しかし火厄庫《ディストレージ》の不意すらつけず、剣の行き先に『止』の文字が現れ、蒼剣《そうけん》はまたも止められる。

しかし、次の瞬間火厄庫《ディストレージ》の腹部が切り裂かれた。

目を見張る火厄庫《ディストレージ》。見ればそこには蒼剣《そうけん》を振り抜いた伽羅森《からもり》の姿。

「な、んだぁ⁉」

飛び散る自らの血潮の中で彼の目は捉えた。自らがコートに出現させた『止』の文字が消えていることを。

伽羅森《からもり》から大きく跳《と》び退《の》きながら彼は藤中《ふじなか》へ視線を投げる。

アッシュブラウンの髪の少女の手には緑の装丁の本《無題《タイトレス》》が握られていた。恐怖に膝を震わせながら、それでも確かな意志を瞳に持って。

伽羅森《からもり》は後退を許さず追い打ちを仕掛ける。素早い所作からの斬り上げ。

火厄庫《ディストレージ》は反射的に『止』の文字を出現させる。しかし、その文字は浮かんだそばから剝がれて《無題《タイトレス》》へ吸い込まれていく。

身を捻《ひね》った回避はギリギリ間に合わず、火厄庫《ディストレージ》の肩が僅かに斬られる。

火厄庫《ディストレージ》は鼻に皺《しわ》を寄せて再度藤中《ふじなか》へ目を向ける。その目に宿るはなんとも軽い殺意の色。

「おいおい、そんなことされたらもう敵だぜ」

炎の翼から飛び出すひとつの炎。藤中《ふじなか》へ向かうそれは、はじめは小さな火球であったが、藤《ふじ》中《なか》の眼前で投網《とあみ》のように大きく広がる。

「終わるまでそこで大人しくしててくれや」

怯《おび》える少女は抵抗もできず、たちまち炎の半球の中へ閉じ込められた。

「藤中《ふじなか》！」

「悪いねぇ。戦う資格があるやつだけがいていい場所なんだわ」

炎の牢《ろう》へそう言葉を投げる火厄庫《ディストレージ》。しかし次の瞬間、半円の炎が黒煙と化して消え去った。

「ならば私達は、ここにいる資格があるということですね」

声がした。

藤中《ふじなか》のものとは違うよく通る澄んだ声色。

黒煙が晴れる。

そこには一人の少女が立っていた。そこは先程まで藤中《ふじなか》が立っていた場所。亡炎の風に金髪のミドルヘアを揺らし、指に絡《から》めた赤い紐《ひも》を自身の目の前に掲げている。

そこに立っていたのは泰然自若としたアーカイブであった。

「お前、まだ死んでなかったのかよ」

伽羅森《からもり》の一閃《いっせん》を飛び上がって回避し、そのまま宙へ浮き上がった火厄庫《ディストレージ》が呆《あき》れた表情を見せる。

「いいえ。私は運命の通り死にました。ただし、《無題》《タイトレス》に取り込まれるという形で」

蒐集記《アーカイブ》。一人の少女を媒体にその運命が書かれた一冊の本。当然それは文字で書かれている。

ならば、それを《無題》《タイトレス》が食えない道理はない。

今蒐集記《アーカイブ》に書かれたすべての記述は、《無題》《タイトレス》へと書き写された。全く同じ材質と同じ作者が手掛けた一冊の本へ。

《無題》《タイトレス》へ蒐集記《アーカイブ》が存在ごと食われたとき、アーカイブは一度死んだ。だが、同時に彼女の存在は《無題》《タイトレス》へと宿った。

「ふーん。運命を騙《だま》したってわけね。よくそんなことができたな」

「私一人で成しえたわけではありません。私ができたのは決められた運命の中で、小さな布石を打ち続けることだけ。これが実現したのは、私を信じてここまで来てくれた伽羅森《からもり》さんと、こんな状況でも自分にできることをしてくれた、藤中《ふじなか》さんのおかげです」

キンッという、グラスを弾いたような音が鳴る。アーカイブの姿が一瞬光った後、その姿が藤中《ふじなか》へと変わる。彼女はその表情にわずかな恐怖の色を浮かべつつも、真っすぐ火厄庫《ディストレージ》に視線を返す。瞳に強く意志の光を宿しながら。

藤中《ふじなか》は勢いのままに行動しただけだった。

倉庫から伽羅森《からもり》のところへ戻ってきたとき、彼女が見たのは、アーカイブを手にかけんとする伽羅森《からもり》の姿だった。そのとき彼女は、ただ伽羅森《からもり》にアーカイブを殺させたくない一心で、無我夢中に《無題《タイトレス》》で蒐集記《アーカイブ》を食わせたのだ。

功を奏したのは結果論。だが、その行動をとった以上は責任を取らなければならないと、少なくとも彼女はそう思っていた。

藤中《ふじなか》は一瞬だけ工房端に視線を投げる。そこには、大量の血を流して倒れ伏す藤中《ふじなか》朝日《あさひ》の姿。本当は今すぐ駆け寄りたいが、それが許される状況ではない。流れる冷や汗をぬぐい、彼女は真一文字に唇を結んだ。

火厄庫《ディストレージ》は片頬を吊《つ》り上《あ》げる。

「そりゃよく頑張った……ねぇ！」

彼が突然手を振るうと、先ほどよりもずっと小さくも速い火球が襲い掛かる。

しかし、一陣の風とともにその火球は全て切り払われた。風の正体は剣を携えた伽羅森《からもり》迅《しん》。

無数の傷を負いながら全く衰えない闘志が彼を燃やしている。

藤中《ふじなか》と伽羅森《からもり》が並ぶ。

「大丈夫か！」

「う、うん！」

キンッという音が鳴り、藤中《ふじなか》の姿がアーカイブへと変わる。

「アーカイブ！」

「わかってます。あれはこの世に存在してはいけないものです。破壊しましょう。私たちで」

明確な意志のこもった言葉。誰に決められたものでもない、彼女の意志。

思わず伽羅森《からもり》の頬が緩んだ。

「おう！」

「見せつけてやりましょう。我々ペアの実力を」

先に動いたのは火厄庫《ディストレージ》だった。コートから火球を複数出現させ——

バツンッという音とともに全ての火球が紙切れのように薄く潰される。

アーカイブの能力。彼女の視点で火球は二次元ということにされた。彼女が赤い糸で素早く綾《あや》を取ると、幾本もの石柱が床を割って縦横無尽に乱立する。

「チッ」

火厄庫《ディストレージ》は舌打ちしながら自分へ向かって来た石柱を炎の翼で砕き飛ばす。

そこに迫るは一つの影。石柱を足場に、駆け上がってきたのは伽羅森《からもり》迅《しん》。

宙に浮く火厄庫《ディストレージ》を炎の翼ごと斬らんとその背に放たれる死の一閃《いっせん》。

だが、炎の翼を切り裂き刃が火厄庫《ディストレージ》へ届くその瞬間、その背に『止』の文字が現れ剣を止め……なかった。

浮かび上がった文字は剝がれ消える。

アーカイブと入れ替わった藤中《ふじなか》の《無題《タイトレス》》によって。

火厄庫《ディストレージ》は顔を歪《ゆが》めて背を捻《ひね》る。

しかし遅い。渾身《こんしん》のひと凪《な》ぎが火厄庫《ディストレージ》の背を切った。

血しぶきは舞うものの傷は浅い。切られた姿勢そのままに火厄庫《ディストレージ》は笑う。瞬間、炎の翼が伽羅森《からもり》の至近距離で爆破した。

地面に降り立ちながら、火厄庫《ディストレージ》は中空での炎上を見上げる。そこにあったのは、半透明な結界に囲まれた無傷の伽羅森《からもり》の姿。

見れば藤中《ふじなか》がアーカイブに切り替わり、その手に綾《あや》を取っている。

「おっもしれぇ」

火厄庫《ディストレージ》の目付きが変わる。

湛《たた》えた笑みをそのままに、油断のない獰猛《どうもう》な輝きが瞳に宿った。

火厄庫《ディストレージ》へ文字の網が襲い掛かる。彼は炎の剣を壁に変化させ、文字の網を受け止める。そこへ伽羅森《からもり》が背後から身を翻《ひるがえ》しティルフィングを振るう。

「舐《な》めんな！」

火厄庫《ディストレージ》が床を勢いよく踏みつける。

コンクリートの床はそれだけで大きく砕け散り、そのひび割れの隙間から爆発のごとき勢いで影の針が噴出した。

「ぐっ……」

躱《かわ》しきれず伽羅森《からもり》の腹部に浅く針が刺さる。

数時間前、動物の頭蓋骨で放たれていた歪理。あのときは、動物の頭蓋骨を地面に叩《たた》きつける必要があったが、今は足踏み一つで発動するようになっている。しかも、火厄庫《ディストレージ》の身体能力も他の歪理物《ヴァニット》で足踏みが強化されているのか、生み出すひび割れの範囲は広く、出現する針も増えている。

距離を取った火厄庫《ディストレージ》は、コートから不気味な光沢を放つゼリー状の物体を投げ上げた。

「こっちも助《すけ》っ人《と》を呼ばせてもらうぜ」

その物体は即座に膨れ上がり、火厄庫《ディストレージ》の頭上に幾本もの触手を持ったタコとも木ともつかない不気味な黒い生命体が出来上がっていく。

顕現するはこの世の理を嘲《あざわら》笑う歪《ゆが》みの化身。複数の歪《ゆが》みを掛け合わされた冒瀆《ぼうとく》の獣に空間すら悲鳴を上げるほど。

真っ黒な物体は体を作りながら伽羅森《からもり》とアーカイブへ鋭く触手を伸ばしてきた。

しかし、

「知っていますよ。それは」

口を開いたのはアーカイブ。自らに伸ばされた黒い触手を躱《かわ》しながら彼女は空中に指を走らせる。その指先の軌跡が輝き空中に文字が綴《つづ》られていく。彼女が書いたのは、走り書きされたアルファベット「Gulorton《貪色者》」。

キンッという音を鳴らして少女の姿が変わる。アッシュブラウンの髪をなびかせ、現れたのは藤中《ふじなか》 日継《ひつぎ》。

彼女はその手に持った《無題《タイトレス》》へ手を置く。たったそれだけの動作で、宙に書かれたGulorton《貪色者》の文字は消え去り、瞬く間《またたま》に黒い化け物が数多《あまた》の文字へと変化した。

僅かな抵抗も虚《むな》しく、あっという間に大量の文字と化した化け物は《無題《タイトレス》》へと吸い込まれて消え去った。

問答無用の一手。それは火厄庫《ディストレージ》に僅かな隙を作る。

風のように間合いを詰めた伽羅森《からもり》が残像すら振りきる速度でティルフィングを凪《な》ぐ。理すら殺すその剣をもはや火厄庫《ディストレージ》は止められない。二度、三度と舞うように振るわれた剣戟《けんげき》を捌《さば》きされず、金属の右腕は切り落とされる。

火厄庫《ディストレージ》の首元に迫る蒼刃《そうじん》。さらにその背後からアーカイブの綾《あや》から現れた数多《あまた》の黄金の槍《やり》が彼を挟む。一瞬の中に濃縮された殺意。二人、いや三人が紡《つむ》いだ連携の賜物《たまもの》。

だが火厄庫《ディストレージ》の表情は崩れない。

「楽しくなってきたなぁ！」

火厄庫《ディストレージ》が再び床を踏み砕いた。工場の床が一〇メートル近く広範囲に砕け、そのひび割れから大量の影の針が飛びだす。

「くっ……！」

あまりの範囲と至近距離の発生に、さしもの伽羅森《からもり》も躱《かわ》しきれず腕や腹が数本の影に貫かれていく。が、間一髪アーカイブが張った透明な障壁が彼を守る。

床を砕かれ、影の針に壁を貫かれた工房の一部が音を立てて倒壊する。その瓦礫《がれき》の直撃を受けても火厄庫《ディストレージ》はびくともしない。

伽羅森《からもり》は後退しアーカイブの隣に並ぶ。彼も満身創痍《そうい》で、剣を持っていない左腕はだらりと垂れ下がったまま機能していない。彼の動きに合わせていくつもの血が地面に滴《したた》り落《お》ちる。

火厄庫《ディストレージ》の様子から目を逸《そ》らすことなく伽羅森《からもり》は口を開く。

「アーカイブ。まだやれるか？」

「当然です。……伽羅森《からもり》さん、彼はもう尋常の手段で傷つけることはできないと思ったほうがよいでしょう」

「わかってる。だからこそ、こいつがある」

構えるは日差しに鈍く輝く蒼剣《そうけん》、ティルフィング。理すら斬り殺す呪われた剣。これだけの戦闘を経てもその刀身には刃こぼれどころか傷一つない。これほど混沌《こんとん》とした状況でもなおこの一振りの剣はこの空間から浮いている。

伽羅森《からもり》と火厄庫《ディストレージ》が同時に駆ける。剣戟《けんげき》と爆炎が舞い散り、文字の網がそこへ交ざる。戦いはさらに苛烈さを増し、歪《ゆが》んだ現象が次から次に花開く。炎の巨人、降り注ぐ流星、突然現れる炎の獣、そしてそれらを切り伏せる一本の剣。

爆炎が吹き荒れ、瓦礫《がれき》が散る。工房跡はさらにその姿を崩されていく。

狂い乱れる現実の狭間《はざま》で、三つの人影が命を奪い合う。

理不尽の嵐の中で、伽羅森《からもり》とアーカイブは隙間を縫うように生き残り、互いを守りあって反撃を挟む。時折アーカイブは藤中《ふじなか》へ変わる。火厄庫《ディストレージ》のコートに出現する文字への対処と、

「いっけぇ！」

ペン騎士クンなどを召喚した攻撃のためだ。

彼女にとって扱いやすいのか、ペン騎士クンやその仲間たちばかり召喚するが、その設定に準拠してなかなかに彼らは強かった。火厄庫《ディストレージ》には遠く及ばないものの、伽羅森《からもり》や藤中《ふじなか》の盾と

なり、時には撹乱《かくらん》やターゲットの分散に役立ってくれる。

複数の歪理をコートに付与して扱う火厄庫《ディストレージ》だが、伽羅森《からもり》は見抜いていた。彼がフォースに取り込んだ歪《ゆが》みを使う際には前兆とタイムラグがある。前兆はコートに走る赤い幾何学模様。そして、タイムラグはその幾何学模様が発生してから、実際に歪《ゆが》んだ理が現れるまでの時間。それだけの合図と猶予があればほとんど初見殺しの技もギリギリで対処することはできる。

ただし、一つの技を除いて。

伽羅森《からもり》とペン騎士クンたちが挟み込むように火厄庫《ディストレージ》の間合いに入った瞬間、火厄庫《ディストレージ》は地面を勢いよく踏み抜いた。地面にひび割れが走り、影の針が周囲に飛び出す。

(この踏み抜きだけ発生が早すぎる!)

一瞬の怯《ひる》み。だがそれでも絶好のチャンスは一転ピンチに変わる。

炎の剣と火球が伽羅森《からもり》へ向けて殺到する。

ザクリと切り裂かれたのは強面《こわもて》な顔のペンギン。藤中《ふじなか》が《無題《タイトレス》》から出現させていたそれが伽羅森《からもり》の盾となってくれたのだ。そのペンギンは悲しげな声とともに目をバッテン形にして消滅した。その間に伽羅森《からもり》は後ろに下がりながら歯噛《はが》みする。

あの技がある以上近づけない。彼を仕留めるには決定的な隙が必要だ。だが、火厄庫《ディストレージ》相手にそんなものは望むべくもない。

出血と疲労、激しすぎる動きの連続による酸欠で伽羅森《からもり》の意識は朦朧《もうろう》としていた。今動けているのはほとんどティルフィングに植え付けられた戦闘感覚のおかげだった。出血もひどく、アドレナリンが傷の痛みを誤魔化してくれるのにも限界がある。

必要なのは、あと一手。

「おいおい、分析してんのはこっちもだぜ」

そう言ったのは火厄庫《ディストレージ》。その言葉の終わりに、彼のコートから大量の炎の龍が現れ、一直線にアーカイブの元へ向かう。アーカイブが文字の網で対処し、ペン騎士クンたちも彼女を守ろうとするが何しろ数が多い。

「準備なしの術士は近接に弱いよなぁ」

「アーカイブ！」

伽羅森《からもり》が駆け付けようとするが、そこに立ちはだかるは剣を構えた火厄庫《ディストレージ》。

真一文字に蒼剣《そうけん》を振るうが、大男は全くそれを回避しない。彼のコートに『止』の文字が現れ、伽羅森《からもり》の剣が止まる。

カウンター気味に放たれた火厄庫《ディストレージ》の炎の刃が青年の頬を掠《かす》めた。

伽羅森《からもり》はアーカイブへ視線を送る。苛烈な攻撃の中では自衛手段のない藤中《ふじなか》へ交代できない。

そして、藤中《ふじなか》へ交代できなければ火厄庫《ディストレージ》へダメージを与える手段がない。

勝機はほとんど見えない。

しかしそれでも剣を振るう伽羅森《からもり》の目には、炎が猛々《たけだけ》しく燃え盛っている。

朦朧《もうろう》とした意識の中でも、ハッキリと思い浮かぶ。

決まった運命を遂行しなければならなかったアーカイブの横顔。

町の人々を消してしまった藤中《ふじなか》が流した涙。

何年も前に見ることができなくなった佐倉《さくら》の笑顔。

そうだ。許せるものか。

「絶たなきゃいけないんだ！　そんな歪《ゆが》みは！」

剣を握る手に軋《きし》むほどに力が入る。

だが、彼の剣戟《けんげき》も何も火厄庫《ディストレージ》へダメージを与えられない。剣が弾《はじ》かれ、体勢を崩す伽羅森《からもり》の前には、複数の炎球を周囲に展開する火厄庫《ディストレージ》の姿。

動けない伽羅森《からもり》へ、矢のように炎球が打ち放たれた。


瞬間、真っ白な風が吹いた。

伽羅森《からもり》へ届くはずの炎球はその全てが白く長い物体に呑《の》み込まれていた。

二人の横を通り過ぎた長い物体。火厄庫《ディストレージ》の背後から伸びてきたそれは、幾本もの真っ白な長い髪の腕。二人を囲む無数の髪筋は檻《おり》のよう。

火厄庫《ディストレージ》が背後に視線を送る。そこはアーカイブが立っていたはずの場所。そこには不敵に笑う小さな少女、サードの姿があった。

彼女は舌を出して笑う。

「べーっだ」

走る火厄庫《ディストレージ》の視線。自分が工房外へ投げ飛ばしたサードの体はどこにもない。

示す事実は一つ。藤中《ふじなか》は瀕死《ひんし》のサードもまた《無題《タイトレス》》の中へ取り込んでいたのだ。火厄庫《ディストレージ》の出した炎の龍たちは彼女に処理されたのだろう。

その理解は一瞬なれど、それは確かに彼の決定的な隙。

髪の牢《ろう》の中で伽羅森《からもり》が心血を注ぎ一歩踏み出す。

風すら切り裂く神速で、ティルフィングを大きく振りかぶる。

しかし、すでに火厄庫《ディストレージ》は迎撃態勢を整えていた。伽羅森《からもり》ではなくサードの方へ。いや、伽《か》羅森《らもり》の一閃《いっせん》が炸裂《さくれつ》する瞬間に確実に変わる藤中《ふじなか》の方へ。

藤中《ふじなか》の一手がなければ伽羅森《からもり》の剣は届かない。

引き延ばされる一瞬という時間。

あらゆる技と目論見《もくろみ》が交ざりあい、時間の濃度が高まる。

火厄庫《ディストレージ》の予想通り、サードの姿が藤中《ふじなか》へと変わる。変化に合わせて火厄庫《ディストレージ》の周囲に張り巡らされた髪の色もアッシュブラウンとなる。

笑みを深める火厄庫《ディストレージ》。伽羅森《からもり》の剣が届く先に『止』の文字をコートに出現させ、藤中《ふじなか》へは遠距離攻撃の狙いをつける。

しかし、彼らを囲む髪はすぐに金色へと変わった。姿を現したのはアーカイブ。

火厄庫《ディストレージ》は気づいていなかった。自身の周囲に伸びた髪が、複雑に編まれた巨大な綾《あや》となっていることを。

そしてその中心に自分がいることを。

「厄落とし」

アーカイブの髪が光る。瞬間、大量の光の帯が彼女の髪から現れ火厄庫《ディストレージ》の体に絡《から》みつく。

僅かな動揺と体の拘束。火厄庫《ディストレージ》にとってはすぐに破れるであろう。だが、この一瞬の中では致命的な隙。

キンッという音が響く。

彼の周囲に伸びた髪の色がアッシュブラウンへ変わる。現れたのは藤中《ふじなか》日継《ひつぎ》。その手に握るは《無題《タイトレス》》。文字を食《く》らう歪理物《ヴァニット》。

火厄庫《ディストレージ》のコートに現れていた『止』の文字が剝がされる。

「があっ!」

火厄庫《ディストレージ》は鬼神のごとき表情で地面へ足を叩《たた》きつける。最も早く発動できる彼の武器。ここまできてもなお、彼には抵抗の手段がある。

だが、何も起きない。目を剝《む》いて彼が自身の足元を見ると、自分の足と地面の間に踏み込まれた伽羅森《からもり》の足が挟みこまれていた。

当然、地面を砕く威力で踏みつけられた伽羅森《からもり》の足先は血肉を散らして潰れている。しかし、それを代償に火厄庫《ディストレージ》の足は確かに地面に触れていない。

目を見開く火厄庫《ディストレージ》の瞳に映るは、煌《きら》めくティルフィングの鋭い輝き。

紫電一閃《いっせん》。

蒼《あお》の一振りが火厄庫《ディストレージ》の体を切り裂いた。そればかりか、彼のコートの中に浸透していたフォースも、そこに収められていた数多《あまた》の理の歪《ゆが》みごと切り伏せられた。

一堂に会して絶命する歪《ゆが》んだ理たちに悲鳴はない。ただし、確かに空間へ不可視の衝撃が走り抜けた。

吹き出す血潮。火厄庫《ディストレージ》の抱える歪《ゆが》みは彼より一足先にすべて死に絶えていた。それでもなお、やはり彼は笑っていた。

ドサリと大男が倒れこむ音。同時に、剣を振りぬいた伽羅森《からもり》が地面に倒れ伏せる音もした。

それを最後に工房だった場所は嘘《うそ》のように静寂に包まれた。ただ残るは、先ほどまで吹き荒れていた戦闘音の残響と、この場にいる者の激しい息遣いだけ。そのうちの一つ、火厄庫《ディストレージ》の呼吸音が徐々に弱くなっていく。

彼の周囲には血溜《ちだ》まりができており、今もなお夥《おびただ》しい量の血液がその範囲を広げ続けている。広がる血だまりと引き換えるように彼の呼吸も浅くなっていく。

もはや顔をあげることもできない伽羅森《からもり》の耳に、細く弱い声が届く。

「……見事だぜ……」

伽羅森《からもり》は彼の顔を見ていなかった。だが、きっとかの大男は笑っていたのだろう。

その言葉を最後に、火厄庫《ディストレージ》から息遣いは聞こえなくなった。


「おわった……の？」

どれほど時間がたっただろうか。藤中《ふじなか》がそう呟《つぶや》く。

実際は瞬《また》きするほどの時間だったかもしれない。そう思えるほど、突然訪れた静寂は時間の感覚を狂わせた。

張り詰めていた緊張の糸が切れ、彼女は半ば放心状態。アーカイブの怪我《けが》は共有しないようで、彼女の怪我《けが》は浅いものばかりだった。

彼女は視界の先で身動《みじろ》ぎする伽羅森《からもり》を捉え、ハッとして彼に駆け寄った。

「伽羅森《からもり》くん、大丈夫⁉」

彼の怪我《けが》は酷《ひど》い。ほぼ全身余すことなくボディスーツに傷がついており、その奥に血肉が見えている。潰れている足は正視に堪えない有様《ありさま》で、弾《はじ》けたように広がる血の痕が生々しい。

たが、それでも彼は生きている。息も絶え絶えながらも呼吸を落ち着かせようとしており、ほとんど目も開けられないような意識状態で空へ視線を投げている。

さらに何か声をかけようとした藤中《ふじなか》。しかし、それを遮るように伽羅森《からもり》が弱々しく右手である場所を指差した。

「え……？」

「俺は……いい……。……今なら……まだ……」

彼が指さした先は崩れた工房の端。辛《かろ》うじて戦闘の余波に巻き込まれなかったその場所に、血潮の中に倒れ伏す藤中《ふじなか》朝日《あさひ》の姿があった。

藤中《ふじなか》は息を呑《の》んだ。

「お父さん！」

ほとんど悲鳴のような声をあげて、彼女は藤中《ふじなか》朝日《あさひ》に駆け寄った。

彼の目は虚《うつ》ろ。とめどなく溢《あふ》れる鮮血に衣服は真っ赤に染められていた。まだ息はあるが、その呼吸は極端に浅い。

藤中《ふじなか》が駆け寄ると、彼は焦点の定まっていない目を少女に向けた。

「日継《ひつぎ》……か……」

「お父さん……！　なんで……！　どうしてこんなことに……⁉」

衣服が血に塗れすぎていて藤中《ふじなか》にはどこから血が流れ出ているかもわからず、どうすればいいかもわからない。

対して彼女の父親は力なく笑うだけだった。

「ハハ……天罰……かな……。異常者に……相応《ふさわ》しい末路……ということかな……」

「い、異常者……？」

「そうだよ……。君には……悪いことをしたと……思っている。いや、他の……迷惑をかけてきた人にもだ。そう思っていても……自分を抑えられない……そんな……異常者なんだ……」

そう言う彼の目は今にも眠りそうなほどに開閉を繰り返していた。

その様子を見て藤中《ふじなか》の目に涙が浮かぶ。

「お父さん……死んじゃ嫌だよ！　嫌だ！」

まだ訊《き》きたいことがたくさんあるだとか、どうしてこんなことをしたのかとか、そんなことはもう彼女の頭から離れていた。そこにはただ父の死を拒む一人の娘がいるだけ。

零《こぼ》れる少女の涙。それを見た藤中《ふじなか》朝日《あさひ》の目が少し開いた。

「どうして……泣くんだい……？　こんな酷《ひど》い……父親のために……」

「わかんないよっ！」

必死に拭っても次から次へと零《こぼ》れる涙。抑えようとも思えない。

嗚咽《おえつ》を交え彼女は口を開く。

「わ、私だって、おかしいんじゃないかって思うよ！　お、お父さんがっ、私を……そういう風に作ったんじゃないのっ？」

勢いで訊《き》いてしまったそれは、彼女の中で最も大きかったしこり。

その言葉を聞いた藤中《ふじなか》　朝日《あさひ》は、

「断じてそれはない。心まで都合のいい娘を私は作ったりしない。僕の人生の全てに誓って……！」

自らに這《は》い寄《よ》ってきた死すら遠ざけるほどにハッキリと、彼はそう言った。血を吐き、その口調の勢いに腹部の出血がさらに広がるのすら構わず。

藤中《ふじなか》　朝日《あさひ》の目が周囲に向けられる。

「あぁ……ほら……見なよ日継《ひつぎ》……。僕が作ってきた道具たちだ……」

弱々しく手を伸ばすが、もちろんそこには何もない。

「これは……《心底錨《びょう》》……。記憶した現象を……再現する機能を持っていたから……空間に斬撃を発生させる……歪理物《ヴァニット》の現象を記録させて……武器に……したんだ」

楽しそうに話す目は虚《うつ》ろ。一言ごとに命が流れ出している。

少女はその言葉に涙を流しながら相槌《あいづち》をうつ。

「あれは……《感染石》の指輪だ……ずっと見てると……見てる人間が宝石に……なってしまう石と……一度見ると……目が離せなくなる金属の歪理物《ヴァニット》で……」

と、そこまで話していた藤中《ふじなか》朝日《あさひ》から笑みが消える。

「お父さん？」

「ダメ……だな……。ろくなものを……作ってない……。自慢の作品が……こんなものばかりじゃ……殺されて当然か……」

眼帯の男の視線がまた周囲を一巡する。

「あれ……日継《ひつぎ》……？　いないのか？」

「いる！　いるよ！　お父さん！　私、ここにいるよ！」

肩を摑《つか》み、目の前に顔を持っていく藤中《ふじなか》。しかし、藤中《ふじなか》朝日《あさひ》にはその声も肩を摑《つか》まれている感覚も届いていないようだった。

しかし、彼は笑みを浮かべた。

「そうか……ここにいないか……。それは……よかった……」

それはとても柔らかく、その笑みと同じように安堵《あんど》に満ちた言葉だった。

そしてその言葉を最後に藤中《ふじなか》朝日《あさひ》はそっと、その瞳を閉じた。

藤中《ふじなか》の目から大粒の涙が零《こぼ》れ落《お》ち、声を上げて彼女は泣いた。

エピローグ

今日は梅雨なのに、珍しく雨が降らなかった。

校舎の窓から差し込む朝日《あさひ》は柔らかくて、梅雨の隙間を縫って現れた青空が笑っているように見える。

立ち止まって外の景色を見る。

校舎の三階から見える街並み。小高い丘に立地している新しい学校からは立ち並ぶ住宅街を広く眺めることができた。

頰に触れる日差しに、髪と遊んでいく風。

窓ガラスに映る自分を見て、私はアッシュブラウンの髪を耳にかけ直した。今日のためにウエーブもバッチリかけてきたし、身だしなみも完璧。ちょっと緊張はしてるけど、ダイジョブ。ダイジョブ。

私は再び歩き出して前を進む先生に追いつく。

今日は私、藤中《ふじなか》日継《ひつぎ》の転校初日だ。

新しい制服は紺色のブレザーで、肩の所にセーラー服っぽい白のラインが入ってる。セーラーブレザーってやつ？　結構かわいくて私は好き。前の学校がセーラーだったから新鮮さと親近感を一緒に感じる。

フォースの事件からもう二週間が経《た》とうとしてる。

あの後すぐにノアリーの人たちが駆けつけて、私と伽羅森《からもり》くんを保護。そのあとは丁重に扱われながら、私の身に起きたことへの調査を受けていた。

自分の手の平を見る。

結局、《無題《タイトレス》》に取り込まれることで融合したアーカイブさんとサードちゃんは今もそのまま。私への影響は今後も調査していくみたいなんだけど、とりあえず一旦大丈夫ってことである程度の自由が許された。

今もまだ自分の中に二人の意識を感じる。多分、分離は無理だと思う。でも、不思議と嫌じゃない。元より同じお父さんから作られた姉妹だからかな。

妹もお姉ちゃんもほしいって思ったことあったな。あ、生まれた順的には私が一番お姉ちゃんなのか。

私は周りを見渡す。白い床に飾り気のない灰色の壁。傷は少ないし、校舎自体のデザインも現代的。結構造りの新しい校舎っぽい。

この学校、いや、この町は私みたいな訳ありの存在をノアリーが集めて保護している場所らしい。伽羅森《からもり》くんに聞いたところ、この学校の生徒も一割行かない程度には超常的な存在らしい。私もそのうちの一人としてこの町で暮らすことになった。

だからこの二週間は引っ越しや転入の手続きで超忙しかった。保護って聞いたとき、最初は真っ白な部屋とかに閉じ込められるのかなとか不安だったけど、全然そんなことはなくって、いろいろ不安だったりしたけど、伽羅森《からもり》くんやいろんな人がサポートしてくれてどうにか全部の準備や手続きを終わらせられた。今はなんとか寮生活ができてる。……正直全然慣れてないけど。

私の前を歩いていた長身の若い先生が振り返る。

「藤中《ふじなか》。んじゃ、さっそく挨拶からな。ま、気楽にな」

眼鏡をかけて真面目そうな見た目とは裏腹に、ちょっとその仕草や言葉遣いは荒っぽい。

私は「はいっ」としっかり返事をして胸に手を当てて深呼吸する。

大丈夫。大丈夫。

ガラッと先生が扉を開けて先に入っていき、私もそのあとに続く。

朝日《あさひ》に輝く教室の中が見えてくる。知らない人たちの顔、前の高校とは違う白を基調にした質のよさそうな机や椅子。それらが見えていくほどに自分の顔が強張《こわば》っていく。一歩踏み込んでいくごとに大きくなる生徒のみんなのざわつき。あちこちから視線が刺さる。

ああ、まただ。

怖くなる。私が本当は人間じゃないって事実が、みんなを騙《だま》してるみたいに思えて……。

と、教室の奥、窓際《まどぎわ》の後ろから二番目の席にちょっとくせ毛の髪の男子を見つける。伽羅森《からもり》くんだ。ちょっと微笑《ほほえ》んでこっちを見てる。ホントにただそれだけで、私の頬も少しだけ緩んだ。

「うーい。前から言ってた思うけど転校生な。まあ、仲良くしてやってくれ。ほい、自己紹介よろしく」

「はいっ！」

そう言う自分の声にはもうどこにも不安はなかった。

大丈夫。私は私。お父さんとお母さんが人として育ててくれた。なにも負い目に感じるものなんてないんだ。

私は作られた存在だけど、

「初めまして！　藤中《ふじなか》　日継《ひつぎ》です！」

私の全部が私自身だ。


「でー、チカとヒナっちとは今度おすすめのコスメショップ行くことになってー」

「いや、順応早っ」

時は経《た》ち放課後。

伽羅森《からもり》は嬉《うれ》しそうに報告してくる藤中《ふじなか》にそう返さずにはいられなかった。

二人はこの町で一番大きな病院にいた。体育館もかくやという大量の椅子が並ぶ広い受付を越え、傷も汚れもほとんど見られない廊下を二人は進む。

鼻をくすぐる消毒の匂いと、二人の足音に重なる看護師や患者達の足音。夕食どきが近いのだろう。大きなカートを運ぶ看護師とすれ違ったとき、ほのかな焼き魚の匂いを感じた。

垂れた日が溶け、白い廊下は今だけはつかの間の染料でオレンジに染め上げられている。

長い廊下を並んで歩きながら、藤中《ふじなか》の視線が伽羅森《からもり》の足に落ちる。

五体満足。彼の体はまだガーゼの貼られた部位やかさぶたはあるものの、潰された足も含めてほとんど回復していた。

「足さ、治るんだねあれ。ちょーグロかったけど」

「まあ、治ったというか戻したというか。あれくらいの怪我《けが》なら何とかなっちまう世界なんだよ。流石《さすが》に細かい傷は自力で治せって感じだけど」

そう言う伽羅森《からもり》は制服を脱いで学生鞄《かばん》と一緒に肩に担《かつ》いでいる。今は制服下に着ていた半袖の私服姿。その下に薄い長袖のアンダーウェアを着込んでいる。アンダーウェアに隠れた肌は癒えかけた傷と傷痕でいっぱいであろう。

「暑そうだね」

伽羅森《からもり》は空いた手で自分の顔を扇《あお》いだ。

「暑い。早く衣替えになんないかな」

「あ、そうじゃん衣替え！　私この制服着たばっかりなんだけど！　いつ？」

「来週」

「えぇー！」

大きな声をあげる藤中《ふじなか》。たまたま通りかかった看護師に睨《にら》みつけられ彼女は首を縮めて口を閉じた。

その後も雑談が続くが、藤中《ふじなか》は伽羅森《からもり》の口数が少ないことに気づいていた。この二週間伽羅《から》森《もり》とほぼ毎日顔を合わせていた彼女には分かる。

伽羅森《からもり》は他人を気遣うためなら自分の感情を隠しきれるタイプだ。回復中の潰れた足や全身の怪我《けが》が辛《つら》くないわけがない。それなのに彼は藤中《ふじなか》へまめに連絡をしたり、この街の案内までやっていた。全く辛《つら》そうな表情一つ見せずに。松葉杖《まつばづえ》をつきながら会いに来ていた時は藤中《ふじなか》のほうが申し訳なく感じるほどだった。

そんな彼が藤中《ふじなか》にも分かるほどに緊張の色を見せている。よく耳を傾ければその声も僅かに硬い。

「ねぇ、緊張してる？」

「いや？　そんなことないけどな？」

何事もないように彼は答える。声の調子もいつも通り。

「……そっか」

それが彼の意地なのだろう。

「面会できるようになったのはいつからなの?」

「一週間前くらい」

「一週間⁉ それまでずっと会ってなかったの?」

「いや、ほら、忙しくてさ」

藤中《ふじなか》は首を傾けると仕方なさそうに息を吐いた。

「伽羅森《からもり》くんさあ……言動に反して結構考え方は暗めだよね」

「なんだよ急に……」

「別にさ、もっとシンプルでいいと思うんだけど。そりゃあ、負い目とかがあるのは分かるけど、伽羅森《からもり》くんが超がんばっていろんな人助けたのも事実じゃん。だからさ、今回のことも素直に喜べばいいんだよ」

「そう言われてもな……」

歯切れの悪い伽羅森《からもり》。その彼の前に藤中《ふじなか》が歩を進めて振り返る。

「少なくとも私はさ、苦しいことや、辛《つら》いことをいっぱい経験してるのに、明るく振る舞ってる伽羅森《からもり》くんが、超かっこいいと思いました、まる」

はにかみながら投げられた直球に、思わず伽羅森《からもり》は言葉に詰まった。

と、突然藤中《ふじなか》が虚空《こくう》に視線を向けると、戸惑った表情を見せた。

「え？　今？　ここで？　でも……え？　そんなに？　ええ、わかったって」

　何やらよくわからないことを言っていた藤中《ふじなか》は、周囲を一度見渡した後キンッという音とともに一瞬の光でアーカイブへと姿を変える。頬にガーゼをつけた彼女はなぜか藤中《ふじなか》と同じ制服姿だった。

「ちょっ、おまっ、ここで変わるなよ」

「誰も見てませんよ」

　彼女の言う通り、伽羅森《からもり》が見渡しても廊下にはちょうど誰もいない。

「……それに、ちょっと危ないと思いましたので」

「え？」

「こっちの話です」

　そう言って、彼女は澄ました顔のまま一つ咳払《せきばら》いをする。

「一言、言いたいことがありましたので」

　伽羅森《からもり》は息を呑《の》む。相変わらずアーカイブは表情に乏しいが、今の言葉は確かに彼女の意志が生んだ言葉だ。

　彼女とアーカイブの目が合う。彼女は真っすぐ目をそらさないまま、言葉を紡《つむ》いだ。

「ありがとうございました。私を救ってくれて」

　そう言って浮かべたのは、今まで見たことがないほど柔らかな、心の底から咲いた笑みであった。

「今私たちが立っているこの場所は、私たちが自分で掴《つか》み取《と》った未来ですよ」

「……！」

それだけ言うと、彼女は伽羅森《からもり》からの返答も聞かずに目を閉じて廊下の壁に背を預けた。

「私たちはここで待っています」

伽羅森《からもり》は近くにある病室の部屋番号に目を向ける。話しているうちに、二人は目的の病室前まで来ていたのだ。

何か言葉を返そうとした伽羅森《からもり》であったが、結局何も言わなかった。

彼は病室の扉に手をかける。その手は微《かす》かに震えている。

一度だけ目を閉じて、彼はゆっくり病室の扉を開けた。

扉の先から飛び込んでくる夕の日差しに伽羅森《からもり》は目を細める。

微《かす》かに鼻をくすぐる人の匂い。個室の病室はオレンジに染められ、中央に鎮座するベッドは完全にカーテンが開けられている。開けられた窓から入った風がほのかにカーテンを揺らしていた。

ベッドの上で上体を起こしていた人物が伽羅森《からもり》の方を見る。

逆光を背負い見えづらかったのは僅かな時間。伽羅森《からもり》の目に映ったのは一人の少女。

やや吊《つ》り目の大人びた顔立ち。艶のある黒髪。肩にかかるほどのミディアムヘアは柔らかな風に揺れている。サイドテールには……していない。

アーカイブへ変えられていた少女。佐倉《さくら》桜花《おうか》の姿がそこにあった。


「…………！」

伽羅森《からもり》は口を動かすも何も言うことができなかった。

その顔だけなら、先ほどまで見ていたともいえる。だが違う。その姿、その顔。ひと時も忘れたことはない。彼女はその日焼け跡までアーカイブとなった当時のままだ。

藤中《ふじなか》によって《無題《タイトレス》》へ蒐集記《アーカイブ》が収められた。そうなれば当然、その素体となった肉体は元に戻る。

二週間前のあのとき、蒐集記《アーカイブ》が全て《無題《タイトレス》》へ納められたときに、アーカイブのいた場所に佐倉《さくら》だけが残った。それを見越していたように残っていた《半端者《ハーフイット》》が伽羅森《からもり》を襲撃。その彼らを全て切り払ったことで伽羅森《からもり》もティルフィングの支配から脱することができたのだ。

正気を取り戻した伽羅森《からもり》が見たのは、アーカイブを殺さずに済んだ事実と肉体を取り戻した佐倉《さくら》の姿。その望外な事実に思わず涙しながらも、彼は藤中《ふじなか》へ佐倉《さくら》を安全な場所へ運ぶように指示し、火厄庫《ディストレージ》のもとへ向かったのだ。

そして彼女はノアリーに保護され今に至る。

流れる沈黙。ただ、そこには目に見えない感情の奔流が確かに流れていた。

少女は眉根を寄せて難しそうな顔をしていたが、やがて天井を仰いで言葉を吐いた。

「だぁーダメだ！　わかんないや！　ごめん！　私が神隠しに遭う前の知り合いの人だよね？」

「……！」

神隠し。彼女には蒐集記《アーカイブ》どころか、歪理物《ヴァニツト》の存在も伝えていない。誰にも理由がよくわからない神隠し。そういうことで話をつけることにしたのだ。

実際彼女にこの四年間の記憶はなく、四年前から一瞬で今に来たような感覚でいるという報告を受けている。

彼女が伽羅森《からもり》をわからないのも当然だろう。彼女の感覚では二週間前に会っていた少年だが、会っていた期間も短く、ノアリーの調査員としての厳しい訓練や成長もあって一三歳のときとはまるで体格も顔つきも違う。もしかしたら、アーカイブに変わってしまった前後の記憶が曖昧なのかもしれない。

「…………」

予想していなかったことではなかった。だからこそ、こうなってしまった以上、伽羅森《からもり》は覚悟を決めた。

「いや、すみません。部屋を間違えちゃったみたいです」

気まずそうな笑みを作って、後ろ手に引き戸を開く。

これまでの検査で彼女の体に異常は見つかっていない。彼女はもう普通の女の子として生きられる。もう彼女はこの世の歪《ゆが》みに関わらなくていい。

大切に思うのなら、関わるべきではないのだ。

彼女へ背を向け、伽羅森《からもり》は病室の外へ一歩踏み出す。

しかし、

「待って！　やっぱり私、あなたのこと知ってるよ！」

「……！」

彼の瞳が輝いたのは、大きく開いた瞼《まぶた》の下でただ瞳が揺れたせいだけだったのか。

その背に少女の声が被《かぶ》さる。

「あなたの声、聞き覚えがある！　この四年間のこと何も覚えてないけど、それでもこの四年間ずっとあなたの声が聞こえていた気がするの！」

伽羅森《からもり》は背を向けたまま何も言わない。いや言えない。ドアの取っ手を掴《つか》む手にはこれ以上ないくらい力が入って震えていた。

「あなたが、私を助けてくれたんでしょ？」

振り返らない伽羅森《からもり》に佐倉《さくら》は続ける。

「四年も記憶がないのは不安だけど、それでもあなたの声のおかげで悪い四年じゃなかったんじゃないかって……そう思えるの」

佐倉《さくら》から見る伽羅森《からもり》の様子に変化はない。背をむけたままじっとドアを半分ほど開けて立っている。だが彼女から見えない彼の顔は、滂沱《ぼうだ》の涙を流し、歯を強く食いしばっていた。

振り返るわけには、嗚咽《おえつ》で肩を揺らしてすらいけない。ただ病室を間違えただけの人間が涙を流していたらおかしいではないか。

「だから……ありがとう」

伽羅森《からもり》は俯《うつむ》く。それが彼女に頷《うなず》きと見えたのかはわからない。彼は精一杯声が震えないように口を開き、

「お大事に」

ゆっくりと病室を出ていく。

「うん……また、来てね」

少女の言葉を背に受けて、伽羅森《からもり》は病室を後にした。

袖で涙を拭き、夕日に染められた廊下を歩く。

その横にアーカイブが何も言わずに並んだ。

「……よかったのですか？」

「いいんだ。これで」

もう一度涙を拭き払い、彼は真っすぐ前を見る。

「アーカイブ。誓うよ。俺はこれからもずっと金死雀《カナリア》を続ける。ティルフィングの呪いが解けてもずっと……」

「そうですか。ならば、ご一緒しますよ。日継《ひつぎ》さんからの同意も得ています」

「お前はもういいんだぞ？　無理に金死雀《カナリア》でいる必要なんて……」

「無理なんてしていません。ただ……私がやりたい。それだけです」

伽羅森《からもり》は眉をあげてアーカイブを見る。彼女の静かな瞳に確かな意志の色が見えた。彼は前を向きなおして微笑《ほほえ》む。

「そっか。……じゃあ新しい門出ってことで、一杯ラーメンでもいくか？」

「いえ、ラーメン以外でいきましょう」

「え？」

意外な言葉に再度伽羅森《からもり》は金髪の少女へ振り返ってしまう。

「なんで？　体調悪いのか？」

アーカイブはほんの少しだけ苦笑を挟んで、

「いいえ。実は私、もうラーメンが好きじゃないんですよ」

どこか楽しそうにそう答えたのだった。

吹いた風は二人を撫《な》でて、どこか遠くへ運んでいく。その行き先は誰もわからない。

ただ今はその先に光り輝く太陽がある。

終《おわり》

解説

ここからの文章は、第30回電撃小説大賞《金賞》受賞作『蒼剣《そうけん》の歪《ゆが》み絶《だ》ち』の解説になります。作品の内容に触れている部分がありますので、ネタバレを避けるため、まずは『蒼剣の歪み絶ち』本編を読んでから、目を通していただくことをおすすめします。なにとぞ。

というわけで早速ですが、『蒼剣の歪み絶ち』——こちらの作品を初めて読んだときに私が感じたのは、どこか郷愁にも似た懐《なつ》かしさでした。

人知を超えた能力を持つ忌《い》まわしき器物。それらを封印するために大資本のバックアップを受けて活動する若きエージェント。ゼロ年代、あるいは九〇年代のエンタメ作品を嗜《たしな》んでいる人間であれば、これらの設定を聞いただけでテンションが少し上がってしまうのではないでしょうか。本作は不朽の名作である『スプリガン』や（一部の）クトゥルフ神話などの系譜に連なる、王道のオカルトアクションエンターテインメントなのです。正直、期待せずにはいられないし、そのぶん評価の基準も厳しくなってしまいます。

幸いなことに本作の内容が、その期待を裏切ることはありませんでした。

魔剣と契約を交わした主人公。彼のパートナーであるミステリアスな少女。重い宿命を背負わされたヒロイン。歪《ゆが》んだ欲望に突き動かされている敵対者たち。こういうの好きでしょ、と言わんばかりの怒濤《どとう》の王道展開で、奇を衒《てら》わない正統派の強さを存分に見せつけてくれます。

だからといって本作が旧態依然とした古典的ライトノベルかというとそうではなく、現代的だなと感じる部分も多くありました。それはたとえば登場人物たちの造形。主人公の伽羅森迅《からもりしん》は高い戦闘能力を持ちながらもイキることなく、目上の人々には敬意をもって接するし、ヒロインのアーカイブや藤中日継《ふじなかひつぎ》が理不尽な暴力を振るうことも、感情に流されて無意味に主人公の足を引っ張るようなこともありません。彼らの掛け合いも抑制が効いていて、読んでて気恥ずかしくなるようなカリカチュアライズされた言い回しもなく、そのあたりはきっちり令和の基準に仕上げてきていて、隙がないなと感じます。そんな〝懐《なつ》かしくもあるが新しい、王道でぶん殴ってくるエンターテインメント〟というのが本作に対する私の評価です。

とまあ、評論家ぶったジャンル解説はこの辺にして、ここからは私が感じた本作の個人的に好きなところを、主観たっぷりに語っていきたいと思います。

少々技術的な話になりますが、本作を読んで真っ先に感心したのが、文章の映像的な表現力でした。簡潔な文体でありながらそれぞれの場面の情景がくっきりと脳内に再現されて、作者の力量と努力の跡を感じます。

実は電撃小説大賞の最終選考会では、歪理物《ヴァニット》の能力がわかりにくいのではないか、という意見がありました。たしかに作中で重要な意味を持つ「本」の能力は観念的で、絵面的には地味な感じです。文字を食う本とか、文字を食われて消滅する物体とか、そんなもの現実にあり得ないのだから実感がわかなくても仕方ない。その観念的な能力に説得力を持たせて歪理物《ヴァニット》の怖さを印象づけているのが、この映像的な文体の力だと思います。

小説の表現力というのは読者の想像力に依存しているので、どれだけ精密な映像イメージを読者の脳裏に送りこめるかで、作品の説得力が変わってきます。オカルトアクションの厄介なところは、この映像イメージへの依存度が極めて高いという部分だと思うのです。

その点において、本作の文体はとてもいいですね。本が文字を喰《く》らう様が、あるいはその文字が物質を実体化させる様が、脳裏に派手なエフェクトつきでビジュアルとして再現されます。下手な映像作品よりも精細で激しく美しい。そんな文章だと思います。

あとは作品の内容について、私が考える本作の最大の美点はなにかと問われたら、それはやはり登場人物の青臭いまでの歪《ゆが》みのなさ、真《ま》っ直《す》ぐさだと答えます。主人公たちや周囲の大人は皆驚くほどに善人で、敵対者である藤中朝日《ふじなかあさひ》や火厄庫《ディストレージ》ですらどこか純粋なんですよね。

主要なギミックである歪理物《ヴァニット》の性質上、この作品はいくらでも陰惨な展開を描くことができたはずです。事実、伽羅森《からもり》や藤中日継《ふじなかひつぎ》たちが置かれた境遇はあまりにも過酷です。彼らを過去への憎しみに囚《とら》われた人格として、あるいは厭世《えんせい》的なキャラとして設定するのは、それほど難しくなかったはず。ですが本作において伽羅森《からもり》たちは、愚直なまでの善性の持ち主として描かれます。そんな彼らの真《ま》っ直《す》ぐさと、歪《ゆが》んだ理を持つという歪理物《ヴァニット》の性質が強烈なコントラストを織りなしている。それが本作の根幹であり魅力であると思うのです。

そしてそのような主人公たちだからこそ、本作は、陰惨な設定とは裏腹な爽快な読後感を与えてくれます。それを安直だと蔑むのは、本作の正しい感想とは思いません。

なぜならその清々《すがすが》しいハッピーエンドこそが、主人公たちが、定められた運命に抗《あらが》ってまで手に入れようとした結末なのですから──

まあそんな感じで、『蒼剣の歪み絶ち』という作品について、拙いながらも精いっぱい解説させていただきました。新人賞の受賞作ではありながらも広がりのある世界観で、今から続編が楽しみです。ノアリーや墓上の巣《グレイブ・ネスト》という組織のことも気になるし、新たな歪理物《ヴァニット》の能力などを想像するとわくわくしますね。伽羅森《からもり》くんやアーカイブたんたちの次なる活躍を読める日が一日も早く訪れることを、一読者として願っています。

二〇二四年二月　三雲岳斗《みくもがくと》

本書に対するご意見、ご感想をお寄せください。

ファンレターあて先
〒 102-8177　東京都千代田区富士見 2-13-3
電撃文庫編集部
「那西崇那先生」係
「ＮＯＣＯ先生」係

本書は、第30回電撃小説大賞で《金賞》を受賞した『歪み絶ちの殺人奴隷』を加筆・修正したものです。

電撃文庫

蒼剣《そうけん》の歪《ゆが》み絶《だ》ち

那西崇那《なにしたかな》

2024年3月10日　初版発行

発行者　山下直久
発行　株式会社KADOKAWA
〒102-8177　東京都千代田区富士見2-13-3
0570-002-301（ナビダイヤル）
装丁者　荻窪裕司（META＋MANIERA）
印刷　株式会社暁印刷
製本　株式会社暁印刷

●お問い合わせ
https://www.kadokawa.co.jp/（「お問い合わせ」へお進みください）
※内容によっては、お答えできない場合があります。
※サポートは日本国内のみとさせていただきます。
※ Japanese text only

※定価はカバーに表示してあります。

ISBN978-4-04-915527-3　C0193　Printed in Japan

電撃文庫　https://dengekibunko.jp/